팍스
PAX

사라 페니패커 지음 | 존 클라센 그림 | 김선희 옮김

KB192295

arte

팍스

내게 '팍스' 이야기를 들려준
나의 에이전트 스티븐 마크에게,
이 책을 바친다.
−사라 페니패커

여기에서 일어나지 않은 일이라고 해서
일어나지 않았던 것은 아니다.

자동차의 속도가 느려졌다. 여우는 소년보다 먼저 그걸 느꼈다. 언제나 그랬다. 뭔가를 맨 처음 알아차리는 건 늘 여우였다. 발바닥으로 올라와 등뼈를 타고, 발목을 휘감고 있는 예민한 털까지 온몸의 감각이 뭔가를 말하고 있었다. 여기저기 진동이 느껴졌다. 길이 점점 험해진다는 뜻이다. 여우는 소년의 무릎에서 몸을 쭉 뻗고 기지개를 켜면서 창문으로 스며드는 냄새를 킁킁 맡았다. 자동차는 한창 숲 속을 달리고 있는 듯했다. 나무, 나무껍질, 솔방울, 솔잎이 어우러진 소나무 향이 면도날처럼 예리하게 공기를 타고 떨리듯 스며들었다. 하지만 그 아래로 훨씬 보드라운 클로버와 달래*와 고사리, 또 우연히라도 전에 마주친 적이 없는 수많은 것들을 여우는 알아차렸다. 뭔가 낯설고도 초조한 느낌이 들었다.

이제 소년도 뭔가를 알아차렸다. 소년은 여우를 다시 끌어당기고는 야구 글러브를 좀 더 바짝 움켜잡았다.

여우는 소년이 걱정스러워 깜짝 놀랐다. 전에도 함께 몇 번 자동차를 탄 적이 있었다. 예전에 자동차를 탈 때 소년은 차분하든가 어떨 때는 신나하기도 했다. 여우는 가죽 냄새를 아주 싫어하지만 주둥이로 야구 글러브 끈을 툭툭 건드렸다. 여우가 그럴 때마다 소년은 늘 웃음을 터뜨렸다. 여우의 머리를 야구 글러브로 감싸고는 레슬링 시늉을 하기도 했다. 이렇게 여우는 늘 소년의 긴장감을 풀어주었다.

하지만 오늘 소년은 여우를 들어 올리더니 여우의 하얀 목덜미에 얼굴을 묻고 힘껏 껴안았다.

소년이 울고 있다는 사실을 여우가 알아차린 건 바로 그때였다. 여우는 몸을 비틀어 소년의 얼굴을 좀 더 자세히 살펴보려고 했다. 정말, 소년은 울고 있었다. 소리는 내지 않았지만 분명했다. 소년이 이런 식으로 행동하는 건 본 적이 없었다. 아주 오랫동안 눈물 흘리며 우는 소년의 모습을 보지 못했지만 여우는 분명히 기억했다. 소년은 소리 내어 울부짖기 전에 늘 그렇게 소리 없이 울었다. 마치 눈에서 짠물이 흘러내리는 이유에 관심을 기울여달라는 것처럼.

---

* '곰파'(wild garlic)라고도 부른다.

여우는 소년의 눈물을 핥다가 점점 더 혼란스러워졌다. 소년의 피 냄새는 나지 않았다. 여우는 소년의 품에서 빠져나와 조금 더 조심스레 살폈다. 어디를 다친 것인지. 왠지 더 불안했다. 그렇지만 틀림없이 뭔가 냄새가 났다. 아니, 도무지 모르겠다. 피는 보이지 않았다. 전에 그랬던 것처럼 피부 아래 멍이 들거나 뼈가 살짝 갈라진 걸까? 아니, 그런 것 같지도 않았다.

자동차가 오른쪽으로 기울자 옷가방이 옆으로 쏠렸다. 옷가방 안에서는 소년의 옷과 방에서 소년이 자주 쓰던 물건들 냄새가 났다. 그러니까 책상 위에 두었던 사진과 맨 아래 서랍에 숨겨두었던 물건들이다. 여우는 벌어진 옷가방 틈새라도 열 수 있기를 바라며 한쪽 귀퉁이를 긁어댔다. 냄새를 잘 맡지 못하는 소년이 좋아하는 물건 냄새라도 맡으면서 약간이나마 위안을 받기를 바란 것이다. 그런데 그때 자동차가 다시 속도를 늦추었다. 이번에는 덜커덕거리며 속도가 줄었다. 몸이 앞으로 쏠리자 소년은 손으로 머리를 감쌌다.

여우의 심장박동이 빨라지고 풍성한 꼬리털이 곤두섰다. 소년의 아빠 새 옷에서 불에 시커멓게 그슬린 쇠 냄새가 났다. 목이 막혔다. 여우는 창문으로 뛰어올라 창문을 벅벅 긁어댔다. 집에 있을 때 이렇게 하면 이따금 소년은 유리벽을 들어 올려주곤 했다. 유리벽이 사라지고 나면 여우는 언제나 기분이 나아졌다.

하지만 소년은 여우를 자기 무릎 위로 끌어당기고는 아빠한테 애원하는 투로 말했다. 여우는 인간들이 하는 말의 의미를 제법 아는데, 지금 들리는 말도 그중 하나였다.

"안 돼."

종종 그 '안 돼'는 여우가 아는 두 개의 이름 중 하나를 부를 때 따라 나왔다. 바로 자신의 이름과 소년의 이름이다. 여우는 집중해서 들었지만, 오늘은 그저 '안 돼'라는 말뿐이었다. 소년은 아빠에게 애원하고 또 애원했다.

자동차가 흔들리며 완전히 멈추더니 오른쪽으로 기울어졌다. 창문 너머로 구름 같은 먼지가 피어올랐다. 소년의 아빠가 의자 너머로 다시 몸을 뻗었다. 그러고는 아들에게 조용히 뭔가를 말했다. 지독한 거짓말에서 풍기는 냄새와는 전혀 어울리지 않는 부드러운 목소리였다. 이윽고 아빠는 여우의 목덜미를 움켜잡았다.

소년은 아무런 저항도 하지 않고 잠자코 있었다. 그래서 여우도 잠자코 있었다. 여우는 이제 소름 끼칠 만큼 겁이 났지만 남자의 손아귀에서 팔다리를 늘어뜨린 채 힘없이 매달려 있었다. 여우는 오늘 이 인간들의 기분을 거스르지 않기로 했다. 소년의 아빠가 차 문을 열고 풀이 듬성듬성 난 자갈길을 터벅터벅 걸어 숲 끝자락으로 갔다. 소년도 밖으로 나와 아빠를 따라갔다.

소년의 아빠는 여우를 내려놓았다. 여우는 펄쩍 뛰어 남자에게서 멀찌감치 달아났다. 그러면서도 두 사람에게 시선을 고정시켰다. 두 사람을 보던 여우는 깜짝 놀랐다. 어느덧 두 사람의 키가 거의 비슷해져 있었다. 소년은 최근에 키가 부쩍 자랐다.

소년의 아빠가 숲 쪽을 가리켰다. 소년은 한참 동안이나 아빠를 쳐다보았다. 소년의 눈에서 다시 물이 흘러내렸다. 문득 소년이 티셔츠 옷깃으로 얼굴을 닦아내더니 고개를 끄덕였다. 그러더니 청바지 주머니 안으로 손을 넣어 낡은 플라스틱 병정 하나를 꺼냈다. 여우가 좋아하는 장난감이었다.

여우는 익숙한 놀이를 하려고 당장이라도 뛰어오를 준비를 했다. 이제 곧 소년이 그 장난감을 던질 것이다. 여우는 그 장난감을 따라가면 된다. 그 장난감을 되찾아서 입에 물고 소년이 자신을 찾을 때까지 기다린다. 소년은 장난감을 찾은 여우를 보면 언제나 놀라운 표정을 지었다. 그러면 소년은 장난감을 다시 던질 것이다.

아니나 다를까, 소년이 그 장난감 병정을 하늘 높이 들더니 숲 속으로 휙 던졌다. 여우는 마음이 놓였다. 그저 놀이를 하러 이곳에 왔을 뿐이니까! 그 사실을 알자 여우는 방심했다. 여우는 두 사람을 돌아보지도 않고 숲을 향해 곧장 내달렸다. 뒤를 돌아보았다면, 아빠한테서 몸을 비틀어 빼낸 소년이 두 팔로 얼굴을 감싸는 모습을 보았을 것이다. 그 모습을 봤더라면 여우는 되돌아갔을 것이다. 그동안 여우는 필요할 때마다 소년에게 줄 수 있는 보호와 위로와 애정을 베풀어주었다.

하지만 여우는 그 장난감을 쫓아갔다. 장난감을 찾는 건 평소보다 살짝 어려웠다. 숲에는 장난감 말고도 낯선 냄새가 너무 많았다. 하지만 평소보다 아주 조금 어려웠을 뿐이다. 어쨌든 그 장난감에는 소년의 체취가 묻어 있었으니까. 여우는 아무리

복잡한 곳에 있어도 그 냄새를 찾을 수 있었다.

장난감 병정은 버터넛* 나무뿌리 옹이에 얼굴을 처박고 누워 있었다. 마치 실망감에 빠져 그곳에 몸을 내던진 것 같았다. 한결같이 총 개머리판을 얼굴에 바짝 갖다대고 있는 장난감 병정은 나뭇잎 더미 속에 완전히 파묻혀 있었다. 여우는 그 장난감을 꺼내 입에 물고는, 소년이 자신을 찾을 수 있도록 등허리를 바짝 세웠다.

조용한 숲 속에서 움직이는 거라곤, 초록색 유리 같은 나뭇잎 지붕 사이를 뚫고 비치는, 막대처럼 기다란 햇살뿐이었다. 여우는 조금 더 몸을 치켜 올렸다. 하지만 소년의 흔적은 어디에도 없었다. 오싹한 불안감이 등골을 타고 온몸에 흘렀다. 여우는 장난감을 내려놓고 짖어보았다. 전혀 대답이 없었다. 다시 한 번, 또 한 번 소리를 내보았지만 돌아오는 건 완전한 침묵뿐. 여우는 소년이 하는 이 새로운 놀이가 전혀 마음에 들지 않았다.

여우는 장난감 병정을 입에 물고 왔던 길을 되돌아갔다. 숲에서 성큼성큼 걸어 나오자, 어치 한 마리가 찌르르 울며 머리 위로 곧장 지나갔다. 여우는 얼어붙었다.

소년이 놀이를 하려고 기다리고 있었다. 그런데 새라니! 여우는 자신의 여우 집 안에서 새를 몇 시간이고 지켜보곤 했다. 종종 여름밤에 보았던 번개처럼 대담하게 하늘을 가르며 나는 새

---

* 북미산 호두나무의 일종.

들의 모습을 보며 전율을 느끼기도 했다. 하늘을 자유롭게 날아다니는 새들의 모습을 여우는 언제나 홀린 듯이 바라보았다.

지금 숲 속 깊은 곳에서 어치가 다시 울어댔다. 그러자 합창 같은 대답이 들려왔다. 한순간 여우는 주저하며 나무 사이를 들여다보았다. 강청색 쐐기가 눈에 들어왔다.

그런데 문득 차 문이 쾅 닫히는 소리가 여우 뒤쪽에서 들렸다. 그리고 또 한 번. 여우는 힘껏 내달렸다. 들장미가 뺨을 찔러댔지만 신경도 쓰지 않았다. 부르릉거리며 자동차에 시동이 걸렸다. 여우는 길 가장자리에 우뚝 멈추어 섰다.

소년이 창문을 내리고 두 팔을 밖으로 뻗었다. 자동차가 자갈을 흩뿌리며 속도를 내자, 소년의 아빠가 소년의 이름을 소리쳐 불렀다.

"피터!"

소년은 여우가 알고 있는 다른 이름을 소리쳐 불렀다.

"팍스!"

2

"그러니까, 참 많이 있네요."

피터는 자기가 한 말이 얼마나 멍청하게 들리는지 알았다. 하지만 다시 그 말을 할 수밖에 없었다.

"많아요."

피터는 찌그러진 쿠키 깡통 속 플라스틱 병정 더미를 손으로 뒤적였다. 자세만 달랐지, 모든 병정들의 표정은 하나같이 똑같다. 서 있는 자세, 무릎 꿇은 자세 그리고 엎드린 포복 자세……. 전부 국방색 뺨에 총을 바짝 붙이고 있다.

"아빠가 하나만 갖고 있는 줄 알았어요."

"아냐. 얼마나 널려 있던지 늘 내가 밟고 다녔단다. 네 아빠는 수백 개도 넘게 갖고 있었어. 부대를 통째로 갖고 있었어."

할아버지는 갑자기 툭 던진 자신의 농담이 우스웠는지 껄껄 웃었다. 하지만 피터는 그 농담이 전혀 재미있지 않았다. 피터는 어둠이 내린 뒷마당에서 마치 뭔가를 본 것처럼 고개를 돌려 창밖을 유심히 바라보았다. 한 손을 올려 손등으로 턱을 쓰다듬었다. 아빠가 수염 그루터기를 쓰다듬는 모습과 영락없이 판박이였다. 그러고는 그렁그렁한 눈물을 몰래 닦아냈다. 도대체 어떤 아이가 이런 것 때문에 눈물을 흘릴까?

소년은 왜 울고 있을까? 열두 살 소년은 몇 년 동안이나 울지 않았다. 조시 후리한이 친 평범한 내야 플라이를 맨손으로 잡다가 엄지손가락이 부러졌을 때에도 울지 않았다. 정말 아팠지만, 엑스레이를 찍기 위해 코치와 함께 기다리는 동안 고통을 참으며 욕설을 퍼부어댔을 뿐이다. 그때는 어른답게 굴었다! 하지만 오늘은 두 번이나 울었다.

아빠의 책상에 있던 장난감 병정과 비슷한 걸 찾았던 날, 피터는 깡통에서 병정 하나를 들어 다시 옮겨두었다.

"이게 뭐예요?"

피터는 그 병정을 들어 올리며 물었다.

피터 아빠가 손을 뻗어 그 병정을 움켜잡았다. 아빠의 얼굴이 부드러워졌다.

"이야, 정말 오랜만이네. 내가 어렸을 때 좋아하던 거야."

"제가 가져도 돼요?"

아빠가 병정을 툭 던져주었다.

"물론이지."

피터는 침대 옆 창턱에 그 병정을 세워두었다. 자그마한 플라스틱 총을 들고 엄호하려는 모습이 마음에 들어 창밖을 향하게 두었다. 하지만 얼마 지나지 않아 팍스가 병정을 쳐내버렸다. 그게 너무 웃겼다. 그냥 팍스다웠다. 팍스는 늘 그랬다.

피터가 그 장난감을 깡통에 다시 툭 집어넣고 뚜껑을 닫으려던 참이었다. 그때 병정 무더기에서 모서리가 삐죽 튀어나온 누런 사진이 보였다.

피터는 그 사진을 빼냈다. 열 살이나 열한 살쯤 되어 보이는 아빠가 개 한 마리를 한 팔로 감싸 안고 있는 사진이었다. 어떻게 보면 콜리* 같기도 했고 어떻게 보면 품종을 알 수 없는 개들의 혈통이 마구 뒤섞인 잡종 같기도 했다. 아빠들이 아들한테 흔히 하는 말처럼, 썩 괜찮은 개처럼 보였다. 피터가 그 사진을 할아버지에게 건네며 말했다.

"아빠가 개를 키운 건 몰랐어요."

"이름이 '듀크'란다. 세상에서 제일 멍청한 녀석이야. 천덕꾸러

---

* 양 지키는 개.

기였지."

할아버지는 그 사진을 좀 더 바짝 들여다보고는, 마치 처음으로 뭔가를 알아차린 것처럼 피터에게 건넸다.

"너도 네 아빠처럼 머리색이 검구나."

할아버지는 정수리를 따라 나 있는 성긴 회색 머리칼을 매만지며 말했다.

"예전에는 나도 그랬는데. 그런데 이 사진을 봐라. 네 아빠도 그때는 비쩍 말랐었어. 너랑 똑같지. 나랑도 똑같고. 귀도 주전자 손잡이 같아. 우리 집 남자들은 다 그래. 사과는 나무에서 절대 멀리 굴러 떨어지지 않잖니. 피는 못 속이는 것 같구나, 안 그러냐?"

"맞아요, 할아버지."

피터는 억지웃음을 지어 보였다. 하지만 그 미소는 오래가지 않았다.

'천덕꾸러기.'

아빠가 쓰던 말이었다.

"아빠는 그 여우를 천덕꾸러기로 만들 수 없어요. 예전처럼 재빠르게 움직이지도 못하니까요. 할아버지도 어쩔 수 없어요. 아빠는 주변에 아이가 있는 걸 힘들어해요."

"있잖니, 전쟁이 벌어져서 난 군대에 들어갔단다. 우리 아버지도 그랬지. 지금 네 아빠처럼 말이다. 나라가 부르면 당연히 가야지. 나라가 부르면 가야 해. 그게 우리 가풍이지. 암, 그렇고 말고. 어쨌든 피는 못 속이니까."

할아버지가 사진을 도로 건넸다.

"네 아빠하고 그 개 말이다. 그 둘은 떼려야 뗄 수가 없는 사이였어. 까마득하게 잊고 있었구나."

피터는 사진을 깡통에 다시 넣고 뚜껑을 꽉 닫았다. 그러고는 상자가 있던 침대 아래에 쓱 밀쳐두었다. 피터는 다시 창밖을 내다보았다. 지금 당장 팍스에 대해 이야기하는 건 무모한 짓이다. 그러고 싶지 않았다. 병역 의무에 대해서도 듣고 싶지 않았다. 사과 이야기도 땅속에 박혀 있는 나무 이야기도 더 이상 듣고 싶지 않았다. 피터가 고개를 돌리지도 않고 물었다.

"여기 학교는 몇 시에 시작해요?"

"여덟 시. 일찍 오라더라. 담임 선생님한테 소개해야 할 테니 말이다. 선생님 이름이 미레즈인가, 라미레즈인가……. 네 물건 좀 가져왔다."

할아버지는 스프링 노트 한 권, 낡아빠진 보온병 하나, 두툼한 고무줄로 한데 묶은 몽당연필 한 묶음을 건넸다.

피터는 책상으로 걸어가 그걸 가방에 몽땅 집어넣었다.

"고맙습니다. 버스 타고 가요, 걸어가요?"

"걸어서. 네 아빠도 그 학교에 다녔어. 걸어 다녔지. '애시 로드'를 따라 끝까지 걸어가렴. 오른쪽으로 돌면 학교로 가는 길이 나와. 그러면 학교가 보일 거다. 커다란 벽돌 건물이야. 알겠지? 일곱 시 반에 출발하면, 늦지 않게 도착할 게다."

피터는 고개를 끄덕였다. 피터는 혼자 있고 싶었다.

"알았어요. 준비 다 됐어요. 이제 그만 자야겠어요."

"그러렴."

대답하는 할아버지의 목소리에 안도감이 역력히 묻어났다. 할아버지는 문을 꽝 닫고 나갔다. 마치 이렇게 말하는 것 같았다. '이 방은 네가 써도 좋아, 하지만 이 집 나머지는 내 거야.'

피터는 문가에 서서 할아버지가 걸어가는 소리에 귀를 기울였다. 잠시 뒤, 개수대에서 그릇 딸그락거리는 소리가 들렸다. 피터는 말없이 스튜로 저녁을 때웠던 비좁은 부엌에 있는 할아버지를 머릿속으로 그려보았다. 양파 볶은 냄새가 너무 강해서, 할아버지보다 오래 살아남겠구나 하는 생각이 들었다. 백 년 동안 서로 다른 열 가족이 집을 벅벅 문지르고 나서도, 이 집은 그 냄새를 진하게 풍길 것 같다.

할아버지가 발을 질질 끌며 복도를 지나 방으로 가는 소리가 들렸다. 이윽고 나지막하게 탁 하고 텔레비전을 켜는 소리가 들리고 곧 볼륨이 낮아졌다. 아나운서가 들릴 듯 말 듯한 목소리로 세상의 관심을 끌어모으는 뉴스를 전하고 있었다. 피터는 운동화를 벗고는 좁다란 침대에 몸을 눕혔다.

6개월, 어쩌면 그 이상, 여기에서 할아버지와 함께 살아야 할지도 모른다. 할아버지는 언제나 화를 내는 것처럼 보였다.

"할아버지는 왜 그렇게 늘 화가 나 계신 거예요?"

몇 년 전에 아빠한테 이렇게 물어본 적이 있었다.

"전부 다, 삶 그 자체에 화딱지가 나는 거지. 네 할머니가 돌아가시고 나서 더 심해졌어."

아빠가 대답했다.

엄마가 돌아가시고 나서 피터는 아빠를 걱정스레 지켜보았다. 처음에는 무시무시한 침묵이 아빠를 휘감았다. 하지만 점차 아빠는 얼굴을 찡그리더니, 그 찡그린 얼굴이 동상처럼 영원히 굳어졌다. 양손은 빠져나가려는 뭔가를 움켜잡듯 옆구리에 꽉 쥐고 있었다.

피터는 자신이 그런 뭔가가 되는 걸 피하는 방법을 알았다. 아빠한테서 멀찌감치 떨어져 있어야 한다는 걸 알았다.

퀴퀴한 기름 냄새와 양파 냄새가 스멀스멀 피어올랐다. 벽에서 새어나오고, 심지어 침대에서도 났다. 피터는 옆 창문을 열었다.

4월의 서늘한 바람이 열어둔 창을 통해 불어왔다. 팍스는 한 번도 자기 여우 집이 아닌 바깥에서 혼자 지낸 적이 없었다. 피터는 마지막으로 본 팍스의 모습을 지워보려 애썼다. 팍스는 아마도 오랫동안 자동차를 따라오지는 않았을 것이다. 하지만 자갈투성이 갓길 위에 쓰러지고, 혼란스러워하는 팍스의 모습이 자꾸만 떠올랐다.

피터는 점점 더 걱정스러워졌다. 이곳으로 차를 타고 오는 내내 똬리를 튼 그 걱정은 피터를 떠나지 않고 늘 따라다니는 것 같았다. 보이지 않는 곳에서 피터의 등골에 스르르 올라올 준비를 하며, 뻔뻔하게 피터를 비웃었다.

'넌 떠나지 말고 그곳에 있어야 했어. 뭔가 나쁜 일이 일어날 거야. 그건 다 네가 그곳을 떠났기 때문이야.'

피터는 몸을 구부려 침대 밑에서 그 쿠키 깡통을 끄집어냈다. 점박이 무늬 강아지한테 아주 편안하게 한쪽 팔을 두르고 있는 아빠의 사진을 들어 올렸다. 개를 잃을 수 있다는 걱정을 전혀 하지 않는 편안한 표정이었다.

'그 둘은 떼려야 뗄 수가 없는 사이였어.' 할아버지는 그 말을 할 때 목소리에 자부심이 있었다. 그건 당연히 자부심이었다. 할아버지는 충성심과 책임감을 아는 아들을 키워냈다. 한 아이와 그 아이의 애완동물이 절대 떨어져서는 안 된다는 것을 아는 사람. 갑작스레 그 말 자체가 비난처럼 들렸다. 피터와 팍스, 그렇다면 우리는 어떻게 된 거지……. 우린 떨어질 수 있는 사이였나?

사실 이따금 피터는 자신과 팍스가 같이 있다는 기묘한 기분을 느꼈었다. 처음으로 그런 기분을 느낀 건 팍스를 처음 밖으로 내보냈을 때였다. 이 새끼 여우는 새를 보고는 감전된 것처럼 몸을 부르르 떨며 목줄을 끌어당겼다. 피터는 팍스의 눈을 통해 그 새를 보았다. 놀랄 만큼 급작스러운 비상, 엄청난 자유와 속도. 피터는 온몸을 타고 흐르는 전율을 느꼈다. 자신의 어깨도 날개를 갈망하는 것처럼 화끈거렸다.

오늘 오후 그런 일이 또 일어났다. 피터는 자신이 혼자 남은 사람처럼, 자동차가 빙빙 돌아가는 걸 느꼈다. 심장이 공포로 두근거렸다.

눈물이 다시 찌릿 차올랐다. 절망감을 느끼며 피터는 손바닥으로 아무렇게나 눈물을 쓱 닦아냈다. 아빠는 옳은 행동을 하고 있는 거라고 말했다.

"곧 전쟁이 터질 거야. 그건 누구나 희생을 감수해야 된다는 뜻이란다. 난 군대에 가야 해. 그게 내 의무거든. 그리고 넌 멀리 떠나야 하고."

물론 피터도 어느 정도는 예상하고 있던 일이었다. 피난 소문이 돌기 시작했을 때, 친구 두 명의 가족이 이미 짐을 싸서 그곳을 떠났으니까. 예상하지 못한 것은 그다음이었다. 그건 최악이었다.

"게다가 저 여우는…… 음, 어쨌거나 야생으로 다시 돌려보낼 시간이야."

문득 코요테 한 마리가 울부짖었다. 무척이나 가까운 곳에서 우는 것처럼 들려서 피터는 화들짝 놀랐다. 두 번째 코요테가 대답했다. 그리고 나서 세 번째 코요테가 울었다. 피터는 일어나 앉아 창문을 쾅 닫았다. 하지만 너무 늦었다. 깽깽, 컹컹, 코요테가 의미하는 것, 그게 지금 피터의 머릿속을 온통 지배하고 있었다.

피터는 엄마에 대한 나쁜 기억이 딱 두 가지 있었다.

좋은 기억도 많았다. 피터는 스스로 위안을 삼으려 그 좋은 기억을 자주 꺼내보았다. 너무 자주 떠올리면 기억이 희미해질까 걱정스럽기는 했지만……. 하지만 나쁜 기억 두 가지는 꽁꽁 묻어두었다. 그 기억을 계속 묻어두기 위해 최선을 다했다. 지금 저 코요테가 길고도 낮게 으르렁대며 피터의 머릿속에서 그 기억 중 하나를 끄집어내기 전까지는.

피터가 다섯 살 즈음, 새빨간 튤립 꽃밭 옆에 우울하게 서 있는 엄마에게 다가갔었다. 튤립 꽃밭의 꽃 절반은 꼿꼿하게 서 있었지만, 반은 땅바닥에 흐트러져 있었다. 꽃망울도 찌그러져 있었다.

"토끼가 망가뜨렸어. 줄기가 맛있는 먹이인 줄 알았나 봐. 이런 못된 녀석."

피터는 그날 밤 아빠를 도와 덫을 놓았다.

"토끼를 아프게 하는 거 아니지, 그렇지?"

"괜찮아. 우리는 토끼를 잡을 거야. 그러고 나서 옆 마을로 토끼를 몰아낼 거야. 토끼가 다른 사람의 튤립을 먹게 말이다."

피터는 그 덫에 당근을 미끼로 놓아두고는, 마당에서 잠을 자며 지켜볼 수 있게 해달라고 졸랐다. 아빠는 안 된다고 했지만, 결국 피터가 아침에 제일 먼저 잠을 깰 수 있게 알람시계를 맞춰주었다. 시계가 울렸을 때 피터는 엄마 방으로 달려가 손을 잡아끌며 토끼를 보러 가자고 졸라댔다.

덫은 지름이 최소한 1.5미터 정도 되는 새로 판 구멍 바닥에 옆으로 쓰러져 있었다. 덫 안에 아기 토끼 한 마리가 죽어 있었다. 작은 몸에는 상처 하나 없었다. 하지만 덫은 여기저기 긁히고 구멍이 나 있었다. 땅바닥은 여기저기 할퀴어져 있었고 사방에 돌 부스러기가 흩어져 있었다.

"코요테 짓이야."

어느새 두 사람에게 다가온 아빠가 말했다.

"코요테한테 엄청 겁을 먹고 덫 안에 들어가 죽은 게 틀림없어. 우린 아무도 잠에서 깨지 않았잖아."

피터의 엄마는 덫을 열어 생명이 사라진 그 물체를 끄집어냈다. 엄마는 뺨에 토끼를 가져다댔다.

"그냥 튤립이었을 뿐인데. 겨우 튤립 뿌리 몇 개."

피터는 당근을 찾았다. 당근 한쪽 끝에 뜯겨 떨어져 나간 흔적이 있었다. 피터는 당근을 힘껏 아주 멀리 던졌다. 엄마는 그 죽은 토끼를 피터의 오므린 두 손 위에 올려놓고 삽을 가지러

갔다. 피터는 손가락으로 토끼를 쓰다듬었다. 고사리처럼 펼쳐진 두 귀, 놀라우리만치 앙증맞은 발, 엄마의 눈물로 축축한 목덜미 털까지…….

돌아온 엄마가 피터의 얼굴을 어루만졌다. 너무 부끄러워서 피터의 얼굴이 뜨겁게 달아올랐다.

"괜찮아. 넌 몰랐잖아."

하지만 전혀 괜찮지 않았다. 그 후 오랫동안 피터가 눈을 감을 때마다 코요테가 떠올랐다. 코요테는 발로 흙을 긁어대고 으르렁대고 있었다. 피터는 있어야 할 곳에 있는 자신을 보았다. 그날 밤 마당에서 계속 지켜보고 있는 자신을. 다시 또다시, 피터는 했어야 할 일을 하는 자신을 보았다. 슬리핑백에서 몸을 일으켜 돌멩이를 찾고, 세게 던지는 자신을. 코요테들이 어둠 속으로 달아나는 걸 보았다. 그리고 덫을 열어 토끼를 풀어주는 자신을 보았다.

그리고 그 기억을 떠올리자, 걱정이 뱀처럼 피터를 꽉 옭아매서 숨이 막혔다. 코요테들이 토끼를 죽인 그날 밤, 피터는 있어야 할 곳에 있지 않았다. 그리고 지금도 있어야 할 곳에 있지 않았다.

피터는 숨을 크게 들이마시고는 몸을 곧추세워 앉았다. 사진을 두 조각으로 쭉 찢고 다시 반으로 찢어서, 그 조각을 침대 밑에 넣어두었다.

팍스를 그곳에 남겨둔 건 옳은 일이 아니었다.

피터는 벌떡 일어나 섰다. 벌써 시간이 너무 많이 지났다. 피터는 짐 몇 가지를 들어 올렸다. 긴팔 티셔츠, 옷가방 안에서 털스웨터, 그리고 나서 여벌의 속옷과 양말을 꺼냈다. 피터는 털스웨터만 빼고 전부 다 배낭에 쑤셔 넣었다. 털 스웨터는 허리춤에 둘러 묶었다. 청바지 주머니에 잭나이프 하나와 지갑을 넣었다. 등산화(하이킹 부츠)하고 운동화 사이에서 잠시 고민하다가 등산화를 선택했다. 그렇지만 등산화를 곧장 신지는 않았다.

피터는 방 안을 둘러보며, 손전등이나 캠핑 장비 비슷한 뭔가가 있는지 찾아보았다. 이 방은 아빠가 어렸을 때 쓰던 곳이었다. 하지만 할아버지가 책꽂이 위에 꽂힌 책 몇 권만 빼놓고 아빠 물건을 싹 치운 게 틀림없었다. 할아버지는 그 쿠키 깡통을 미처 보지 못해 깜짝 놀란 것 같았다. 피터는 책등을 손가락으로 훑어 나갔다.

지도책 한 권. 피터는 잘됐다 싶어서 지도책을 끌어내렸다. 그러고는 지도책을 후루룩 넘기다가 아빠와 함께 왔던 길을 보여주는 지도에 이르렀다.

"넌 고작 500킬로미터 떨어진 곳에 있는 거야. 하루 휴가 내서 찾아올게."

아빠가 운전하며 어색한 침묵을 깨려고 두어 번 대화를 시도했었다.

그럴 일은 절대 없으리라는 걸 피터는 알고 있었다. 전쟁 중에는 쉬는 날이 없으니까.

게다가 피터가 그리워하는 건 아빠가 아니었다.

문득 미처 깨닫지 못한 걸 알게 되었다. 산기슭을 둘러싸고 길게 구불구불 이어진 고속도로를 말이다. 그 고속도로를 따라가지 않고 가로질러 간다면, 시간을 무척 많이 절약할 수 있을 거다. 게다가 붙잡힐 위험도 줄일 수 있고. 피터는 지도책에서 그 페이지를 쭉 찢어내려 했다. 하지만 할아버지한테 그렇게나 명백한 실마리를 남기는 건 어리석은 일이었다. 그래서 피터는 그 지도를 오랫동안 꼼꼼히 들여다본 뒤, 책꽂이 위에 다시 꽂아두었다.

약 500킬로미터. 지름길로 간다면 그중 150킬로미터 정도는 덜어낼 수 있을 것 같았다. 그러면 350킬로미터 정도. 하루에 적어도 50킬로미터를 걸을 수 있다면, 일주일이나 잘하면 그보다 빨리 도착할 수 있을 것이다.

두 사람은 폐허가 된 밧줄 공장의 빈터로 가는 길 입구에서 팍스를 떠나보냈다. 피터가 굳이 그 길로 가자고 고집을 부렸다. 아무도 그 길을 지나다니지 않았기 때문이다. 팍스는 사람들이 많이 다니는 길을 알지 못했다. 게다가 사방에 숲과 들판이 있었다. 피터는 그곳으로 돌아가서 팍스를 찾기로 했다. 일주일 동안 기다리고 있을 팍스를……. 그 일주일 동안 사람의 손에 길든 여우한테 일어날지도 모르는 일에 대해서는 생각하지 않기로 했다. 아니, 팍스는 길 한쪽에서 기다리고 있을 것이다. 두 사람이 팍스를 떠났던 바로 그 자리에서……. 분명 배가 고프겠지, 아마도 겁을 집어먹었을 것이다. 하지만 괜찮을 거다. 피터는 팍스를 집으로 데리고 갈 거다. 집에서 같이 있을 거다. 절대 떨어지지 않을 거다. 그게 올바른 행동이었다.

피터와 팍스. 떼려야 뗄 수 없는 사이.

피터는 다시 방을 둘러보며 무작정 달려 나가고픈 충동을 억눌렀다. 뭔가를 그리워할 여유가 없었다. 침대. 피터는 이불을 끌어당겨 침대보를 구기고 베개를 주먹으로 탁탁 두드렸다. 드디어 침대 위에서 누군가 잠이 들었던 것처럼 보이게 만들었다. 서랍장에 보관하던 엄마 사진을 옷가방에서 꺼냈다. 엄마의 마지막 생일에 찍은 사진이었다. 엄마는 피터가 만들어준 연을 들고는, 마치 평생 이렇게 좋은 선물은 받아본 적이 없는 것처럼 환한 미소를 짓고 있었다. 피터는 그 사진을 배낭에 밀어 넣었다.

그다음 집에서 맨 아래 칸 서랍에 숨겨두었던 엄마 물건을 끄집어냈다. 엄마가 마당에서 일할 때 쓰던 장갑에는 엄마가 묻혔던 흙이 여전히 군데군데 남아 있었다. 이미 오래전에 페퍼민트 향은 사라져버렸지만, 엄마가 좋아하던 차 상자 한 개. 엄마가 겨울에 입었던 두툼한 빨간색 줄무늬 무릎 양말. 피터는 그 물건들을 전부 어루만지며, 원래 있던 집으로 전부 다시 가져갈 수 있기를 바랐다. 결국 피터는 가장 작은 물건 하나를 골랐다. 그건 바로 엄마가 매일 차고 다녔던 불사조 피닉스 모양의 장식이 달린 금팔찌였다. 그 팔찌를 사진과 함께 배낭 한가운데 쑤셔 넣었다.

피터는 마지막으로 방을 살펴보았다. 피터의 시선이 야구공과 글러브에 머물렀다가 서랍을 가로질렀다. 피터는 야구공과 글러브를 배낭에 쑤셔 넣었다. 그렇게 많이 무거워진 것 같지는 않았다. 다시 집으로 돌아갈 때 그 두 가지는 가져가고 싶었다. 게다가 갖고 있으면 기분이 좋았다. 마침내 피터는 살며시 문을 열고는 부엌으로 살금살금 기어나갔다.

피터는 배낭을 나무 탁자 위에 올려두고, 위쪽 스토브에서 나오는 희미한 불빛에 의지해 짐을 싸기 시작했다. 건포도 한 상자, 크래커 한 묶음, 반쯤 비어 있는 땅콩버터 통 하나. 팍스가 땅콩버터 냄새를 맡으면 어디에 있든지 나오지 않고서는 못 배길 것이다. 냉장고에서 막대 모양 치즈 몇 개와 오렌지 두 개를 꺼냈다. 보온병에 물을 채운 뒤, 서랍을 뒤지다가 은박지로 감아둔 성냥을 찾아냈다. 개수대 아래에서 운 좋게도 두 가지 물건을 더 획득했다. 강력 접착테이프 하나와 튼튼한 쓰레기봉투였다. 방수포였으면 더 좋았을 테지만, 감지덕지한 마음으로 쓰레기봉투 두 개를 끄집어내서 배낭에 넣었다.

그러고는 전화기 옆에 놓인 메모지를 한 장 뜯어내서 쪽지를 쓰기 시작했다.

'할아버지께.'

피터는 잠깐 그 단어를 내려다보았다. 마치 외국어처럼 낯설었다. 종이를 구겨버리고 새로운 쪽지를 남기기 시작했다.

'저 일찍 떠나요. 학교생활을 잘 시작하고 싶어요. 저녁에 만

나요.'

　피터는 잠시 그 종이를 물끄러미 바라보며 자신이 느끼는 미안
한 마음이 전해질까 궁금했다. 마침내 이렇게 한 마디 덧붙였다.

　'전부 다 고마워요, 피터 드림.'

　그 쪽지를 식탁 위 소금 통 아래 꽂아두고 슬그머니 집을 빠
져나왔다.

　벽돌 길에서 피터는 그 커다란 털 스웨터를 어깨에 걸치고 몸
을 구부려 등산화 끈을 묶고 배낭을 어깨에 둘렀다. 그러고는
숨을 한 번 들이마시고 주위를 둘러보았다. 뒤로 보이는 할아버
지 집은 도착했을 때보다 더 작아 보였다. 마치 집이 이미 과거
로 물러가고 있는 것 같았다. 길을 건너자, 지평선을 따라 구름
이 스르륵 지나가고 갑작스레 반달이 나타나며 저만치 길을 환
하게 비추었다.

배도 고프고 추웠다. 하지만 본능적으로 몸을 피해야 한다는
생각을 하자 팍스는 정신이 번쩍 들었다. 눈을 깜빡이고 뒤로
주춤 물러났다. 여우 집의 익숙한 창살처럼 보여서 살짝 깨물었
더니 덧없이 무너져 내렸다. 돌아보니 몇 시간 전에 기대고 있던
메마른 잡초 줄기가 있었다.

피터를 찾아 한참을 울부짖던 팍스는 마침내 떠올렸다. 소년
이 가버렸다는 것을…….

혼자 있는 것에 익숙하지 않았다. 엄마 여우의 배에서 네 마
리가 버둥거리며 태어났지만, 아빠 여우는 새끼들이 아빠의 체
취를 느끼기도 전에 사라져버렸다. 그러고 나서 어느 날 아침 엄
마 여우도 새끼들에게 돌아오지 못했다. 그 이후로 형제자매들

은 한 마리 한 마리씩 죽고 말았다. 차가운 여우 굴에는 어느덧 심장만 뛰는 이 작은 생명체 혼자 남아 있게 되었다. 피터가 살아남은 이 여우를 들어올렸다.

그리고 나서 여우는 소년이 사라질 때마다 다시 돌아올 때까지 여우 집에서 서성이며 소년을 기다렸다. 그리고 밤이 되면, 언제나 소년의 방 안으로 들어가려고 애처롭게 낑낑거렸다. 그곳에서 팍스는 소년의 숨 쉬는 소리에 귀를 기울였다.

팍스는 피터를 무척 좋아했다. 하지만 그런 애정보다 훨씬 더 강하게 느낀 게 있다. 바로 피터에 대한 책임감이었다. 피터를 보호해주어야 한다는 느낌. 이 역할을 하지 못할 때면 팍스는 힘들었다.

팍스는 몸을 흔들어 밤이슬을 털어내고는 뻣뻣한 근육을 풀지도 않고, 소년의 체취를 찾아서 길을 나섰다.

하지만 도무지 찾을 수가 없었다. 밤바람이 불어와 땅바닥에 남아 있던 흔적을 모조리 쓸어가 버렸기 때문이다. 하지만 이른 아침 산들바람 위에 떠오르는 수백 가지 향기 속에서 무언가 소년을 떠올리는 걸 찾아냈다. 도토리였다. 피터는 종종 두 손 가득 도토리를 퍼 담아 팍스의 등 위로 뿌리곤 했다. 팍스가 몸을 흔들어 도토리를 털어내고 그걸 쪼개 먹는 모습을 보면 웃음을 터뜨렸다. 그 익숙한 냄새가 이제 팍스에게 확신을 주는 것 같았다. 팍스는 도토리를 향해 성큼성큼 뛰어갔다.

도토리는 팍스가 마지막으로 소년을 보았던 곳에서 북쪽으로, 번개 맞은 나무 밑동에 흩뿌려져 있었다. 팍스는 도토리 몇 개를 아작아작 씹었지만, 바짝 마른 데다 알맹이가 썩어 있었다. 이윽고 바닥에 쓰러진 나무 몸통에 앉아, 길에서 무슨 소리가 들려오나 귀를 기울였다.

팍스는 기다리면서 털을 핥아 깨끗하게 씻어냈다. 아직 남아 있는 피터의 체취를 느끼자 편안해졌다. 그러고 나서 앞발을 핥아냈다. 발바닥에 수없이 긁힌 자국을 공들여 핥았다.

팍스는 불안을 느낄 때마다, 자신의 여우 집 바닥을 팠다. 그럴 때마다 아래에 깔린 거친 콘크리트 때문에 발이 갈가리 찢겼다. 하지만 어쩔 수가 없었다. 지난주에는 거의 매일 파헤쳤다.

발을 다 핥고 난 후, 팍스는 가슴 아래로 발을 모으고 기다렸다. 아침 공기가 봄의 소리로 진동했다. 그 기나긴 어젯밤 동안, 팍스는 그 소리에 깜짝깜짝 놀랐다. 밤에 바스락거리며 돌아다니는 동물들 때문에 숲의 어둠이 진동했다. 거기에 나뭇잎이 떨어지는 소리, 수액이 나무에 새로이 차오르는 소리, 나무껍질이 갈라지며 부푸는 소리, 숲 그 자체를 이루는 수많은 소리를 느낄 때마다, 피터가 돌아오길 기다리던 팍스는 계속해서 깜짝깜짝 놀랐다. 마침내 동이 트며 하늘이 은빛으로 물들어가자 팍스는 와들와들 몸을 떨면서 잠이 들었다.

그리고 이제 똑같은 소리가 팍스를 불러냈다. 팍스의 예민한 귀가 백 번쯤 쫑긋 섰고, 그때마다 팍스는 벌떡 일어나 주변을 둘러보았다. 그때마다 소년이 떠올라 여우는 꼼짝할 수 없었다.

인간들은 기억력이 좋으니까 이곳으로 돌아올 수 있을 것이다. 하지만 인간들은 지나치게 보이는 것에만 의지했다. 그래서 다른 감각은 전부 다 약하다. 그러니 두 사람이 돌아왔을 때 팍스를 보지 못한다면, 다시 떠날지도 모른다. 팍스는 길 가장자리에 서서 남쪽으로 향하고 싶은 충동, 본능이 집으로 다시 돌아가는 길이라고 알려주는 방향으로 떠나고 싶은 온갖 유혹을 떨쳐냈다. 팍스는 소년이 자신을 찾아 돌아올 때까지 여기에 있을 것이다.

생명체의 온도를 감지한 독수리 한 마리가 팍스의 머리 위를 빙그르르 맴돌았다. 게으른 사냥꾼 하나가 생명력을 잃은 썩은 고기를 찾고 있었다. 움직이지는 않지만 부패한 냄새를 풍기지도 않는 붉은 털의 여우를 발견한 독수리는 낮게 빙글빙글 돌며 탐색했다.

멋진 V자 모양의 그림자가 흔들리자 팍스는 본능적으로 경계 태세를 갖추었다. 팍스는 나무 몸통에서 벌떡 일어나 바닥의 흙을 벅벅 긁었다.

땅이 마치 쿵쾅거리며 뛰는 심장처럼 멀리서 굉음으로 답하는 것 같았다. 팍스는 머리 위에 위험이 도사리고 있다는 사실을 잊고서 몸을 위로 쭉 뻗었다. 소년을 마지막으로 보았을 때 바로 이 길을 따라 이런 진동을 느꼈다. 팍스는 자갈로 된 갓길을 헤치고 인간들이 자신을 남겨둔 바로 그 지점까지 후다닥 달려갔다.

진동은 점점 더 사나워졌다. 팍스는 자신이 잘 보이도록 등을 말아 몸을 곧추세웠다. 하지만 그건 소년의 자동차 소리가 아니었다. 전혀 같은 소리가 아니었다. 그 소리가 마침내 모습을 드러냈다. 여우에게는 그 인간들이 살았던 집만큼이나 커 보였다.

트럭은 초록색이었다. 그렇지만 도처에서 자라는 숲의 초록색은 아니었다. 짙은 올리브색으로, 이 숲이 죽어갈 때 띠게 될 죽음의 색이었다. 여우가 잡초 줄기 안에 숨겨둔 장난감 병정처럼 짙은 올리브색이었다. 디젤 냄새가 났다. 소년 아버지의 새 옷에 맴돌던 새까만 금속의 냄새였다. 흙먼지와 돌멩이가 여기저기 구름처럼 피어오르는 길을 따라 그 트럭이 지나가자, 또 다른 트럭들이 그 뒤를 줄 지어 따라갔다.

팍스는 길에서 허겁지겁 물러났다. 독수리는 위로 후다닥 날아오르더니 날개를 한 번 휘저어 멀리 날아갔다.

할아버지의 손전등을 챙기지 않은 것이 이 여행의 첫 번째 실수였다. 달은 피터가 가는 길을 두 시간 동안 비추고는 짙은 구름 속으로 풍덩 가라앉아버렸다. 피터는 한 시간 넘게 어둠 속을 비틀거리며 걷다 이내 포기했다. 쓰레기봉투 하나의 모서리를 펼쳐 길게 깔개를 만들고, 다른 봉투 하나는 잘라서 차가운 안개를 막는 판초처럼 입었다. 그러고는 야구 글러브를 베개 삼아 도랑 옆에서 잠을 잤다. 솔직히 '잠을 잤다'는 건 과장이었다. 피터는 겨우 눈을 붙였다가 아침 첫 햇살이 낮게 드리우며 눈꺼풀을 찔러 댈 때 추위와 축축한 습기를 온몸으로 느끼며 깨어났다.

눈을 떴을 때 맨 처음 떠오른 건 팍스였다. 오늘 아침 팍스는 어디에 있을까? 팍스도 춥고 축축할까? 팍스도 두려울까?

"내가 갈게, 조금만 기다려."

피터는 크게 외치며 쓰레기봉투를 다시 둘둘 말아 배낭에 쑤셔 넣었다.

피터는 막대 치즈 하나와 크래커 두어 개를 먹고는 꾸물거리며 오랫동안 물을 마셨다. 그러고는 신발 끈을 단단히 묶고 다시 길로 향했다.

온몸이 뻣뻣하고 쑤셨다. 하지만 적어도 피터를 짓누르던 걱정은 어느 정도 누그러졌다. 아마도 10킬로미터 이상 오지는 않았을 것이다. 아직은 꼬박 하루의 여유가 있다. 하지만 그 시간이 지나면 일터에서 집으로 돌아온 할아버지는 피터가 사라졌다고 의심할지도 모른다.

지도에 따르면, 고속도로에 닿을 때까지 어쩌면 30킬로미터 이상 더 걸어야 할지도 몰랐다. 그러고 나서 어디든 지름길을 찾아 서쪽으로 돌면 된다. 오늘 밤 문명을 등지고 숲에서 잠들 텐데, 그것이 이 여행에서 가장 위험한 부분이었다.

그 전날 아빠와 함께 차를 타고 올 때 좀 더 집중할걸 그랬나 후회했다. 이것이 두 번째 실수였다. 하지만 고속도로를 빠져나오자마자 조용한 마을 하나가 있었던 건 기억이 났다. 그러고는 이따금씩 나타나는 농장 옆으로 엉망이 된 삼림지대가 뻗어 있었던 것도……

피터는 다섯 시간 내내 쉬지 않고 걸었다. 발뒤꿈치에 물집이 생기고 배낭 때문에 어깨가 욱신거렸다. 하지만 한 걸음씩 내디

딜 때마다 팍스와 함께 절대로 떠나지 말았어야 할 집이 조금씩 더 가까워지고 있었다. 그리고 희망도 점점 커졌다. 마침내 정오가 막 지났을 때 마을 광장으로 이어지는 길에 건물이 나란히 줄지어 있는 곳에 도착했다.

곧 지나치는 사람들이 모두 왜 피터가 지금 이 시간에 학교에 있지 않는지 의아해하며 의심스러운 눈초리로 쳐다본다는 것을 알아차렸다. 아장아장 걸어가는 아기를 데리고 가던 어떤 여자가 발걸음을 멈추고는 피터를 빤히 쳐다보자, 피터는 옆 철물점 진열장을 열심히 들여다보는 척했다.

유리에 비친 자신의 모습을 가만히 쳐다보았다. 자신에게서 희망이 녹아내린 흔적이 풍겼다. 머리카락은 나뭇잎으로 지저분하게 엉켜 있고, 털 스웨터에는 흙이 덕지덕지 묻어 있고, 코는 시뻘갰는데 오늘 하루가 지날 때쯤이면 얼굴 전체가 햇볕에 탈 게 뻔했다. 창문에 비친 아이는 도망자 같았다. 준비를 썩 잘하지 못한 아이 같았다.

그 여자가 다시 움직이는 게 느껴졌다. 하지만 피터가 미처 자리를 뜨기도 전에, 그림자 하나가 피터의 어깨 위로 어렴풋이 나타났다.

"뭐 필요한 거라도 있니, 꼬마야?"

피터는 고개를 들었다. 가게 로고로 장식한 파란색 재킷을 입은 남자가 문가에 서서 담배를 피우고 있었다. 축 늘어진 배 위로 팔짱을 꼈는데, 드물게 난 잿빛 머리칼이 이마 위를 덮고 있었다. 하지만 피터의 코를 내려다보는 모습에 한 번인가 보았던, 참죽나무 꼭대기에서 먹이를 찾던 매가 떠올랐다. 그 남자는 진열장을 가리켰다.

피터는 몸을 돌려 진열된 물건들을 보았다. 씨앗 주머니와 정원용 도구가 보였다.

"아니, 아니요. 저는 그냥, 저기…… 손전등 파세요?"

남자가 고개를 치켜 올리고는 피터를 꼼꼼히 살펴보면서 담배를 들었다. 피터는 다시 매가 떠올랐다. 마침내 남자가 고개를 끄덕였다.

"7번 통로에 있다. 그런데 오늘 학교 안 가는 날이니?"

"점심시간이에요. 다시 얼른 가봐야 해요."

남자가 담배를 비벼 끄고는 가게 안으로 피터를 따라 들어왔다. 남자는 피터가 선반에서 가격이 가장 싼 손전등과 건전지 한 묶음을 고르는 내내 피터 근처를 떠나지 않았다. 계산할 때도 그림자처럼 피터를 따라왔다.

밖으로 나온 피터는 자신도 모르게 참고 있던 숨을 내쉬었다. 물건을 전부 다 배낭에 쑤셔 넣고는 사거리로 다시 향했다.

"얘, 꼬마야."

남자의 목소리에 피터는 얼어붙었다.

그 남자가 피터를 따라 밖으로 나왔다. 그 남자는 어깨 너머로 엄지손가락을 들어 올렸다.

"학교는 저쪽이야."

피터는 손을 흔들고 씩 웃으며 애써 멍청한 척 굴었다. 그러고 는 방향을 바꾸었다. 모퉁이에서 위험을 무릅쓰고 어깨 너머를 흘끗 돌아보았다. 그 남자가 여전히 피터를 지켜보고 있었다.

피터는 서둘러 그 자리를 떠났다. 갑작스레 땀방울이 솟아나 뒷덜미가 서늘했다. 피터는 학교 입구에 도착할 때까지 발걸음 을 멈추지 않았다. 이윽고 주차장 사이 길로 가로질러 갔다.

정말이지 한 2, 3분이라도 쉬고 싶었다. 픽업트럭 두 대 사이 에라도 몸을 웅크린 채 피하고 싶었다. 그러고는 달아날 길을 생 각해보고 싶었다. 그런데 주차장과 부속 건물 뒤로 훨씬 더 마 음을 잡아끄는 무언가가 보였다.

야구장 다이아몬드 표시가 연초록색 봄 잔디밭에 새겨져 있 었다. 학교에서 멀찍이 떨어진 곳에, 3루 라인을 따라 텅 빈 더 그아웃이 푹 파여 있었다.

피터는 언덕 위에 서서 야구장을 내려다보았다. 그리고 딱 1 분 동안 갈등했다. 서둘러 앞으로 나아가야 한다는 걸 머릿속으 로는 분명 알고 있었다. 하지만 철물점의 그 남자가 경찰에 전화 했으면 어쩌지? 지금 길을 나서면 위험할 거야. 조금 쉬어도, 밤 에 쉽사리 만회할 수 있을 거야. 왜냐하면 이제는 손전등이 있 으니까. 그러자 갑작스레 뼛속까지 피곤이 몰려왔다. 피곤해서 죽을 것 같았다.

그렇지만 사실 피곤을 느끼는 진짜 이유는 따로 있었다. 마치 운동장이 피터를 초대하는 것처럼, 무척 환영하는 것처럼 보였다. 야구장에 있으면 피터는 언제나 기분이 좋았다. 어쩌면 일종의 징조인지도 몰랐다. 피터는 징조를 믿지 않는다고 생각했지만, 지난 밤 코요테가 나타난 뒤로는, 자신이 정말 징조를 믿지 않는지 그다지 자신이 없었다. 피터는 배낭을 고쳐 메고 야구장을 향해 언덕을 성큼성큼 내려갔다.

더그아웃 안에 들어서자, 익숙한 가죽, 땀, 상한 풍선껌 냄새가 뒤섞여 피터를 포근하게 감싸 안았다. 피터는 서둘러 옷을 갈아입고, 머리에 붉은 진흙을 한 주먹 벅벅 칠했다. 이곳을 떠날 때, 경찰이 알고 있을지 모를 특정한 인상착의를 남기지 않도록 하기 위해서였다. 피터는 식수대의 수도꼭지에서 보온병을 채운 뒤 전부 다 마시고는 다시 채웠다. 그러고는 벤치 아래에서 몸을 꿈틀거렸다. 팍스가 쉬고 싶다면 이런 곳을 골랐을 거라는 걸 깨닫자 비로소 미소가 피어났다. 이곳은 스스로를 방어할 수 있으면서도 밖이 훤히 보이는 지점이니까.

한 시간, 그래, 그 정도면 충분할 거야. 그리고 나서 학교 뒤로 빠져나가 다시 길을 나설 거다. 철물점의 남자가 경찰을 불렀다고 해도, 한 시간 정도면 경찰도 흥미를 잃어버릴 테니까. 피터는 야구 글러브를 매만지고 글러브에 머리를 내려놓았다. 그러고는 혼잣말을 했다.

"정말 딱 한 시간만 여기서 쉬는 거야, 난 눈도 감지 않을 거야."

"**여**긴 내 영역이야."

팍스는 어찌나 놀랐는지 꾸벅꾸벅 졸고 있던 떡갈나무 밑동에서 거의 꼬꾸라질 뻔했다. 하루 종일 지켜보았는데 메뚜기보다 큰 동물은 보지 못했다. 그런데 어디서 나타났는지 지금 여기에 밝은 색 털의 암컷 여우 한 마리가 보였다. 팍스는 전에 다른 여우를 본 적은 없었지만, 그게 여우라는 것은 알았다. 자신보다 더 어리고 몸집도 작은 암컷이었지만, 여우는 여우였다. 그 여우는 귀와 꼬리를 세우고 있었다. 팍스에게 복종을 바라고 있다는 걸 본능적으로 알았다.

"여기에선 내가 사냥한다고!"

팍스는 자신이 찾은 어설픈 보금자리로 다시 달려가 남아 있는 줄기 안에 완전히 몸을 숨기고 싶은 충동을 느꼈다. 마치 자신의 여우 집으로 돌아가는 것처럼 말이다. 하지만 꾹 참았다. 소년이 다시 돌아왔는데 자신이 여기 없으면 어떡하지? 팍스는 귀를 낮추고 위협할 뜻이 없다는 걸 보여주었다. 하지만 암컷 여우는 거기서 물러나려 하지 않았다.

암컷 여우가 몇 발자국 계속 걸었다. 팍스는 그 여우의 체취를 맡아보았다. 자신의 몸 냄새처럼 익숙했지만, 낯설기도 했다. 암컷 여우는 코를 킁킁거리며 팍스의 체취를 맡았다. 팍스에게서 나는 인간의 냄새가 의심스러운지 털을 곤두세웠다.

팍스도 저런 본능을 똑같이 타고났다. 하지만 의심은 피터가 한결같이, 한없이 베푸는 친절과는 어울리지 않았다. 특히 세상으로 처음 나온 동물에게는 더더욱……. 피터가 팍스를 구해준 건 팍스가 태어난 지 고작 16일 되었을 때였다. 아비도 없고, 어미도 없이 겨우 눈만 깜빡이는 새카만 털 뭉치였기에, 팍스는 자신을 집으로 데리고 간 이 조용하고 키만 멀쑥하니 큰 소년을 곧 무한히 신뢰하게 되었다.

이 암컷 여우, 브리스틀*은 뾰족하게 툭 튀어나온 주둥이로 팍스를 툭툭 치면서 좀 더 바짝 냄새를 맡으며 다시 털을 발끈 세웠다.

"이건 그 아이의 냄새야. 너 그 애를 봤니?"

* Bristle. '화가 나서 털을 곤두세우다'라는 뜻.

팍스는 소년의 가장 중요한 인상착의를 브리스틀에게 알려주었다. 툭 튀어나온 둥근 귀, 너무 길어서 달릴 때면 넘어지지는 않을까 언제나 걱정스러운 두 다리. 삐뚤빼뚤 자랐다가 다시 짧아진 검은 곱슬머리까지.

"인간은 여기에 없어. 하지만 인간들이 가까이 다가오고 있어."

바로 그때 이 여우, 브리스틀이 마치 보이지 않는 줄에라도 걸린 것처럼 고개를 번쩍 치켜들었다. 두 귀를 쫑긋 세우고, 부스럭거리는 근처 금작화 덤불에 온 신경을 곤두세웠다. 곧이어 엉덩이를 씰룩이면서 힘을 모으기 시작했다. 브리스틀은 높이 뛰어올랐다가, 다음 순간 발을 검은 코 위로 모으고 끝이 하얀 꼬리를 펄쩍 움직이면서 풀밭으로 뛰어들었다.

팍스는 깜짝 놀라 일어나 앉았다. 잠시 뒤, 브리스틀의 머리가 다시 나타났다. 산에 사는 쥐 한 마리를 입에 물고 있었다. 쥐의 목덜미를 문 브리스틀이 풀밭에서 빠져나와 땅 위에 쥐를 툭 내려놓았다.

젖을 떼기도 전에 고아가 되어 소년의 보살핌을 받은 팍스는 날것을 먹어본 적이 없었다. 그런데 피 냄새를 맡으니 갑자기 허기가 밀려왔다. 그리고 호기심도 밀려왔다. 팍스는 조심스레 한 발짝 다가갔다. 브리스틀이 으르렁대자, 팍스는 멀찌감치 떨어져서 브리스틀을 계속 지켜보았다.

먹이를 먹는 브리스틀을 보자, 팍스는 점점 더 배가 고팠다.

넉넉하게 흘러넘치던 밥그릇, 피터가 손으로 먹이를 주었을 때의 즐거움 그리고 마지막 순간에 상으로 주던 땅콩버터를 떠올렸다. 팍스는 소년을 찾아야 했다. 소년을 찾으면 소년이 먹이를 줄 것이다.

팍스가 다가오는 인간들에 대해 묻기도 전에, 브리스틀이 먹다 남은 쥐를 들어 올렸다. 고작 긴 꼬리가 달린 뒷다리뿐이었다. 브리스틀은 곧 그걸 입에 대롱대롱 물고 어슬렁어슬렁 걸었다. 팍스는 이 여우가 덤불 사이로 나아가다 한낱 하얀 점으로 사라질 때까지 지켜보았다. 떠나간다. 그 모습을 보니 피터네 자동차가 자갈을 흩뿌리며 시끄럽게 멀어지던 기억이 밀려왔다.

숲 언저리 고사리 끝자락으로 막 미끄러져 들어가기 직전, 브리스틀은 잠깐 멈추더니 어깨 너머로 팍스를 흘끗 보았다. 그 순간, 쓰러진 떡갈나무에서 나는 탁 하는 날카로운 소리에 브리스틀이 화들짝 놀랐다. 바짝 마른 나무에서 빨간 줄무늬 털 뭉치가 쪼르르 내려와 잡초 위로 날아가 마침내 브리스틀의 등짝에 떨어졌다.

팍스는 바닥에 납작 엎드렸다. 브리스틀이 자신을 공격한 대상과 난투를 벌이며 낑낑거리는 소리가 들렸다. 하지만 두려움보다는 짜증스러운 소리 같았다. 팍스는 고개를 들었다. 브리스틀이 털 뭉치한테 뛰어들어 세게 물어뜯었다. 놀랍게도 브리스틀이랑 똑같이 생긴 좀 더 작고 비쩍 마른 여우가 브리스틀 발밑에 축 늘어져 있었다.

팍스는 깜짝 놀라 할 말을 잃었다. 여우가 새처럼 날아오르리라고는 한 번도 생각해본 적이 없었다. 새들이 갑작스레 둥글게 내려오는 동작을 자신은 도무지 흉내도 내지 못할 것 같았다.

그 작은 여우는 바닥에 등을 대고 복종의 뜻으로 배를 드러냈지만, 괜히 브리스틀의 성질만 더 돋운 것 같았다. 브리스틀은 이제 요란하게 으르렁거렸으니까. 팍스는 호기심에 차마 그 자리를 떠나지 못했다.

그 비쩍 마른 작은 여우는 낯선 인간의 냄새에 놀라서 브리스틀의 어깨 너머를 흘끗 보았다. 팍스를 본 여우의 눈동자가 커지더니 허둥지둥 발을 땅에 대고 일어섰다. 그 어린 여우는 팍스를 안심시키며 자신을 소개했다.

"친구야, 난 이 여우의 동생이야. 하지만 이 누나랑 같이 태어나지는 않았어. 우리 같이 놀자!"

브리스틀이 이빨을 드러내고 자기 동생을 향해 으르렁거렸다.

"위험해. 그 여우랑 떨어져 있어."

팍스는 경계심을 보이는 브리스틀의 몸짓을 무시하고 그 어린 여우에게 인사했다.

"친구, 넌 나는구나! 새니?"

이 작은 여우는 쓰러져 있는 떡갈나무로 껑충 물러났다. 그러더니 나무 몸통 위로 펄떡 뛰어올랐다. 죽은 나무에서 갈라져 나온 나뭇가지 하나가 위로 굽어 있었다. 이 작은 여우는 긴 나뭇가지를 따라 경쾌하게 걸었다. 그러면서 고개를 숙여 팍스가 자신을 지켜보고 있는지 확인했다.

팍스는 자리에 앉아 가슴 아래로 발을 포갰다. 하지만 자신도 그 나무 위로 뛰어오르고 싶었다. 팍스도 자기 여우 집의 벽을 기어오른 적이 있었다. 하지만 그건 2미터도 채 안 되는 높이였다. 팍스의 꼬리털이 씰룩거리며 움직였다.

암컷 여우는 몇 걸음 성큼성큼 물러나더니 땅바닥에 털썩 주저앉았다. 그러고는 옆으로 몸을 돌려 동생을 곧장 응시했다. 암컷 여우의 눈길에는 동생을 향한 애정이 철철 묻어났다.

"저 애는 런트*야. 새끼 중에 제일 약하게 태어났어. 작아, 그래도 다부져. 내가 사냥할 때 저 녀석이 따라붙는 건 싫어. 그런데도 녀석은 나를 따라와."

브리스틀이 고개를 확 돌리더니 마치 자기 남동생이 저리 노는 게 팍스 탓이라도 되는 것처럼 팍스를 향해 으르렁거렸다.

그 허약한 작은 여우는 꼬리로 균형을 잡으며 나뭇가지를 따라 걸었다. 그러더니 몸을 말아 땅 쪽의 여우 두 마리 위로 펄쩍 뛰어올라 길옆 우엉 덤불에 착륙했다. 곧 가시를 온몸에 잔뜩 뒤집어쓴 채 불쑥 튀어나온 여우가 미친 듯이 빙글빙글 돌았다. 온 힘을 다해 그렇게 높이 솟구친 게 너무도 신난 것 같았다. 어린 여우는 곧 땅바닥에서 몸을 쭉 펴더니 휴식을 취했다.

브리스틀이 동생에게 걸어갔다.

---

* runt. 한 배에서 태어난 새끼들 중 가장 작고 어린 새끼를 뜻한다.

"길에서 너무 가깝잖아!"

브리스틀은 털에서 가시를 집어내면서, 동생의 무모한 비행을 꾸짖었다. 하지만 팍스는 날아오른 런트를 보며 소름 끼칠 만큼 경이로움을 느꼈다. 땅에 발을 대지 않고서 다섯 걸음은 족히 날았다. 팍스도 언젠가 그 재주를 부려보리라 결심했다.

런트는 바동거리며 일어나 고개를 숙이고는 자기 누나한테 코를 비벼댔다. 브리스틀은 동생을 바닥으로 밀쳐냈다. 하지만 그저 괜히 거칠게 구는 체만 했다. 그러더니 동생을 앉히고 그 위에 앉았다. 런트는 약간 버둥거리기는 했지만 절대로 누나의 성질을 건드리지는 않았다. 누나가 동생의 털을 쓰다듬어주기 시작하자 동생은 그저 힘없이 버둥거렸다.

팍스는 멀찌감치 떨어져 얌전히 자리에 앉았다. 잠시 뒤 동생의 태도가 이제 어느 정도 얌전해지자 누나도 더 이상 동생을 괴롭히지 않았다. 브리스틀은 먹다 남은 쥐 한입을 찾아와 동생 앞에 털썩 내려놓았다. 그러고는 덜썩 주저 앉아 발을 핥고 얼굴을 씻어냈다.

팍스는 좀 더 가까이 슬금슬금 나아갔다. 하도 낮게 움직여 배가 땅에 쓸릴 정도였다. 팍스는 이 여우 일행 두 마리가 자신을 받아들인 것인지 그렇지 않은지 궁금했다.

브리스틀이 기울어가는 햇살을 받으며 기지개를 켰다. 브리스틀의 축축한 뺨이 매끄러운 하얀 목과 대조적으로 빛났다. 마치 팍스의 인간 친구들이 음식을 먹던 호박색 나무 탁자처럼 반짝거렸다.

팍스는 런트를 바라보았다. 런트는 팍스가 잠을 잤던 곳에 킁킁 코를 대고 있었다. 털 무늬는 브리스틀과 같았지만, 상태가 썩 좋아 보이지는 않았다. 털이 드문드문 나있고, 군데군데 터부룩했으며, 엉덩이뼈는 앙상하게 툭 튀어나왔다. 런트가 갑작스레 뒷다리를 접고 앉더니 장난스럽게 뛰며 달려들었다.

팍스는 이 작은 여우가 장난감 병정을 허공에 툭 던졌다가 낚아채고, 다시 던졌다가 낚아채는 모습을 지켜보았다. 새끼였을 때 팍스도 그런 행동을 했다. 팍스는 터벅터벅 걸어가 새끼 여우와 함께 놀았다. 런트는 마치 태어날 때부터 함께 어울렸던 것처럼 팍스를 스스럼없이 받아들였다.

브리스틀이 일어섰다.

"그거 여기로 가져와."

동생 여우는 한순간 누나를 무시하더니, 문득 누나가 인내의 한계에 다다른 것을 간파한 듯 느릿느릿 걸어가 누나의 발에 그 장난감을 내려놓았다.

브리스틀은 장난감 병정을 향해 으르렁거렸다. 그러고는 동생에게 명령을 내렸다.

"인간의 것이야. 건드리지 마. 집으로 가. 지금 당장!"

런트는 팍스에게 몸을 기울이더니 앞발을 힘껏 버티고 섰다.

브리스틀은 튀어 올라 자기 동생을 막아 세웠다.

"이 애한테서 인간의 냄새가 나. 알아둬."

문득, 팍스는 브리스틀이 자기 남동생과 소통하는 모습에 깜짝 놀랐다. 마치 차갑게 몰아치는 바람 같았다. 무언가를 두고 싸우는 여우 한 쌍을 보자, 팍스는 자신이 있었던 여우 굴이 떠올랐다. 그것은 빗장이 아니라 이빨과 발톱이 달린 쇠붙이였다. 그 쇠붙이로 된 이빨과 눈 덮인 땅은 피로 물들었다.

　집.

　브리스틀은 고개를 들어 하늘을 살펴보고 바람 냄새를 맡았다. 남쪽에서 오는 무시무시한 폭풍우 냄새가 바람에서 묻어났다.

　런트는 꼬리를 낮추고 누나를 졸래졸래 따라가기 시작했다. 그러다가 문득 팍스를 향해 돌아서더니 따라오라고 했다.

　팍스는 머뭇거렸다. 인간들이 돌아올 텐데……. 이곳을 떠나고 싶지 않았다. 하지만 짙은 구름이 몰려오고 있었다. 바로 그 순간 우르르 쾅쾅 멀리서 천둥소리가 들렸다. 폭풍이 내리칠 때는 인간들이 위험을 무릅쓰고 나오지 않는다. 팍스도 그 사실을 안다. 폭풍이 내리치는 길옆에서 물에 쫄딱 젖는 건 생각하고 싶지도 않았다. 그것도 혼자서…….

　팍스는 입안에 병정을 끼워 넣은 후 두 마리 여우를 쫓아 길을 나섰다.

　팍스가 따라온다는 걸 눈치챈 브리스틀이 몸을 돌렸다.

　"딱 하룻밤만이야, 인간 냄새를 풍기는 여우."

　팍스는 고개를 끄덕였다. 폭풍이 지난 뒤 냄새를 쫓아서 다시 이 길로 오면 될 거야. 그러면 인간들이 팍스를 찾아오겠지. 그리고 일단 소년을 찾으면 절대로 소년을 떠나지 않을 거야.

6

피터는 잠이 확 달아나버렸다. 막 뛰쳐나온 아이들의 발자국, 이 아이들이 외치는 고함 소리 그리고 야구 글러브 안으로 공을 퍽퍽 힘껏 쳐대는 소리……. 피터는 벤치 아래에서 기어나와 주섬주섬 물건을 챙겼다. 너무 늦게까지 자버렸어. 아이들 스무 명과 코치 선생님이 언덕을 내려오고 있었다. 위쪽 주차장에서 한 무리의 어른들이 흩어지는 아이들을 내려다보았다. 몇몇 어른은 유니폼을 입고 있었다. 피터가 몸을 숨기는 최선의 방법은 관중석에 이미 퍼져 있는 열두어 명 정도 되는 아이들에게 끼어드는 것이다. 두세 명씩 무리를 지어 앉은 아이들 틈에 섞여 고개를 숙이고 앉아 있다 아이들이 떠날 때 함께 움직이면 될 것이다.

피터는 관중석 맨 꼭대기 줄로 기어올라가 배낭을 내려놓았다. 야구 연습을 지켜보는 아이. 이보다 더 평범해 보일 수는 없을 것이다. 하지만 가슴은 여전히 두근거렸다.

저 아래 코치 선생님이 운동장 안으로 공을 가볍게 툭툭 치기 시작했다. 선수들은 대부분 몸이 다부지고 고함을 빽빽 잘 질러대는, 야구장에서 흔히 볼 수 있는 평범한 아이들이었다. 문득 피터는 뭔가 남다른 아이를 발견했다. 짧게 자른 담황색 머리에 빛바랜 붉은색 티셔츠를 입은 자그마한 아이가, 유격수를 맡고 있었다. 나머지 선수들이 강아지처럼 이리저리 재빨리 움직이는 동안, 이 아이는 동상처럼 양손을 높이 쳐들고 코치의 방망이에 시선을 고정시키고 있었다. 야구 방망이가 퍽 하고 공을 쳐내는 순간, 소년은 불쑥 튀어 나갔다. 정말 신기하게도 그 소년은 자신이 지키는 곳 근처에 오는 모든 공을 다 잡아냈다. 키가 아주 작아서 누군가의 꽁무니나 졸졸 따라다니는 동생처럼 생겼는데도 말이다.

피터도 잘 안다. 자신은 사람들이 야구장에서 보고 싶어 하는 그런 아이가 아니라는 걸. 그렇다고 덩치 큰 아이들이 툭툭 치고 욕을 내뱉는 더그아웃에 있는 건 훨씬 더 불편했다. 하지만 야구장은 바로 자신의 운명처럼 느껴지는 유일한 장소였다.

다른 누구에게 감히 말하려는 시도조차 하지 않았던 무언가가 떠올랐다. 너무 개인적인 이야기라는 생각이 들기도 했지만 어쩌면 사실 그것을 설명할 마땅한 단어가 없어서라는 게 더 옳은 말일 것이다. '성스럽다'가 그나마 가장 가까운 말이랄까? 어쩌면 '차분하다'는 단어도 어느 정도는……. 하지만 둘 다 꼭 맞아떨어지지는 않았다. 한눈에 피터는 그 유격수가 그 성스럽고도 차분한 것을 이해하고 또 느끼고 있다는 걸 알아차렸다. 바로 지금처럼.

코치 선생님이 마운드에 서서 공을 던지고 있었다. 타자들은 라인드라이브*와 땅볼을 치고 외야수들은 마침내 집중을 하거나, 적어도 제대로 된 방향을 바라보고 있었다. 하지만 그 유격수는 여전히 그저 지켜보고만 있었다. 마치 전기가 통하는 전선으로 온몸을 칭칭 감은 것처럼, 플레이를 뚫어져라 바라보고 있었다.

피터는 그런 종류의 집중이 무엇인지 잘 알았다. 이따금 모든 선수들의 일거수일투족에 너무도 집중하느라 눈동자 깜빡이는 걸 잊어버려서 실제로 눈이 뻑뻑해지곤 한다. 피터는 저런 집중이 성공한다는 걸 안다. 저 아래 붉은색 셔츠를 입은 아이처럼, 피터도 야구장에서 자기 영역이 있었다. 피터는 자기 영역 아래 있는 바짝 깎은 잔디와 바싹 마른 땅 냄새가 무척 좋았다. 하지만 무엇보다 가장 좋아하는 건 야구장 뒤편의 울타리였다. 울타리는 피터에게 정확히 피터의 책임이 무엇인지, 무엇이 책임이 아닌지 말해주었다. 공이 울타리 안쪽에 떨어지면, 그 공을 잡

---

* 일직선으로 곧게 날아가는 타구.

아야 한다. 공이 울타리 너머로 높이 솟구쳐 날아가면, 더 이상 걱정할 필요가 없었다. 근사하고 깔끔하다.

피터는 '책임'에도 운동장을 둘러싸고 있는 분명하고 높은 울타리가 있었으면 하고 종종 바랐다.

엄마가 돌아가셨을 때, 피터는 한동안 심리 치료를 받으러 다녔다. 일곱 살 때 피터는 말을 하고 싶지 않았다. 아니, 그런 종류의 상실을 말로 어떻게 표현하는지 알지 못했던 것 같다.

심리 치료사는 친근한 눈에 은빛 머리카락을 길게 기른 여자였는데, 피터에게 괜찮다고, 정말 괜찮다고 말했다. 피터는 심리 치료를 받는 내내 장난감 상자에서 작은 자동차와 트럭을 꺼내다가 2대 2로 서로 쾅쾅 부딪히곤 했다. 장난감 상자에는 장난감이 백 개쯤 있었는데, 이 여자 심리 치료사가 피터를 위해서 장난감 가게를 몽땅 털어왔다는 걸 나중에 알았다. 치료가 끝날 때마다, 심리 치료사는 언제나 똑같은 말을 했다.

"분명 힘든 일이었을 거야. 네 엄마는 장을 보러 가려고 자동차에 탔어, 보통 때처럼 말이야. 그런데 엄마는 다시는 집으로 돌아오지 못했으니까."

피터는 한 번도 대답한 적은 없었다. 하지만 그 말이 옳다고 느꼈던 것 그리고 그 시간 전부가 기억났다. 마침내 피터는 자신이 있어야 할 곳에 있었던 것 같은 느낌이 들었다. 작은 자동차를 쾅쾅 부딪치는 일과 넌 분명 힘들었을 거라는 말을 듣는 일 말고는 달리 해야 할 게 아무것도 없는 것 같은 그런 느낌.

그러던 어느 날 심리 치료사가 뭔가 다른 말을 했다.

"피터, 화가 나니?"

어쩌면 너무 빨리 대답했는지도 모른다.

"아니요. 전혀 아니에요."

거짓말이었다. 그러고 나서 피터는 바닥으로 내려가 치료 시간이 끝날 때마다 그랬던 것처럼, 문 옆 청동 그릇에서 초록색 사과 졸리 랜처 사탕* 하나를 꺼냈다. 그건 이 눈이 친절한 심리 치료사가 피터와 맺은 거래였다. 피터가 치료에 적극적이었을 때마다, 피터는 달콤한 사탕 하나를 받을 수 있었고, 그러면 그 시간은 끝이 났다. 그러고는 치료실을 나섰다. 하지만 밖에 나오면, 피터는 도랑에 그 사탕을 뱉어버렸다. 집에 오는 길에 다시는 치료받으러 가지 않을 거라고 아빠한테 말했다. 아빠는 가타부타 말이 없었다. 사실 마음이 놓이는 것 같았다.

하지만 피터는 아니었다. 엄마가 돌아가신 마지막 날에 피터가 화가 나서 뭔가 끔찍한 일을 저질렀다는 것을 그 착한 심리 치료사는 처음부터 내내 알고 있었던 건 아닐까? 그 벌로 엄마가 장을 보러 갈 때 피터를 데려가지 않았던 것도 알고 있었던 건 아닐까? 그래서 엄마한테 일어난 비극적인 일이 피터 탓이라고 비난하는 건 아닐까?

몇 달 뒤, 피터는 팍스를 얻었다. 피터는 집 근처 길옆에서 차

---

* 입안에서 몇 시간 동안 가는 사탕.

에 깔려 죽은 여우 한 마리를 우연히 발견했다. 엄마의 관이 땅속에 묻히는 모습을 보고 난 지 얼마 지나지 않은 뒤라, 그 여우의 시체를 꼭 묻어주어야겠다고 생각했다. 적당한 장소를 찾아 주위를 두리번거리다가 여우 굴을 우연히 보았다. 그 굴속에는 차갑게 식어 뻣뻣해진 세 마리 새끼 여우와 아직 온기가 남아 숨 쉬고 있는 잿빛의 자그마하고 둥그런 털 뭉치 하나가 있었다. 피터는 팍스를 자신의 털 스웨터 주머니에 넣고 집으로 데리고 와서 아빠에게 말했다. 질문이 아니라 통보였다.

"나 이거 키울 거예요."

아빠가 말했다.

"그래, 그러렴. 당분간."

이 어린 여우는 밤새도록 측은하게 낑낑거렸다. 그 소리를 들으면서 피터는 그 눈이 친절한 치료사를 다시 찾아가서 낮이고 밤이고, 또 다른 낮이고 밤이고, 그 장난감 자동차를 쾅쾅 부딪칠 수 있을까 생각했었다. 화가 나서 그런 건 아니었다. 그저 모두에게 보여주고 싶었다.

팍스를 생각하면 오래된 걱정이 피터의 가슴을 뱀처럼 칭칭 감아왔다. 너무 오래 시간을 지체했고, 만회하려면 다시 움직여야 했다. 야구 연습이 이제 끝나가고 있었다. 아이들은 운동장에서 뛰어나와 야구 장비를 챙기고 더그아웃 옆을 우르르 스쳐 지나갔다. 운동장이 텅 비자, 피터는 관람석에서 내려와 배낭을 끌어당겨 어깨에 걸쳐 멨다. 그런데 피터가 야구장을 나설 때 그 유격수가 보였다.

피터는 머뭇거렸다. 마지막으로 학교 운동장을 빠져나가는 아이들과 섞이려면 지금 출발해야 했다. 그런데 팀원들이 그 아이한테 남아서 운동 장비를 챙기고 혼자 걸어오라고 시켰다. 피터는 그게 어떤 느낌인지 알았다. 피터는 공 두어 개를 주워서 건넸다.

"여기."

그 아이는 조심스럽게 웃어 보이며 공을 받았다.

"고마워."

"잘하던데? 그거, 마지막 라인드라이브였던가? 그 공 진짜 끝이 살아 있었거든."

그 아이가 시선을 피하며 땅바닥에 발을 질질 끌었다. 하지만 피터는 그 애가 기뻐한다는 걸 알 수 있었다.

"그래, 맞아. 1루수가 실제보다 더 멋져 보이게 받아주었지."

"아냐, 네가 잘한 거야. 너희 1루수 실력은 그저 그랬어. 뭐, 악의는 없어."

그 아이가 피터를 향해 활짝 웃어 보였다.

"맞아, 코치 선생님의 조카야. 너 야구하니?"

피터는 고개를 끄덕이며 말했다.

"난 중견수야."

"여기 이사 온 거니?"

"어…… 난 여기 안 살아. 난……."

피터는 막연하게 남쪽을 향해 고개를 끄덕였다.

"햄프턴?"

"그래, 햄프턴, 맞아."

그 아이의 얼굴이 굳어졌다.

"토요일 게임 전에 정찰하는 거야? 나쁜 새끼."

그 아이는 침을 뱉더니 더그아웃으로 걸어 들어갔다.

그 아이가 학교 운동장을 떠나자, 피터는 자신의 탈주로를 잽싸게 위장해낸 것이 스스로 대견했다. 하지만 어쩐지 기분이 별로 안 좋았다. 사실, 좀 비열해진 느낌이 들었다.

피터는 애써 그 느낌을 떨쳐버렸다. 아빠는 감정에 대해 뭐라고 했더라? 커피 한 잔하고 15분 정도의 무엇? 피터는 시계를 확인했다. 4시 15분이었다. 세 시간 넘게 허비했다.

피터는 서둘러 움직였다. 하지만 다시 그 마을 광장에 돌아왔을 때, 그 철물점 맞은편으로 건넜다. 겨우겨우 평상시의 걸음걸이로 도서관을 지나친 뒤 버스 정류장을 지나서 카페를 지나갔다. 그러고 나서 천 걸음을 센 다음, 위험을 감수하고 고개를 들었다.

그런 뒤 다시 시계를 확인했다. 4시 50분이었다. 할아버지는 아마도 지금 자신의 물건을 챙기고 있을 것이다. 피터는 할아버지가 파란색 녹슨 쉐비* 자동차로 걸어가 열쇠를 꽂고 시동을

---

* 쉐보레(CHEVROLET) 자동차 상표명.

거는 모습을 떠올렸다.

그 모습을 떠올리니, 걱정이 한순간에 몰려와 숨을 제대로 쉴 수가 없었다. 피터는 나무로 된 낮은 펜스를 가늠해본 뒤 무성한 덤불 속으로 뛰어내렸다. 서른 걸음 정도 안전하게 헤치고 나가자, 묘목이 피터의 키보다 더 높이 솟아오른 곳에 도착했다. 마침내 피터는 걱정을 떨쳐버리고 한숨 돌릴 수 있었다. 그러고 나서 길 쪽으로 방향을 틀었다. 지금 가는 길이 더 험했다. 하지만 15분 뒤 목적지에 도착했다. 바로 고속도로였다.

피터는 몸을 낮게 웅크리면서 고속도로 진입로에 숨어들었다. 그러고 나서 자동차가 지나가지 않을 때 배수구로 달려 내려가서 쇠사슬로 연결된 울타리를 눈여겨보았다가 반대쪽으로 몸을 던졌다. 심장이 마구 뛰었다. 드디어 해냈다.

피터는 숲 속으로 달려가면서, 서쪽을 가로지를 것 같은 곳을 계속 유심히 찾아보았다. 그리고 고작 몇 분이 지나지 않아 고속도로로 가파르게 이어진 흙길 하나를 찾아냈다. 음, 솔직히 오래된 마차 길보다 나을 게 없었다. 하지만 제대로 된 방향으로 나아가고 있었다. 그리고 밤에도 걷기 편했다. 피터는 그 길로 접어들었다.

그 길로 접어든 지 얼마 지나지 않아 피터 옆의 숲이 점점 무성해졌다. 새소리와 부스럭거리는 다람쥐 소리만 들려왔다. 피터는 이것이 잠시나마 보는 도시 문명의 마지막 모습일지도 모른다는 사실을 깨달았다. 그 생각을 하자 기운이 났다.

하지만 몇 분이 지나자 길이 모퉁이로 돌아서고 옹이진 과일 나무가 듬성듬성 있는 오래된 초원을 따라 이어지기 시작했다. 돌담이 들판의 경계를 가르고, 저 멀리 구석에 창고가 있었다. 창고에서는 새어나오는 불빛도 없었다. 으레 창고 옆에 세워져 있는 자동차라든가 트럭도 없었다. 피터의 심장은 무너져 내렸다. 창고는 새로 칠한 것처럼 보이고, 지붕널에는 새 나무처럼 옅은 분홍빛이 군데군데 돌았다. 이건 누군가의 집으로 가는 길이었다. 어쩌면 지도가 너무 낡아서 나와 있지 않은 보다 더 큰 길로 이어지고 있을지도 몰랐다. 어떤 경우든, 언덕을 가로지르는 지름길이 아닌 것만은 분명했다.

피터는 배낭을 내려놓고 돌담 사이의 좁은 틈에 털썩 주저앉았다. 기운이 하나도 없고 배도 고팠다. 신발을 벗고 양말도 벗겨냈다. 몹쓸 물집 두 개가 양쪽 발꿈치에 나 있었다. 터트리면 몹시 아플 텐데. 피터는 배낭 밑바닥에서 여벌의 양말 한 켤레를 찾아내어 첫 번째 양말 위에 덧신었다. 거친 돌에 머리를 뒤로 기대고 쉬었다. 한낮의 태양이 남겨놓은 온기가 아직 돌에 남아 있었다. 태양은 이제 숲 위쪽을 덮으며 들판을 복숭아 빛으로 물들였다.

피터는 건포도를 꺼냈다. 길을 가는 중간 중간에 물을 몇 모금씩 마시면서 건포도를 한 번에 한 개씩 먹었다. 이윽고 막대 치즈 두 개를 꺼내고 소맷자락에서 크래커 네 개를 꺼냈다. 최대한 천천히 먹으며 과수원 위에 떠 있는 태양을 지켜보았다.

문득 해가 지는 모습을 실제로 지켜볼 수 있다는 사실을 깨닫고 깜짝 놀랐다. 어떻게 석양을 모른 채 12년을 살았을까?

피터는 신발 끈을 묶었다. 몸을 일으키려는데, 사슴 한 마리가 눈에 들어왔다. 사슴은 저 너머 숲에서 과수원으로 뛰어갔다. 피터는 과수원 안 여기저기에 흩어져 있는 열네 마리 사슴을 숨죽인 채 지켜보았다. 사슴들이 풀을 뜯어먹기 시작했다. 몇 마리는 낮은 나뭇가지를 조심스레 우물거리며 갉아먹었다.

피터는 다시 몸을 낮추었다. 가장 가까이 있는 엄마 사슴이 머리를 돌려 피터를 똑바로 쳐다보았다. 엄마 사슴 옆에는 비쩍 마른 얼룩무늬 새끼 사슴이 있었다. 피터는 어미 사슴한테 해칠 생각이 없다는 뜻을 드러내려고 손바닥을 서서히 들어 올렸다. 어미 사슴이 피터와 자기 새끼 사이로 움직였다. 하지만 잠시 뒤, 어미 사슴은 다시 풀밭으로 고개를 숙였다.

그때 아주 선명한 황혼을 감싼 대기가 창고 뒤편의 숲에서 들려오는 톱질 소리로 갈라졌다. 사슴 떼가 화들짝 놀라 하얀 꼬리를 반짝이면서 떼를 지어 어두워지는 숲으로 우르르 사라졌다. 어미 사슴은 뛰어가기 전에 피터를 한 번 더 똑바로 쳐다보았다. 마치 이렇게 말하는 표정이었다.

"거기 인간, 너희가 전부 다 망쳤어."

피터는 다시 길을 나섰다. 고속도로 쪽으로 돌아왔는데, 이제 자동차 중에서 절반은 전조등을 켜고 다녔다. 불빛이 피터를 향해 직접 달려오는 것 같았다. 피터는 길 쪽으로 몸을 웅크렸다.

그곳의 땅은 발이 푹푹 빠지고 이탄* 냄새가 났다. 자동차 불빛이 위험하겠다고 생각하는 찰나, 피터의 발이 풍덩 빠져버렸다. 피터는 위에 튀어나온 나뭇가지를 움켜잡고 몸을 끌어올렸다. 하지만 너무 늦었다. 신발 속으로 차가운 습지의 물이 꾸역꾸역 스며든 게 느껴졌다. 입에서 저절로 욕이 튀어나왔다. 여분의 양말이 더 이상 없다. 또 다른 실수였다. 부디 이것이 이 여행에서의 마지막 실수이기를 바랄 뿐이다.

그런데 그러고 나서 높은 땅으로 다시 기어오르며 훨씬 더 심각한 실수를 하나 더 저질렀다.

오른쪽 발이 나무뿌리에 걸리는 바람에 그만 넘어지고 말았다. 부드러우면서도 둔탁하게 탁 소리가 났다. 뼈가 부러지는 소리였다. 동시에 뭔가가 따끔하게 찌르는 게 느껴졌다. 피터는 너무 아파서 한참 동안 말도 못 하고 헉헉거리며 주저앉아 있었다. 겨우 발을 빼내고 신발 끈을 풀었다. 발을 움직일 때마다 몸이 움찔했다. 축축한 양말을 내린 후 발을 보니 숨이 턱 막혔다. 발이 어찌나 빨리 부어오르는지 실제로 그 모습을 볼 수 있을 정도였다.

피터는 양말을 다시 말아 올렸다. 그러자 발이 너무 아파서 비명이 터져 나올 것만 같았다. 이를 앙다물고 발이 더 이상 붓지 못하도록 신발 안으로 다시 발을 꾸겨 넣었다. 피터는 나무로 기어올라가 몸을 일으켜 세웠다. 발이 자신의 몸무게를 지탱하

---

* 땅속에 묻힌 지 시간이 오래 흐르지 않아 완전히 탄화하지 못한 석탄.

는지 시험해보았다. 다시 넘어질 뻔했다. 태어나 이렇게 아픈 건 처음이었다. 전에 엄지손가락이 부러졌을 때의 아픔은 이것과 비교하면 모기가 문 것에 불과했다.

피터는 걸을 수가 없었다.

팍스는 자신의 몸에 기대어 웅크린 단단하고 따뜻한 다른 몸의 무게를 느끼며 나른하게 꿈틀거렸다. 반쯤 잠에서 깨어 코를 킁킁거리며 몸에서 나는 편안한 냄새를 들이마셨다. 그런데 사람이 아닌 여우의 냄새가 났다.

순간 잠이 확 달아났다. 팍스에게 기대어 몸을 웅크리고 코를 고는 건 그 암컷 여우의 동생이었다. 여전히 잠에 취한 런트가 낑낑거리며 팍스의 주둥이 위로 꼬리를 획획 흔들어댔다.

팍스는 민첩하게 몸을 빼냈다. 팍스는 텃세를 부려본 적은 없었지만, 이런 상황에서는 선택의 여지가 없었다.

"네 여우 굴로 돌아가!"

팍스는 런트가 자신의 가슴에 파고들려 하자, 런트의 어깨를

꽉 깨물었다.

런트는 잠에서 깨어나 고개를 절레절레 저으면서 몸을 웅크렸다. 하지만 복종의 뜻으로 고개를 숙이지는 않았다. 자리를 뜨려고 움직이지도 않았다.

"우리 놀자."

대신 런트가 매달리듯 말했다.

다른 상황이었다면, 팍스는 이 착하고 어린 여우 친구를 받아들였을 것이다. 하지만 걸핏하면 발끈하는 브리스틀과는 다시 어울리고 싶은 마음이 없었다. 사실, 소년에게 돌아가는 것 말고는 그 어떤 것에도 관심이 없었다.

팍스는 플라스틱 병정을 입으로 물고 가져와 선물로 내려놓았다. 그러고는 새끼 여우한테 다시 저리 가라고 경고했다. 마지막으로 애원하는 표정을 지어 보이고 나서 런트는 그 장난감을 입으로 물었다. 팍스는 런트를 따라 나가서 런트가 저만치 멀리 떨어진 구멍 안으로 스르르 미끄러져 들어갈 때까지 지켜보았다.

　폭풍우는 짧은 시간이었지만 사납게 내리쳤다. 온 하늘이 여기저기서 척척 갈라지며 활짝 열렸었다. 팍스는 주변을 제대로 살펴보지도 못한 채, 런트와 브리스틀이 함께 쓰는 굴에서 그리 멀지 않은 이 버려진 굴의 나지막한 입구로 통하는 길을 찾아왔었다. 이제 팍스는 반달의 희미한 빛 아래 잠시 멈춰 주변을 살펴보았다.

　산비탈은 남쪽을 향하고 있었다. 이곳 나무뿌리는 갈색 손가락 마디처럼 모래흙을 꽉 움켜쥔 모습이었다. 그사이로 굴 입구 세 개가 보였다.

　이 산비탈 위의 숲은 북쪽과 서쪽으로 이어지다가 다시 길로 뻗어간다. 산비탈 아래, 풀로 뒤덮인 드넓은 계곡이 비스듬히 이어져 있다. 아주 좋은 위치였다. 산비탈 높은 곳에서는 다가오는 포식자들로부터 몸을 보호할 수가 있었다. 반면 나란히 이어진 숲은 북쪽에서 불어오는 바람으로부터 여우들을 보호해주었다. 초원에서는 풍요로운 생명의 냄새가 불어왔다.

　이제 전부 파악하고 나니, 팍스는 마음속에 흐르던 긴장이 조금 풀어졌다. 어렸을 때 그랬던 것처럼……. 어렸을 때, 팍스가 소년의 방 한쪽 구석에 먹이 그릇을 세 번이나 밀어내고 나서야, 피터는 마침내 그곳에 먹이 그릇을 그대로 둬야 한다는 걸 이해했었다. 안전한 곳. 차가운 북쪽 벽에서 멀찍이 떨어져 있고, 소년의 아빠가 들어오는 문이 잘 보이는 곳이었다. 소년의 아빠는 가끔 화난 표정으로 들어오곤 했다.

하지만 이곳은 팍스에게 안전하지 않았다. 브리스틀이 이 초원에 나이 든 여우가 자기 짝이랑 함께 살고 있다고 경고해주었다. 그 나이 든 여우는 이미 자기 영역 밖에서 도전받고 있어서, 또 다른 외톨이 수컷의 존재를 가만히 보고만 있지 않을 거라고 했다. 바로 그때 팍스는 아래에서 뭔가 움직이는 것을 보았다. 검은색과 회색 털이 난 넓은 어깨의 우두머리 수컷 여우가 언덕 중간 즈음 덤불에서 나오더니, 그 옆 어린 나무에 오줌을 누며 영역을 표시했다. 이 덩치 큰 여우는 털을 다듬기 시작했다. 하지만 발 하나를 귀에 대고서 갑작스레 바람 속으로 주둥이를 치켜세웠다. 팍스는 언덕 위로 달려가 숲 덤불 속으로 뛰어들었다.

비가 세차게 내렸지만 팍스는 아까 왔던 길에서 자신의 체취를 쉽사리 찾아냈다. 나뭇잎에서 떨어지는 물을 재빨리 핥아먹을 때만 잠깐잠깐 멈추면서, 팍스는 다시 계속 냄새를 따라갔다.

그곳에서 팍스는 전날 군대 수송 행렬이 남겨놓은 냄새를 맡았다. 하지만 그 뒤로 다른 차가 지나가지는 않았다. 팍스는 쓰러진 나무둥치 위에 다시 앉아 기다렸다.

아침이 되니 곤충이 구름처럼 윙윙 어른거리고 새들이 잠에서 깨어나 재잘거렸다. 하지만 여전히 길에 차 소리는 들리지 않았다. 바싹 마른 해가 뜨겁게 떠오르자, 초록 잎사귀마다 방울방울 맺혀 있던 작은 빗방울이 말라갔다.

팍스는 어느새 허기를 느꼈다. 하지만 훨씬 심각한 문제는 갈

중이었다. 인간의 집을 떠난 후 전혀 물을 마시지 못했다. 목이 바짝 마르고, 혀가 퉁퉁 부었다. 몸을 움직일 때마다 어질어질했다. 희미하게 나는 물 냄새가 백 번이나 팍스를 스쳐 지나갔지만, 소년을 저버리고 자리를 뜬다는 건 생각조차 하지 않았다. 소년과 아빠가 여기로 돌아올 것이다. 팍스는 발로 나무를 갉아대면서 조용한 길 위에서 자동차 소리에 귀를 기울였다. 한 시간이 지나갔다. 그러고 나서 또 한 시간이 지나갔다. 꾸벅꾸벅 졸다가 잠에서 깨어났다. 또다시 꾸벅꾸벅 졸다가 다시 잠에서 깨어나 기억을 떠올렸다. 그런데 문득 바람이 뭔가 다가오고 있다는 소식을 전해주었다.

여우였다. 먼젓번에 보았던 그 수컷 여우, 브리스틀이 경고해주었던 바로 그 여우였다. 그 수컷 여우의 걸음걸이는 신중했다. 하지만 주저한다거나, 전혀 힘을 들이지도 않았다. 잿빛 털이 몸집을 감싼 모습을 보아하니 나이가 제법 들었다. 수컷 여우가 점점 가까이 다가왔다. 팍스는 나이 든 그 수컷 여우의 눈이 흐릿하다는 걸 알아차렸다.

이 잿빛 여우는 자신의 체취를 한껏 뿜어내더니 쓰러진 나무 둥치 옆 풀밭에 앉았다. 공격할 뜻이 없다는 걸 드러내려는 듯, 굳이 힘을 주고 몸을 부풀리지 않았다.

"너한테서 인간의 냄새가 나는구나. 나도 언젠가 한번 인간들이랑 살았었지. 그나저나 인간들이 다가오고 있어."

팍스는 갑작스러운 희망이 샘솟자 생기가 돌았다.

"내 소년을 보았나요?"

팍스가 소년의 모습을 설명했다.

하지만 이 잿빛 여우, 그레이는 젊었을 때 인간과 함께 살았던 때 이후로 인간을 전혀 보지 못했다. 게다가 그곳은 전혀 다른 장소였다. 바싹 마른 돌투성이 땅, 겨울은 길고, 해는 짧은 아주 먼 곳이었다.

"서쪽에서 사람들이 다가오고 있어. 그 사람들이 전쟁을 일으키고 있어. 그 사람들을 본 까마귀가 어린 인간 얘기는 한 적이 없는데."

그 말에 팍스의 마음이 무너져 내렸다. 팍스는 비틀거리다 하마터면 나무둥치에서 떨어질 뻔했다.

"너 물을 마셔야겠구나. 따라와라."

팍스는 머뭇거렸다. 소년과 소년의 아빠가 언제든 올 수 있었다. 하지만 물도 급했다.

"근처에 있어요? 물에서 길 소리를 들을 수 있어요?"

"그래. 시냇물이 이 길 아래로 흘러. 따라와라."

그레이의 태도는 확신에 차 있었지만 위협적이지 않아서 팍스는 마음이 놓였다. 팍스는 앉아 있던 곳에서 내려와 그레이를 따라갔다.

곧 땅속에 파인 깊은 틈에 도착했다. 그 틈 사이로 물과 비옥한 진흙에서 자라는 생명의 냄새가 풍겨왔다. 그 끝자락 너머로 은빛 개울이 보였다. 개울은 검은 돌멩이가 군데군데 박혀 있고, 녹색 갈대와 자줏빛 꽃 사이에서 반짝반짝 빛을 내며 흐르고 있었다. 그레이가 조심스레 몸을 낮추었다. 팍스는 물 냄새에 홀린 듯 그레이를 지나쳐 그 물길로 곧장 내려갔다. 개울의 중간쯤에서 팍스는 균형을 잃고 쭉 미끄러지고 말았다.

몸을 일으켜 세우고 나서, 팍스는 물끄러미 물을 내려다보았다. 물은 거대한 수도꼭지에서 나오는 것처럼 쏟아져 내렸다. 소년이 들어가곤 하던 커다란 하얀색 욕조로 물이 콸콸 쏟아지는 주둥이보다도 단연코 훨씬 컸다. 팍스는 머리를 담갔다. 차가웠다. 물은 구리, 소나무, 이끼 맛이 났다. 마치 살아 있는 것처럼 입속으로 물이 들어갔다. 이빨이 시큰했다. 입과 목구멍이 흠뻑 젖었다. 팍스는 물을 마시고 또 마셨다. 배가 빵빵해지고 나서야 뒤로 물러났다.

그레이도 함께 물을 마셨다. 이윽고 그레이는 팍스에게 자기와 함께 가서 쉬자고 했다.

팍스는 고개를 번쩍 들어 도랑 위쪽의 여전히 조용한 길에 유심히 귀를 기울였다.

"인간 친구가 나를 찾으러 올 거예요. 그때 저 길에 있어야 해요."

그레이는 땅 위에 편안하게 앉아 기지개를 켰다.

"길은 어제 군인들로 막혔어."

팍스는 전날 지나가던 자동차를 다시 떠올렸다. 그 자동차들은 소년 아버지의 새 옷에서 나는 것과 같은 냄새를 풍겼다. 그

때부터 아무도 지나가지 않았다는 건 맞는 말이었다. 하지만 그건 문제가 되지 않았다.

"소년이 나를 찾아서 거기로 올 거예요."

"아니. 까마귀가 알려줬어, 길은 막혔다고."

팍스는 꼬리를 흔들어대며 돌멩이에서 돌멩이로 왔다 갔다 하며 생각해보았다. 답이 나왔다.

"난 우리 집에 있는 소년한테 가야겠어요."

"네 집이 어딘데?"

팍스는 확신을 갖고 몸을 확 돌렸다. 의문의 여지가 없었다. 자신의 집이 있는 방향, 단 하나의 방향에서 자신을 강하게 끌어당기는 걸 느꼈으니까. 남쪽이었다.

그레이는 그다지 놀라는 것 같지 않았다.

"저쪽 인간의 식민지는 아주 넓어. 군인들이 여기 도착하면, 우리 가족은 그 식민지에 더 가까운 쪽이나 북쪽으로 가야 할 거야. 산속으로 말이야. 그곳 인간들에 대해 말해봐. 거기 인간들은 어떻게 살고 있지?"

다시 이 늙은 여우의 태도에 팍스의 마음이 누그러졌다. 팍스는 돌아와서 앉았다.

"멀리서 사람들을 많이 보긴 했어요. 하지만 내가 아는 건 딱 두 사람이에요."

"그 사람들은 속이는 거짓 행동을 하니? 내가 알던 사람들처럼?"

75

팍스는 그게 무슨 말인지 이해하지 못했다.

그레이는 엉덩이를 세우고는 안절부절못했다. 그러고는 자신이 보았던 인간의 행동을 들려주었다. 굶주린 이웃을 모른 체했던 한 인간. 그 인간은 저장실에 음식이 가득 차 있는데도 없는 것처럼 굴었다. 자신이 선택한 짝에게 무관심한 척했던 한 인간. 구슬리는 목소리로 양 한 마리를 무리에서 꼬드겨낸 다음에 잡아먹었던 한 인간.

"네 인간들은 이런 짓 안 했어?"

즉시 팍스는 소년의 아빠가 자동차에서 자신을 끌어낸 것을 떠올렸다. 유감스러운 척하는 남자의 목소리가 거짓이라는 걸 팍스는 알고 있었다. 거짓말 냄새를 폴폴 풍기고 있었으니까.

팍스는 개울로 다시 몸을 돌렸다. 개울은 붙어 있는 돌멩이 한 쌍에서 갈라지더니, 이내 은빛 리본처럼 흘러가 다시 만났다. 팍스는 문득 한 가지 기억이 떠올랐다.

소년이 팍스를 구해준 지 오래되지 않아, 그러니까 팍스가 아직 겁 많은 어린 여우였을 때 낯선 사람이 찾아왔었다. 팍스는 탁자 아래에서 소년의 아빠가 한쪽 어깨로 은빛 머리카락을 길게 내려뜨린 여자와 인사하는 모습을 지켜보았다. 소년의 아빠는 이를 다 드러내놓고 웃고 있었다. 팍스는 그건 '환영해, 당신을 보게 되어 기뻐. 네가 아무런 해가 없기를 바라'라는 뜻이라는 걸 이해했다. 하지만 그 미소를 짓는 남자의 몸은 분노와 공포로 뻣뻣하게 굳어 있었다.

팍스는 이런 공포가 혼란스러웠다. 몸집이 작은 그 여자는 친절과 호의를 보이고 있었다. 그 여자는 간청하는 말투로 '피터'라는 단어를 반복했다. 그 단어가 소년과 연결된 단어라는 걸 팍스는 이미 알고 있었다. 소년의 아빠는 이를 훤히 드러낸 채 여전히 환영의 미소를 짓고 있었지만, 그 여자한테 대답할 때, 그 방에는 쓰디쓴 속임수의 냄새가 흘러넘쳤다. 소년의 아빠가 여자 앞에서 문을 세차게 꽝 닫을 때, 팍스는 너무 무서워 가슴이 터질 것 같았다.

팍스는 나이 든 여우, 그레이에게 말했다.

"저도 봤어요. 하지만 내 소년은 그런 짓 안 해요. 그 아이한테는 정말 그런 거 없어요. 하지만 소년의 아빠는 진짜 그랬어요."

늙은 여우는 이 말을 듣고 불편해하는 것 같았다. 여우는 간신히 허리를 곧추세웠다.

"사람들은 여전히 조심성이 없니? 내가 함께 살던 사람들은 조심성이 없었어."

"조심성이오?"

"사람들은 밭을 갈고 거기에 사는 쥐들을 아무런 경고 없이 죽였어. 강을 막아서 물고기를 죽게 내버려두기도 했지. 인간은 여전히 그렇게 조심성이 없니?"

한번은 피터의 아빠가 나무를 잘라내려 할 때, 팍스는 피터가 나무에 올라가 둥지를 떼어내 다른 나무에 옮기는 걸 지켜보았다. 추운 날에는 피터가 팍스의 여우 집에 새 지푸라기를 가져다주었다. 피터는 자신이 음식을 먹기 전에 언제나 팍스에게 물과 음식이 있는지 확인했다.

"내 소년은 조심성이 없지 않아요."

늙은 여우는 이 말에 마음을 놓는 것 같았다. 하지만 잠시뿐이었다.

"전쟁이 터지면, 인간들은 조심성이 없어질 거야."

"전쟁이 뭔데요?"

그레이는 잠깐 멈추었다.

"이따금 여우를 덮치는 병이 있어. 그 병에 걸리면 여우들은 방향감각을 잃어버려서, 낯선 사람을 공격하게 되지. 전쟁은 인간들에게 이런 병과 같은 거야."

팍스는 벌떡 일어섰다.

"군인들, 군인들이 내 소년을 공격할까요?"

"내가 인간들이랑 살던 곳에 전쟁이 터졌어. 모든 것이 파괴되었지. 도처에 불이 났고, 많은 것들이 죽었어. 군인들만 죽는게 아니야. 어른 남자들, 아이들, 엄마들, 같은 종족의 나이 많은 사람들, 모든 동물들이 죽어. 군인들은 지나가는 모든 곳에 혼란과 무질서를 뿌렸어."

"똑같은 게 오고 있나요?"

그레이는 고개를 들어 허공을 향해 울부짖더니 슬픈 표정을 지었다.

"여기서 서쪽, 거기는 벌써 전쟁 중이야. 인간들이 서로를 죽이고 있어. 땅이 완전히 망가졌어. 까마귀가 소식을 전해주는데, 강이 막혔대. 땅은 메마르고 황폐해졌어. 잡초도 자라지 않아. 토끼하고 뱀, 비둘기하고 쥐, 전부 다 죽었어."

팍스는 길로 껑충 뛰어올랐다. 이 전쟁이 닥치기 전에 소년을 찾아야 한다.

그레이가 따라왔다.

"기다려. 내가 같이 남쪽으로 가서 새로운 집을 찾아줄게. 그전에 우선 나를 다시 따라와."

"초원으로 다시 간다고요? 싫어요. 그 암컷 여우가 저한테 돌아오지 말라고 경고했단 말이에요."

"그 여우는 너를 절대 환영하지 않을 거야, 왜냐하면 네가 인간들이랑 살았으니까."

문득 팍스는 그 암컷 여우와 남동생 사이에서 맛본 것과 같은 냄새를 어렴풋하게 맡았다. 윙윙 불어대는 차가운 바람, 엄청난 실망에 빠진 여우 한 쌍, 강철 입이 달린 동물 우리, 피가 얼룩진 눈밭. 그리고 나서는 돌연 모든 게 사라졌다.

"그래도 그 암컷 여우는 텃세를 부리지는 않아. 나를 따라와라. 쉬면서 뭣 좀 먹자. 그리고 나서 오늘 밤 떠나는 거야."

8

<big>공</big>이 야구 글러브 속에서 퍽퍽 부딪히는 소리가 들려왔다. 피터가 세상에서 가장 좋아하는 소리였다. 꿈속에서 들리는 그 소리는 너무도 진짜 같아서 피터는 미소를 지으면서 눈을 떴다. 그러고는 깜짝 놀라서 고함을 빽 질렀다.

어떤 여자가 피터를 내려다보면서 야구 글러브에 공을 툭툭 던져 넣고 있었다. 어깨끈을 따라 빛바랜 손수건을 묶고, 여기저기를 덧댄 멜빵바지를 입었다. 여자가 피터를 들여다보려 고개를 까딱거리며 움직일 때마다 삐죽삐죽 튀어나온 머리카락이 이리저리 마구 흔들렸다.

피터는 거친 나무 바닥을 따라 뒤로 물러나며 다시 한 번 고함을 질렀다. 이번에는 오른쪽 발에서 느껴지는 고통 때문이었다. 고통이 순식간에 몰려왔다. 점점 더 심해지는 고통을 느끼며, 피터는 배낭을 찾아 주위를 둘러보았다. 거기, 여자 뒤에 배낭이 있었다. 안에 든 것이 바닥에 와르르 쏟아져 나왔다.

여자가 더 가까이 다가오더니, 야구 글러브 속에 공을 좀 더 세게 쿵 던졌다.

피터의 공, 피터의 야구 글러브였다. 피터는 깨달았다. 배낭에 있던 공이었다. 피터가 베고 잠을 잤던 야구 글러브였다. 피터는 바짝 긴장했다.

"저기요! 그거 제 거예요! 여기서 뭐 하시는 거예요?"

그러자 여자는 머리를 뒤로 젖히고서 기가 막힌다는 듯 큰 소리로 외쳤다. 그러더니 그 공과 글러브를 멀리 휙 던지고는 쪼그리고 앉아서 피터를 살펴보았다. 여자는 목에 걸친 생가죽 목걸이에 달린 깃털 뭉치를 한 손으로 쥐고 있었다.

이렇게 가까이서 보니, 여자가 생각만큼 늙지 않았다는 걸 알 수 있었다. 어쨌거나 아빠보다 더 늙어 보이지는 않았다. 회색 머리카락 한 가닥이 튀어나왔지만, 피부는 매끄러웠다. 여자가 눈을 가늘게 뜨고 피터의 얼굴에 대고 손가락을 탁 튕기자, 피터는 이 아줌마가 미쳤을지도 모른다는 생각이 퍼뜩 들었다.

"아니, 아니, 아니지. 네가 쳐들어온 이곳은 내 창고야. 그러니까 '여기서 뭐 하느냐'는 질문은 내가 해야겠지."

피터는 다시 머뭇거렸다. 미쳤든 제정신이든, 자기 앞에 서 있는 여자 뒤로 도끼와 낫이 가득 걸려 있는 벽이 보였다. 게다가 피터의 발 하나는 제구실을 하지 못했다. 달아나기에는 역부족이었다.

"알았어요. 그러니까 어젯밤에 발을 다쳤어요. 아줌마 창고를 지나가는데, 지낼 곳이 필요했어요. 그러니까…… 알았어요. 이제 나갈게요."

"그렇게 서두르면 안 되지. 무슨 뜻이지? 네가 내 창고를 지나갔다는 게? 여긴 사유지야. 그리고 난 인적이 드문 아주 외딴 곳에 있다고."

여자가 몸을 펴고 똑바로 섰다. 피터는 조금씩, 조금씩 뒤로 움직이며 여자로부터 멀어졌다.

"저는…… 저는 집으로 가는 중이었는데, 지름길로 가고 있었어요. 그러니까, 저기……."

전날 보았던 야구 연습이 퍼뜩 떠올랐다. 피터는 자기 공과 글러브를 향해 고개를 끄덕여 보였다.

"야구 연습을 하고 나서요."

"야구 연습을 하고 나서 내 땅을 거쳐서 너희 집에 가고 있었다고? 그렇다면 우선 내가 궁금한 건 말이다, 왜 야구 방망이가 없냐 하는 건데……."

여자가 피터의 물건을 향해 손을 휙 들어 올리며 말했다.

"강력 접착테이프, 쓰레기봉투, 장식이 달린 팔찌, 옷, 음식, 물……은 가지고 있으면서 왜 방망이는 없지? 어, 꼬마야?"

여자는 '꼬마야'라는 단어에 특정한 악센트를 실어서 말했다.

부드러우면서도 길게. 아주 살짝. 어렸을 때, 주위에 노래하듯 말하는 사람들이라도 있었나.

"저기, 그러니까…… 방망이는 놔두고 왔어요. 무거워서……."

여자가 다시 고개를 저었다. 이번에는 넌더리가 난다는 표정이었다. 여자는 멜빵바지 왼쪽 다리를 들었다. 무릎 아래쪽의 다리가 거친 나무 기둥으로 되어 있었다. 여자는 찌를 듯이 피터 옆에다 다리를 턱 내려놓았다.

"자, 이 다리 봐. 아, 이 다리는 무거워, 꼬마야. 아주 딱딱한 소나무로 만들었거든. 하지만 난 이걸 끌고 다녀, 그렇지 않니?"

여자가 자기 다리를 뚫어져라 내려다보더니 뭔가 마음에 썩 들지 않는 걸 찾아낸 것 같았다. 허리춤에서 칼을 꺼내더니 손목을 까딱 움직여 발목 즈음 부분 바로 위의 살짝 갈라진 틈을 잘라내버렸다. 이윽고 피터를 향해 다시 얼굴을 내밀고는 똑바로 칼을 겨누었다.

"그러니까 한 번 더 물어보자꾸나. 지금 내가 부쩍 호기심이 생겨서 말인데. 타격 연습을 하고 있었다면서 어떻게 방망이를 안 가지고 다닐 수 있지?"

피터는 여자의 얼굴에서 시선을 거두어 칼을 내려다보았다. 가늘고 긴 칼이 번쩍거리며 빛났다. 칼날은 섬뜩하게 휘어 있었다. 이 아줌마는 어쩌면 미친 건지도 몰라, 그래, 분명해. 어쩌면 더 나쁜 상황일지도 몰라. 가슴에서는 심장이 쿵쾅거리고 입은 사막처럼 바싹 말랐다. 그래도 피터는 겨우 이렇게 대답했다.

"전 제 방망이가 없어요."

여자는 반쯤 웃더니 한쪽 눈을 살짝 찡그렸다.

"훨씬 낫네. 그래, 이제야 좀 진심이 묻어나는구나. 네 이름이 뭐니?"

피터는 이름을 말했다.

"그러니까, 방망이 없는 피터. 네 발은 어쩌다 그 모양이 된 거지?"

피터는 계속 그 칼을 눈여겨보면서 운동복 바지를 벗었다. 살짝 움직였는데도 소름이 끼칠 정도로 아팠다. 부르르 몸서리가 쳐졌다. 갑자기 온몸에 으스스한 한기가 느껴졌다.

"삐었어요."

여자가 쪼그리고 앉았다. 그러자 여자의 나무다리가 어색하게 휘었다. 피터는 시선을 돌렸다.

"움직이지 마."

무슨 일이 벌어지고 있는 건지 미처 생각해보기도 전에, 여자가 서늘한 칼날을 양말 안에 밀어 넣고 북 찢어버렸다. 피터는 입술을 앙다물고 터져 나오려는 비명을 꿀꺽 삼켰다. 발이 시커먼 가지처럼 부풀어 있었다.

"이 발로 걸은 거야?"

피터는 옆에 나뭇가지를 가리켰다.

"저걸 잘라서 지팡이를 만들었어요."

나뭇가지를 가리키는 손가락이 떨렸다. 피터는 손을 내려놓았다.

여자는 다시 고개를 끄덕이더니 손을 오므려 피터의 발꿈치를 감쌌다. 그러고는 주의를 주었다.

"네 발목뼈를 돌려서 맞출 거야. 준비됐니?"

"안 돼요! 건드리지 마요!"

하지만 여자는 피터의 발을 찬찬히 들여다보면서 할 일을 지시했다.

"첫 번째 발가락을 움직여봐. 이제 전부 다 움직여봐. 그리고 발을 이리저리 움직여보렴."

아파서 온몸이 움츠러들었지만 시키는 대로 다 해냈다.

"운이 좋구나. 다섯 번째 발허리뼈가 부러졌어. 그러니까, 바깥쪽 뼈 하나가 톡 부러진 거지."

여자가 피터의 발을 운동복 위에 내려놓으며 말했다.

"운이 좋다고요? 뼈가 하나 부러졌는데 어떻게 운이 좋다는 거예요?"

여자는 뒤로 물러나 나무다리를 피터의 손 근처에 쿵 내려놓고는 칼날을 쿡 찔렀다.

"그러게, 나도 모르겠네……. 어디 보자. 뼈 하나가 부러진 게 어떻게 운이 좋은 건지……."

"알았어요, 알았어. 알겠다고요. 죄송해요."

여자는 자기 나무다리에서 칼을 확 잡아당기고는 다시 피터에게 겨누었다.

"넌 어려. 아마도 6주 동안은 깁스를 하고 있어야 할 거야. 하지만 6주만 지나면 괜찮아질 거야."

"아줌마가 어떻게 그렇게 잘 알아요? 의사라든가 뭐 그런 거라도 돼요?"

"이렇게 살기 전에 간호병이었거든."

여자는 몸을 일으키고는 이제 상황 파악이 되었다는 듯 피터를 내려다보았다.

"이봐, 도망자."

여자가 가슴 앞으로 팔짱을 끼더니 피터를 향해 고개를 들어 올렸다.

"그런 거냐? 도망가는 중이야?"

"아니! 아니요, 저는 그냥 나왔어요, 하이킹하러⋯⋯."

여자는 두 귀에 손을 대고는 얼굴을 찡그렸다.

"미안하구나, 잘 안 들리네. 내 거짓말 탐지기가 꺼졌거든. 뭐라고? 집에서 달아나는 중이라고?"

피터는 한숨을 내쉬었다.

"꼭 그런 건 아니에요."

"그럼 뭐야? 정확히 지난 밤 너는 여벌의 옷과 보급품을 챙겨서 내 사유지를 지나가고 있었어. 안 그러니, 방망이 없는 피터?"

"그러니까, 집에서 달아나는 건 아니에요. 집으로 가고 있는 중이라고요."

"아, 그거 새롭네. 어디 계속해봐."

피터는 작업대 너머로 창문 바깥을 내다보았다. 커다란 소나무들이 창백한 아침 하늘을 찔러대고, 까마귀 떼가 소나무 가지 꼭대기에서 시끄럽게 떠들어댔다. 만약 이 창고에서 빠져나가 팍스를 찾으러 다시 길로 나서게 해줄 수 있는 이야기가 있다면, 무슨 말이든 할 것이다. 다섯 번째 발허리뼈가 부러졌을지언정, 그날 당장이라도 떠날 것이다. 하지만 그런 이야기를 정말 할 수 있다 할지라도, 어떻게 말해야 할지 몰랐다. 피터는 힘겹게 벽에 쿵하고 기댔다.

"전쟁 때문이에요. 우리 마을 쪽으로 전쟁이 번져오고 있어요. 강까지 번져가겠죠. 아빠는 군대에 가야 했어요. 엄마는 돌아가셨고요. 그러니까 우리만 남은 거예요. 그래서 아빠가 나를……."

"네 아빠는 몇 살인데?"

"뭐라고요? 서른여섯 살이에요. 왜요?"

"그렇다면, 네 아빠는 뭐든 할 필요가 없었어. 징병이 있다 해도, 그건 열여덟 살에서 스물다섯 살까지만 해당되거든. 아직 어린 사람들은 세뇌시키기가 쉬우니까. 그러니까 네 아빠가 군대에 갔다면, 분명 자원했을 거야. 그건 네 아빠가 선택한 거지. 진실을 이야기해보자꾸나. 그게 이곳 규칙이야."

"알았어요, 맞아요. 아빠가 자원했어요. 아빠는 나를 할아버지 집에 데려다주었어요, 그런데……."

"넌 거기가 마음에 안 들었구나."

"그런 건 아니었어요. 그건…… 제발 그것 좀 치우시면 안 돼요?"

여자는 고개를 숙였다. 칼이 자기 손에 있는 걸 보고는 놀란 것 같았다.

"내가 좀 무례했구나, 내 이름은 볼라란다."

볼라가 사과하더니 칼을 작업대 위로 던지며 말했다.

"계속해봐."

"알겠어요. 저한테 여우가 있었어요. 아니, 여우가 있어요. 우리는 그 여우를 풀어줬어요. 길옆에 놓아줬어요. 아빠가 그래야 한다고 했거든요. 하지만 그러면 안 되는 거였어요."

여우를 놓아주고 차를 타고 떠난 이후로, 피터는 아빠한테 하지 못했지만 했어야 하는 말 때문에 괴로웠었다. 무슨 영문인지 그 말이 마구 쏟아져 나왔다.

"그 여우를 아기 때부터 제가 키웠어요. 여우는 저를 믿었어요. 그 애는 바깥세상에서 사는 법을 모를 거예요. 녀석이 '그냥 여우'라는 건 전혀 문제가 되지 않아요. 아빠가 '그냥 여우'라고 말했거든요. '그냥 여우'라고 부른다고 해서 '그냥 개'라든가 다른 뭔가와 마찬가지라는 말은 아니에요."

"그래그래. 아주 화나는 일이었겠구나. 그래서 넌 달아난 거고."

"저는 화나지 않았어요. 화 안 나요. 제 여우예요. 여우는 저를 의지해요. 이제 돌아가서 여우를 찾을 거예요."

"음, 지금은 안 돼. 계획을 바꿔야겠구나."

"안 돼요. 가서 집으로 데려가야 해요."

피터는 무릎을 접었다. 큰 숨을 내쉬며 발에서 터져 나오는 고통을 꿀꺽 삼켰다. 피터는 나뭇가지를 움켜잡고 잠깐 동안 체중을 실으려 애를 썼다. 그러다가 다시 털썩 주저앉았다. 이렇게만 했는데도 몹시 힘이 들고 진땀이 났다.

"지금? 너 이건 생각해봤어? 너 여우한테서 얼마나 멀리 떨어져 있는 건지 알기는 하고?"

"300킬로미터 이상이오. 어쩌면 더 될지도 몰라요."

피터는 인정할 수밖에 없었다.

볼라는 콧방귀를 뀌었다.

"그 꼴로는 1킬로미터도 못 갈걸. 지금 밖에 나가면 곰 미끼밖에 안 돼. 첫날 밤에 저체온증으로 죽지 않는다면 말이지. 넌 몸에서 열기가 날 만큼까지 움직일 수도 없잖아."

볼라는 작업대에 등을 기대고, 손에 손수건을 칭칭 감았다. 피터는 볼라가 뭔가를 곰곰이 생각하는 걸 알 수 있었다. 이제 보니 미친 여자 같지는 않았다. 그저 생각이 깊을 뿐이었다. 어쩌면 걱정하는 건지도. 문득 볼라가 어떤 결정을 내린 것 같았다.

"누군가 너를 찾으러 올 거야. 난 그건 싫어. 넌 가줘야겠다. 하지만 그렇다고 너를 이런 상태로 밖으로 내보낼 수는 없어. 마음에 걸려. 우선 그 발을 묶어주고 진통제를 좀 줄게. 어린애한테 주어야 할 합법적인 것으로. 그리고 나서……."

"난 어린애가 아니에요. 열세 살이 다 되었다고요."

볼라가 어깨를 으쓱해 보였다.

"그러고 나서 떠나도록 해. 고속도로 아래 멀지 않은 곳에 주차장이 있어. 할아버지한테 전화를 하려무나. 너를 데리러 오라고."

"난 돌아가지 않을 거예요. 내 여우를 데리러 갈 거란 말이에요."

"이건 네가 어린애란 사실과는 아무런 상관이 없어. 뼈가 붙기 전에는 그 부러진 발로 네 몸무게를 감당할 수가 없어. 최소한 6주라고. 어쩌면 그때 다시 데리러 가도 돼."

"6주라고요? 안 돼요. 그러면 너무 늦어요. 여우가……."

"내 말 들어, 꼬마야. 난 다리 하나로 돌아다니는 게 어떤 건지 조금은 알아. 뼈가 붙기 전에 돌아다니면, 팔과 어깨만으로 돌아다니는 게 어떤 건지 똑똑히 배우게 될 거야. 넌 새로운 방식으로 강해지는 법을 배워야 할 거야. 그건 어른한테도 거의 불가능해, 어린애는 말할 것도 없고 말이야."

"난 어린애가 아니라고요!"

볼라는 조용히 손을 쓱 들어 올렸다.

"그러니까 지금 돌아가서 그 부러진 뼈를 치료하는 거야. 하지만 우선은 네 발을 고정시켜주마. 그리고 걸을 수 있도록 저 나뭇가지보다 좀 더 나은 걸 만들어줄게."

볼라는 작업대를 밀치고 창고를 나갔다.

　피터는 소나무가 울창한 오솔길로 볼라가 사라지는 모습을 지켜보았다. 쩔뚝쩔뚝 걷는 모습이 어쩐지 고통스러워 보였다. 피터는 바닥을 기어가 자기 물건을 배낭에 다시 챙겼다. 그런 후 작업대 위로 몸을 세웠다. 힘을 쓰니 어지러웠다. 머리가 맑아질 때까지 나무를 꽉 붙잡고 있어야 했다. 똑바로 일어서자 발이 부들부들 마구 떨려왔다. 조금 움직여보고는 걸을 수 없다는 사실을 절감했다. 그래도 볼라 아줌마가 묶어줄 거야. 그러면 걸을 수 있을 거야. 어쩌면. 아니, 걸어야 한다.

　피터는 작업대 위로 몸을 들어 올리고는 볼라를 기다렸다.

　전날 밤에 손전등 불빛만으로는 창고를 그다지 많이 볼 수 없었다. 하지만 이제 제대로 보였다. 바닥은 깔끔하게 청소되어 있었다. 문 옆에는 씨앗 주머니와 비료가 깔끔하게 쌓여 있었다. 이곳에서는 신선한 건초와 나무 냄새가 났다. 근처에서 닭이 우는 소리가 들리긴 했지만 동물 냄새는 나지 않았다.

　작업대는 창고의 박공 벽 전체를 차지했다. 벽에는 자그마한 연장과 나뭇조각이 한 줄로 늘어서 있었다. 맞은편은 어둠 속에 있어서 사각형 모양의 환한 출입구와 대조를 이루었다. 어쨌든 맞은편 벽에 붙은 물건 뭉치들은 천으로 덮여 있었다.

또다시 몸이 부르르 떨렸다. 이번에는 추워서 그런 게 아니었다. 천으로 덮인 뭉치가 사람 머리처럼 보였기 때문이다. 해로울 게 없는 물건은 뭐든 창고 벽에 걸어둘 수 있지만, 그 뭉치는 정말이지 사람 머리처럼 보였다.

목이 바짝 타들어가고 가슴이 방망이질 치기 시작했다. 멍청하고 조심성도 없는 피터 같으니라고. 어쩌면 이 정신 나간 아줌마는 피터를 놓아줄지도 모른다. 가지 못하게 할 이유가 뭐란 말인가? 하지만 어쩌면 안 그럴지도 모른다. 피터는 볼라가 두고 간 칼을 찾아서 움켜잡았다. 둘 사이에 무슨 일이 벌어지면 볼라가 유리했다. 그렇다고 그게 자신을 방어할 수 없다는 뜻은 아니었다. 피터는 그 칼을 주머니 속에 슬쩍 밀어 넣었다. 그때 문가에 볼라가 나타났다.

"이거 마셔."

볼라는 피터에게 컵 하나를 건네고, 옆에 그릇 하나를 놓았다. 피터는 컵에 코를 대고 냄새를 맡았다.

"사과술이야. 사과술 안에 버드나무 껍질 한 줌을 넣었어. 그러니까 전부 다 마셔."

"버드나무 껍질이라고요?"

"야생에서 나는 아스피린이지."

피터는 컵을 내려놓았다. 미친 여자가 만든 건 절대 마시지 않을 거다.

"네 마음대로 해."

볼라는 그릇을 들어 올려, 그 안에 든 초록색 반죽을 손가락으로 휘휘 젓기 시작했다.

"그게 뭐예요?"

"찜질약이야. 멍든 데 좋은 아르니카하고 뼈가 부러진 데 좋은 컴프리*를 섞었어."

볼라는 피터에게 작업대 위로 발을 올리라는 손짓을 했다.

열이 펄펄 나고 퉁퉁 부어오른 피터의 발목 살갗 위에 찜질약을 펴 발랐다. 찜질약이 닿은 피부는 서늘하고 부드러웠다. 볼라는 멜빵바지 어깨끈에서 손수건을 풀어서 피터의 발을 감싸고, 풀리지 않도록 한 번 더 묶었다. 그러고 나서 허리를 펴고 멜빵바지에 손을 쓱 문질렀다.

"너 키가 몇이냐?"

"160이오. 왜요?"

볼라는 대답하지 않았다. 볼라는 나뭇조각 더미를 뒤져서, 폭이 좁은 긴 나뭇조각 몇 개를 톱질 모탕** 위에 올렸다. 그러더니 길이를 맞추어 톱질을 시작했다. 막 자른 나무 냄새가 싱그

---

* 잎이 크고 작은 종 모양의 꽃이 피는 식물로 상처를 치료하거나 양털을 처리하는 검의 원료로 쓰인다.
** 나무를 패거나 자를 때에 받쳐놓는 나무토막.

럽고 상쾌했다. 볼라가 좀 더 긴 나무 두 개 위쪽을 가로질러 짧은 나무판을 못으로 박을 때, 무엇을 만들려 하는지 피터는 알아차렸다. 목발이었다. 볼라는 목발을 만들고 있었다. 피터가 훔친 칼이 허벅지를 점점 무겁게 눌렀다.

몇 분이 지나, 볼라가 꼭대기 판자에 버팀대 귀잡이를 놓고 손 받침대를 나사로 고정했다. 볼라는 피터에 기대어 목발을 재보고, 각각의 바닥에서 2센티미터 정도를 톱으로 잘라냈다.

그러더니 창고 구석에서 낡은 타이어 하나를 굴려와 작업대로 가져갔다. 그러고는 그 길이를 가늠했다. 볼라가 피터에게 향했을 때 피터의 뺨이 붉게 타올랐다.

"너 내 칼 가져갔니?"

목소리가 사납게 변했다. 뭔가 불꽃이 터져 나오고 창고 지붕을 벗겨내는 것 같았다.

피터는 어질어질해지고 다시 가슴이 쿵쾅거리기 시작했다. 피터는 칼을 꺼내서 볼라에게 건네주었다.

"왜 그랬니?"

피터는 침을 꿀꺽 삼켰다. 말이 나오지 않았다.

"왜 그랬냐고?"

"왜냐하면…… 좋아요, 왜냐하면, 아줌마가 날 죽일까 봐 겁이 났으니까요."

"너를 죽여?"

볼라가 피터를 노려보았다.

"뭐라고? 내가 숲 속에 살기 때문에 살인자라고?"

피터는 날카로운 연장이 걸려 있는 벽으로 어깨를 쓱 들어 올렸다.

"연장 때문에? 돌봐야 할 숲이 20에이커야. 그리고 난 나무를 조각하는 사람이라고. 넌 저걸 무기라고 생각한 거야?"

피터는 부끄러워서 시선을 피했다.

"나를 봐, 꼬마야."

피터는 몸을 돌렸다.

"어쩌면 네가 틀리지 않을 수도 있어. 어쩌면 네가 뭔가 본 모양이구나. 어쩌면 나는 그런 사람일지도 모르지."

볼라는 피터를 노려보며 말했다. 그러고는 두 손을 천천히 들어 피터의 얼굴 앞에서 손가락을 쥐었다. 그러더니 갑자기 활짝 펼쳤다.

"펑! 위험해. 이런 식으로 어떤 경고도 없지!"

피터는 움찔했다.

"아니에요, 죄송해요. 제가 잘못했어요."

볼라는 피터에게 손바닥을 쫙 펼쳐 보였다가 옆으로 휙 돌렸다. 볼라는 타이어에서 고무 끈 네 개를 잘라낸 다음, 그것으로 목발 꼭대기와 손잡이 부분을 감싸고, 아무 말 없이 끈으로 꽉 묶어주었다. 그러고는 목발을 내밀었다.

피터는 양쪽 겨드랑이에 하나씩 목발을 걸치고는 바닥으로 살짝 움직여보았다. 똑바로 서서 균형을 잡으니 금세 편안해졌다.

다친 발을 아무렇지도 않게 위로 들어 올렸다.

"손바닥 위에 체중을 실어. 몸을 들어 올리라고. 매달리지는 마. 목발을 세워. 그러고 나서 살살 흔들리는 것처럼 걷는 거야."

피터는 볼라에게 고맙다고 인사를 했다. 하지만 볼라는 다시 피터에게 선을 그었다.

"여기 이 길 끝에 고속도로가 있어. 왼쪽으로 한 4킬로미터 정도 가면 주유소가 나올 거야. 거기서부터는 알아서 가라."

볼라는 피터가 배낭을 메도록 도와줬다. 그러고는 몸을 돌려 나뭇조각 하나를 들어 올리더니, 피터가 더 이상 창고에 없는 것처럼 나무를 얇게 깎아내기 시작했다.

피터는 문으로 한 걸음 걸어가려고 했다. 조금 휘청거렸지만, 그렇게 심하지는 않았다. 볼라는 고개를 들지도 않고 말했다.

"그건 깡충 뛰는 거고. 흔들리는 것처럼 걸으라고 말했잖아. 이제 당장 여기에서 나가."

잠깐 동안 피터는 그 자리에 가만히 서 있었다. 어디로 가야 할지 몰랐다. 다만 할아버지한테 돌아가지 않는다는 건 확실했다. 볼라가 몸을 돌려 피터를 바라보더니, 주먹을 꽉 쥐었다가 다시 피터에게 불쑥 내밀었다.

"가, 네가 아직 무사할 때……"

위쪽 숲에서 초원으로 다가가던 그레이가 갑자기 발걸음을 멈추고는 허공에 대고 코를 내밀었다. 그러고는 다시 한 번 내밀었다. 그레이는 주둥이를 들어 아주 조심스럽게 냄새를 맡았다. 냄새가 더 강렬해졌다.

팍스도 벌써 주춤하며 바싹 긴장했다.

그레이가 허둥지둥 숲 가장자리로 나아갔다.

"독불장군 녀석 하나가 나한테 도전하고 있어. 그 녀석은 이 지역을 원해. 하지만 녀석은 그 어린 암컷 여우에게 보여주려고 과시하는 거야. 그 암컷 여우가 올 겨울에 짝을 고를 테니까."

팍스는 뒤따라가며 저 아래를 살펴보았다. 여우 네 마리가 초원에 흩어져 있었다. 브리스틀과 런트가 함께 서 있었는데, 이들의 검은 귀 끝이 다른 여우 두 마리를 향해 조심스럽게 솟아 있었다. 나머지 두 여우는 산 아래 중간 즈음 튀어나온 바위 위에 서서 서로를 마주 보았다. 둘 중 하나는 암컷인데, 브리스틀보다 색이 더 짙고 새끼를 배고 있어서 배가 컸다. 다른 여우는 황갈색 거친 털로 뒤덮인 덩치 큰 수컷이었다. 목둘레 털은 쭈뼛 서고 왼쪽 귀는 찢어져 있었다.

그레이가 으르렁거리며 존재감을 나타냈다. 독불장군 도전자는 바위 끝으로 얼른 달아났다. 귀에서 흐르는 피를 사방으로 퍼뜨리며 초원 아래로 후다닥 내려갔다.

그레이가 언덕 비탈로 내려가자, 팍스도 뒤따라갔다. 그레이가 브리스틀과 런트를 지나쳤는데, 그레이의 등장만으로도 이들은 차분해지는 것 같았다. 마치 그레이가 보이지 않는 손으로 등을 토닥여주는 것 같았다. 그레이가 지나가자마자, 런트는 팍스를 보고 신이 나서 뛸 듯이 기뻐했지만, 브리스틀은 입술을 말아 이빨을 드러내며 씩씩거렸다.

팍스는 허겁지겁 그레이를 따라갔다. 그레이가 자신의 짝이 있는 옆 바위에 기어오르자, 팍스는 바위 아래쪽에 예의바르게 앉았다. 그레이의 짝은 상냥하게 그레이를 맞았다. 그러고는 그레이에게 소식을 전해주었다.

"오늘 아침 바람이 서쪽에서 불었어. 불 냄새가 났어. 우리 곧 떠나야 해."

이윽고 팍스를 향하더니 말했다.

"손님한테서 사람 냄새가 나네."

브리스틀과 런트가 바짝 다가오며 그레이의 반응을 살피기 위해 귀를 쫑긋 세웠다.

"이 애는 남쪽에서 함께 살았던 인간한테 돌아가는 중이야. 이 애가 갈 만한 곳을 찾아가도록 내가 함께 가줄 거야. 우린 좀 쉴게. 그러고 나서 오늘 밤 떠날 거야."

브리스틀이 그레이 뒤에서 다시 으르렁거렸다. 팍스는 달아나고 싶은 충동을 느꼈다. 소년. 팍스가 원하는 건 단지 자신의 소년을 찾는 것뿐이다. 하지만 본능은 팍스에게 다른 말을 했다. 우선 쉬어야 하며 음식이 필요하다고. 팍스는 그레이에게 동의한다는 신호를 보냈다. 그러자 그레이가 자기 짝과 함께 초록색 풀밭으로 소리 없이 스르르 걸어갔다.

런트는 펄쩍 뛰며 팍스에게로 달려갔다. 입에서 장난감 병정을 떨어뜨리며 팍스에게 놀자고 했다. 브리스틀이 둘 사이로 뛰어들어와 장난감 병정을 툭 쳐냈다.

"인간 거란 말이야, 위험하다고 했잖아!"

런트는 장난감 병정을 되찾아와 보란 듯이 이빨 사이에 물어 보였다.

팍스는 런트가 이제 전보다 더 곤란해졌다는 것을, 그리고 그게 자기 때문이란 것을 알아차렸다. 팍스는 소년과 소년의 아빠에게서도 종종 이런 느낌을 받았다. 그럴 때 팍스의 전략은 눈에 띄지 않게 사라지는 것이었다. 아빠의 분노에서 소년을 보호하려면 팍스는 스스로 사라져야 했다. 팍스는 이번에도 뒤로 물러났다. 하지만 브리스틀은 성에 차지 않은 모양이었다.

"인간 냄새를 풍기는 저 녀석한테서 떨어져 있어. 위험하다는 거 똑똑히 기억해두고!"

브리스틀이 자기 동생한테 으름장을 놓았다.

팍스는 한 걸음 가까이 앞으로 나아갔다.

"우리 인간은 위험하지 않아."

런트는 이 말에 깜짝 놀란 것처럼 보였다. 마치 팍스가 도전장을 내밀기라도 한 것 같았다. 런트는 자기 여우 굴 입구를 향해 언덕 위로 달려갔다. 하지만 브리스틀이 더 빨랐다. 브리스틀이 동생을 막아섰다. 동생이 다른 방향으로 빠져나가려 하자, 브리스틀은 발에 힘을 주어 동생을 짓눌렀고 마침내 동생을 굴복시켰다.

"인간들은 모두 다 위험해……."

브리스틀이 마법을 부리듯 말하는 그 순간, 팍스의 털이 물결치듯 파르르 떨렸다. 바람이 싸늘하게 소용돌이쳤다. 하늘은 눈이 몰아칠 것처럼 꾸물꾸물했다. 팍스는 그 바람 냄새를 알았다. 브리스틀은 눈 위에 물든 피와 차가운 강철 입으로 끝나버린 어떤 이야기를 하려는 것이다.

브리스틀이 팍스를 향해 송곳니를 드러냈다. 그러더니 이야기를 시작했다.

피터는 사슴을 보았던 그 갈라진 벽 앞에서 멈추었다.

벌써 피가 났다. 삐쭉삐쭉 튀어나온 가시에 엄지와 검지 사이의 얇은 살갗이 찢겼다. 땀을 몇 바가지는 흘린 것 같았다. 고작 몇 분 동안이지만, 자신의 몸을 들어 올리느라 팔이 부들부들 떨렸다. 고무 손잡이 위의 손은 벌써 쓰라리고, 오른발은 천둥처럼 고동치고 있었다. 이중 어떤 것도 잘못된 건 아니었다. 할아버지의 무시무시한 집으로 돌아가야 한다는 것도 잘못된 게 아니었다.

피터는 잘못된 방향으로 가고 있었다.

피터는 제자리를 빙빙 맴돌고 있었다.

땅을 찍고, 몸을 흔들고, 또 땅을 찍고 몸을 흔들었다. 그런데 결국 볼라의 창고 문가에 다시 돌아와 있었다. 피터는 몸을 가누고 똑바로 섰다.

"안 돼."

볼라가 머리를 쳐들었다. 볼라는 아니꼽다는 듯이 무뚝뚝하게 피터를 쏘아보았다. 하지만 피터는 볼라의 얼굴에서 뭔가 다른 표정을 언뜻 읽어냈다. 두려움이었다.

"난 돌아가지 않을 거예요. 아줌마가 도와주시든, 안 도와주시든 상관없어요. 난 내 여우한테 갈 거예요."

피터가 힘주어 말했다.

"내가 너를 도와줘?"

피터는 작업대로 다가가서 버티고 섰다.

"가르쳐주세요. 아줌마가 말한 것처럼, 제 두 팔로 움직이는 방법, 강해지는 방법 말이에요. 아줌마는 다리 하나로 돌아다니는 법을 알잖아요. 가르쳐주세요. 아줌마는 간호병이었다면서요? 제 뼈를 고쳐주세요. 제발요. 아줌마가 시키는 건 뭐든 다 할게요."

피터는 사과술 잔을 들고는 신뢰를 보여주기 위해 쭉 들이켰다.

"그러고 나면 떠날게요. 하지만 아줌마가 도와주지 않더라도 전 제 여우를 구하러 갈 거예요."

볼라는 허리께에 손을 얹고는 고개를 숙여 피터의 눈을 들여다보았다.

"길들인 여우를 야생에 풀어주었다고? 여우가 죽을지도 모른다는 걸 너도 알잖아, 그렇지?"

"알아요. 그건 제 잘못이었어요. 팍스가 죽었으면 집에 데려와 묻어줄 거예요. 어느 쪽이든, 돌아가서 제 여우를 찾아서 집으로 데려갈 거라고요."

볼라는 피터를 마치 처음 보는 것처럼 찬찬히 들여다보았다.

"어느 쪽이라는 거야? 너희 집으로 돌아가는 거니, 아니면 네 애완동물한테 돌아가는 거니?"

"둘 다요."

피터는 불쑥 대답했다. 아주 확실하게. 그러고 나서 그 말에 자신도 깜짝 놀라기는 했지만…….

"누가 네 앞을 가로막든 그렇게 하겠다고? 왜냐하면 그게 너한테는 옳은 일이니까? 네 마음 깊은 곳에서?"

볼라는 주먹을 불끈 쥐고는 자기 가슴을 쿵 치며 이어 말했다.

"네 마음 깊은 곳. 내 말이 맞니?"

피터는 대답하기 전에 한참을 망설였다. 왜냐하면 이 아줌마가 미쳤는지 미치지 않았는지는 몰라도, 마치 세상의 운명이 피터의 대답에 달린 것처럼 진지하게 물었으니까. 하지만 피터가 불쑥 내뱉는다 해도 같은 대답을 했을 것이다. 그리고 평생 동안 망설인다 해도 같은 대답을 했을 것이다. 피터는 주먹으로 가슴을 툭 쳤다. 가슴이 뛰는 게 느껴졌다.

"네. 사실, 제 가슴속 깊은 곳에 제가 원하는 다른 건 없어요."

볼라가 고개를 끄덕였다.

"흠, 넌 열두 살이야. 너 자신을 알기에 충분한 나이면 좋겠구나. 내가 그걸 망칠 생각은 없어. 그러니까 좋아."

"절 도와주실 거예요?"

"도와주지. 단, 세 가지 조건이 있어……."

볼라가 손을 내밀어 악수를 했다.

"**엄**마가 두 번째 임신을 했어. 내 동생 런트는 그때 태어났어. 새끼들은 모두 좀 일찍 태어났지. 작년엔 봄이 더디 왔어. 눈이 내렸는데 녹지 않았지. 눈 아래 땅이 꽁꽁 얼어붙었어. 근처에 사는 내가 사냥을 도왔어. 하루 종일 부모님과 나는 먹이를 찾아다녔지. 새끼 여우들은 늘 배가 고팠으니까. 그래도 먹이가 항상 부족했어.

엄마 배 속에서 같이 나온 두 녀석은 나오자마자 죽어버렸지. 우리 엄마는 인간의 농장에 가서 먹이를 구하고 싶어 했어. 인간의 농장에는 따뜻한 헛간에 통통한 쥐가 항상 있대. 닭장에는 달걀이 있다고 했어.

하지만 아빠는 위험을 감수하지 않으려고 했어.

셋째 새끼 여우가 너무 허약해서 일어서지도 못했어. 그러자 엄마는 그 애를 그만 포기해버렸어."

런트가 고개를 들어 브리스틀에게 애처로운 표정을 지어 보였다. 브리스틀은 못 본 체했다.

"엄마는 새로 태어난 새끼 중에 가장 힘이 센 여동생하고 나를 인간의 농장으로 데리고 갔어."

런트가 좀 더 가까이 다가와 팍스의 어깨에 코를 얹었다. 즉시 브리스틀이 런트의 뺨을 후려쳤다. 그래도 이 암컷 여우가 발톱을 세우지는 않았다는 걸 팍스는 알아차렸다. 런트는 땅으로 내려왔다.

"헛간 주위의 땅바닥은 발자국이 너무 많았어. 동물과 인간들의 발자국 때문에 눈이 남아 있지 않았어. 허공에 쥐 냄새가 진동했어. 엄마는 바닥 근처 나무판자 틈으로 향했어. 우리는 몇 걸음 떨어져 뒤따라갔지. 엄마가 그곳에 미처 이르기도 전에, 강철로 만든 입이 땅속에서 정말 순식간에 허공으로 튀어 올라왔어. 엄마는 비명을 질렀어. 덫이 철컥하고 엄마의 앞발을 낚아챘거든. 엄마가 몸부림치면 칠수록 그 쇠붙이는 점점 더 깊이 파고들었어. 엄마는 달아나려고 자기 발을 물어뜯기 시작했어. 우리가 가까이 다가가려고 할 때마다 엄마는 우리한테 달아나라고 마구 울부짖었어.

그때 아빠가 나타났지. 우리 흔적을 쫓아왔던 거야. 아빠는 여동생과 나한테 숲으로 돌아가서 꼼짝 말고 있으라고 했어. 그러고는 엄마를 도와주려고 나섰지."

브리스틀은 오랜 애정과 낯선 두려움으로 묶여버린 두 마리 여우의 모습을 매우 생생하게 전달해주었다. 그 두려움은 너무 끔찍해 이야기를 듣고 있는 여우들의 눈동자가 한껏 겁에 질렸다. 너무 생생해 팍스는 그 강렬한 냄새를 맡을 수도 있을 것 같았다.

런트가 훌쩍거렸다. 그 애처로운 소리에 팍스는 런트를 안아주고 싶었지만, 브리스틀이 얼씬도 못 하게 했다.

"그때 인간이 막대기를 들고 나타났어. 부모님은 우리한테 집으로 가라고 울부짖었지. 우리는 그곳에 얼어붙은 것처럼 그대로 있으면서 똑똑히 봤어. 그 인간이 막대기를 들어 올렸지. 우리 눈앞에서 엄마하고 아빠는 피가 터지고 털가죽이 찢겨 나갔어. 눈 위로 산산조각 난 뼈가 사방으로 흩어졌어."

런트는 낑낑거리며 다시 굴을 향해 뒤로 물러섰다. 그러자 다시 누나가 막아 세웠다.

"여동생과 나는 부모님 곁을 떠날 수가 없었어. 어둠이 내리고, 다음날이 밝았어. 우리는 여전히 그 헛간 옆 장작 더미 속에 숨어 있었지. 한참을 그렇게 숨어 있다가 출발했어. 그런데 그날 밤 눈이 내리기 시작했어. 눈은 소리와 냄새를 전부 덮어버렸어. 우리는 길을 잃고, 소나무 가지 아래로 기어 들어갔어. 나는 여동생을 꼭 안아주었지. 여동생은 나보다 훨씬 작았거든. 하지만 다음날 아침 여동생은 죽고 말았어. 눈이 그치자, 우리가 능선 꼭대기 커다란 소나무 아래에 자리 잡고 있다는 걸 알았어. 우리는 집이 보이는 곳 근처에 있었던 거야."

브리스틀은 자신이 똑똑히 보았던 모습, 그러니까 커다란 소나무 아래 놓인 여동생의 꽁꽁 언 시체에 치가 떨리는 것 같았다.

"동생, 왜 우리한테 가족이 없지?"

브리스틀이 런트에게 물었다.

런트가 팍스를 향했다.

"인간 때문에. 인간이 우리 가족을 죽였거든."

브리스틀의 황금빛 눈동자가 팍스를 도전적으로 노려보았다.

할 수만 있다면, 팍스는 소년과 함께했던 그 모든 일상의 친절들을 브리스틀에게 다 알려주고 싶었다. 하지만 인간에 대한 브리스틀의 증오는 너무나 깊고 그럴 만한 이유도 충분했다. 그래서 대신, 팍스는 동의한다는 뜻으로 자신의 뺨을 내밀었다. 브리스틀은 몸을 휙 돌리더니 자기 동생에게 굴 안으로 들어가라고 재촉했다.

"**너** 들어올 거야? 아니면 그냥 파리가 들어오게 내가 계속 문 열어두고 있을까?"

피터는 배낭을 털썩 떨어뜨렸다. 그러고는 목발로 다시 균형을 잡고 그 통나무 오두막을 빤히 쳐다보았다.

"이 나무 여기서 자라나 봐요."

그건 질문이 아니었다. 하지만 볼라는 고개를 끄덕이더니 언덕 위를 가리켰다.

"응, 가문비나무야. 메이슨 리지 꼭대기에서 가져왔어. 너 지금 링컨 로그*를 생각하고 있는 거야?"

---

* 나뭇조각을 이용한 미니어처 장난감.

"어느 정도는요."

사실 생각하지 않았다. 피터는 손을 내밀어 통나무 하나를 만져보았다. 무척이나…… 필연적인 느낌이 드는 건 왜일까? 목재를 자르고 그 목재가 청명한 하늘에서 쓰러지며 빈터로 구르는 모습이 머릿속에 떠올랐다. 손은 나무 냄새가 나는 뭔가로 끈적거린다. 그러고 나서 목재를 들어 옮기고, 하나씩 하나씩 눈금을 먹이고 쌓아둔다. 그리고 결국 집 짓는 재료가 된다. 맞아, 유치원에서 피터가 좋아했던 장난감, 그 흔해빠진 높다란 깡통 속의 낡은 장난감 세트 같았다.

"아줌마가 이 오두막을 지었어요?"

"아니, 나 태어나기 전부터 있었어. 자, 들어와. 시간 없으니까."

피터는 여전히 꼼짝도 하지 않은 채 물었다.

"조건이 뭐예요? 여기 오면 말해줄 거라고 하셨잖아요."

볼라는 한숨을 푹 쉬고는 앞 계단 화강암 위로 한 걸음 내려섰다. 그 바람에 덧문이 쾅 하고 닫혔다. 볼라가 씨앗 주머니를 들자, 구름 떼 같은 새 무리가 나무에서 퍼드덕거리며 내려와 주위를 에워쌌다. 볼라는 모퉁이 서까래에 매달린 모이통을 채우고는 몸을 돌려 피터에게 대답했다.

"첫째, 난 이 근처에 누구라도 얼씬거리는 게 싫어. 난 이유가 있어서 혼자서 살아. 넌 네 할아버지한테 편지를 써야 해. 누구든 이 근처에 오지 못하도록 확실하게 해두란 말이야. 네가 도랑이라든가 어디에 빠져 죽지 않았다는 걸 네 식구들한테 알려 주는 건 지극히 당연한 일이니까."

피터는 아주 잽싸게 뒤로 물러서는 바람에 하마터면 넘어질 뻔했다. 아주 조금 움직였는데 갑작스레 엄청나게 아팠다. 하지만 피터는 입술을 꽉 깨물었다.

"안 돼요. 할아버지가 나를 데려갈 거라고요. 그건 안 돼요!"

"그게 첫 번째 조건이야. 협상 따위는 없어."

볼라는 씨앗 주머니에서 씨앗 몇 개를 떠서 손바닥을 내밀었다. 박새 한 마리가 모이통을 떠나서 볼라의 손가락 끝에 자리를 잡았다. 새는 씨앗을 콕콕 쪼아 먹었다. 씨앗이 다 떨어지자 볼라는 박새를 다시 하늘로 날려 보냈다. 그러고는 피터를 다시 돌아보았다.

"둘째, 그 팔찌를 왜 가지고 다니는지 솔직히 나한테 말해줘야 해."

피터는 배낭을 흘끗 내려다보았다. 너무나 개인적인 것을 감추려니 마음이 옥죄어오는 것 같았다.

"왜요?"

"왜냐하면 난 네가 궁금하니까. 그리고 군인 얘기는 많이 해도 돼. 전쟁터에 뭘 가져가는지 뭐 그런 거."

"하지만 난 군인이 아닌데요. 난 그냥 집으로 돌아가는 중이라고요."

"그래? 나한테는 네가 무언가를 위해 전쟁터에 싸우러 가는 것처럼 들리거든. 하지만 네 맘대로 해봐. 그래, 넌 군인이 아니지. 두 번째 조건은 이거야. 내가 물으면, 넌 왜 그 팔찌를 가지고 있는지 나한테 말하는 거야. 왜 하필이면 그 물건이지? 진실을 말해. 그게 이곳의 규칙이야. 동의해?"

피터가 고개를 끄덕였다. 오른쪽 발이 부들부들 떨렸다. 오른발의 부담까지 지려니 왼발도 아파왔다. 창고에서 100미터 정도 절름거리며 걸어오느라 셔츠가 땀으로 쫄딱 젖었다. 하지만 피터는 땅 위에 서 있었다.

"세 번째 규칙은요?"

"나를 도와주면 좋겠구나. 그 표정 뭔지 알아. 하지만 그렇게 걱정할 건 없어. 도와줄 사람이 필요한 일이 있기 때문이야. 그게 전부야. 하지만 그 일이 뭔지 아직은 말해줄 수 없어. 준비가 되지 않았거든."

볼라가 피터의 배낭을 들어 올리며 말을 이었다.

"안으로 들어가. 이제 네 발 좀 쉬게 해줘야겠다. 게다가 너 배가 고픈 거 같아. 정확히 말해 집에서 달아난 게 아닌 사람, 방망이 없는 피터."

갑작스레 피터는 무척 배가 고프다는 사실을 깨달았다. 그렇지만 피터는 머뭇거렸다. 몸을 돌려 언덕을 올려다보았다. 태양이 파란빛을 내뿜고 있었다. 팍스는 저기 밖에 있었다. 여전히 너무 멀리 있었다.

볼라가 피터 뒤에 섰다. 피터의 어깨 쪽으로 손을 들어 올렸다가 다시 내리는 게 느껴졌다.

"네가 무슨 생각 하는지 알아. 하지만 넌 아직 여행을 떠날 만큼 몸이 좋지 않아."

오두막 안은 환하고 연기 냄새가 살며시 풍겼다. 볼라가 소나무 탁자를 탁탁 치자, 피터는 자리에 앉았다. 볼라는 피터 어깨에 담요를 둘러주고는, 가서 얼음이 든 비닐 봉투를 들고 돌아왔다. 의자 위에 피터의 발을 올리고는 얼음주머니를 가져다 댔다. 그리고 수건으로 피터의 손에 묻은 피를 닦아주었다. 마침내 빵과 칼이 놓인 도마를 피터에게 건네주었다.

피터는 도마를 내려놓으며 물었다.

"얼마나 걸릴까요?"

"너한테 달렸지."

볼라가 빵을 가리켰다.

"뭐야, 너 손도 쓸 줄 몰라? 네가 직접 잘라."

"얼마나 걸릴까요?"

"저 목발에 기대어 하루 여덟 시간 저 거친 땅을 걸어갈 수 있으면 가도 돼. 2주, 내 생각에는 그래. 여섯 조각으로 잘라."

"아줌마는 이해하지 못해요. 팍스는 살아남지 못한단 말이에요!"

볼라는 고개를 숙여 피터를 물끄러미 들여다보았다. 그러더니 엄지손가락으로 피터 뒤쪽의 벽을 가리켰다.

"11번."

피터는 몸을 돌렸다. 벽에 색인카드가 아무렇게나 꽂혀 있었다.

"멕시코만류*는 지푸라기를 통과해 흐를 것이다. 만약에 지푸라기가 멕시코만류에 일직선으로 맞추어 나란히 있고, 물이 거꾸로 흐르지 않는다면."

피터는 위에 아무렇게나 11이라고 휘갈겨 쓴 색인카드 하나를 큰 소리로 읽었다.

"이게 무슨 뜻인데요?"

"너 자신을 똑바로 세우라는 뜻이지, 꼬마야."

"나를 똑바로 세우라고요?"

"상황 파악을 하고, 상황을 받아들여. 넌 다리가 부러졌어. 부러졌단 말이야. 네가 준비될 때까지 여기 있는 거야. 그게 우리 거래야. 말했지, 내 자제심은 이미 한계에 이르렀어. 그러니까 네 선택은 이거야. 내가 말할 때까지 여기 있어. 그렇지 않을 거면 지금 당장 네 할아버지한테 돌아가든지. 어때, 마음이 바뀌었니?"

"아니요, 하지만……."

"그럼 받아들이라고, 알겠어? 이제 그 '빌어먹을' 빵 좀 잘라."

피터는 뭐라 말하려다가 입을 다물었다. 2주 동안 이곳에 있지는 않을 거다. 하지만 말을 잘 듣고 쓸모 있는 사람처럼 구는 건 지금 당장 해야 할 가장 안전한 연극이었다.

---

* 북대서양의 북아메리카 연안을 따라 북쪽으로 흐르는 세계 최대의 난류. 멕시코 만에서 대서양을 횡단하여 유럽 서북 해안을 따라 흘러 북극해에 이른다.

피터는 고개를 숙이고 빵을 여섯 조각으로 두툼하게 자르기 시작했다. 그사이 볼라는 프라이팬에 버터 한 덩어리를 떨어뜨리고, 그 아래에 불을 켰다. 볼라는 돌아보지도 않고 조리대 위쪽 선반을 가리키며 말했다.

"뭣 좀 골라서 먹어라."

선반에 빼곡하게 밀봉한 병이 나란히 놓여 있었다. 마치 무지개 같은 액체 보석이 빛나는 것 같았다. 피터는 라벨에 붙어 있는 밋밋한 대문자를 읽어 내려갔다.

체리, 자두, 토마토, 블루베리, 사과, 호박, 배, 껍질 콩, 비트, 복숭아.

선반 옆에는 말린 마늘 줄기 몇 개와 칠리 페퍼가 걸려 있었다.

"이걸 전부 키우세요?"

볼라는 피터를 등진 채로 고개를 끄덕였다.

"벽돌담을 따라서 나란히 자라는 나무에 꽃이 활짝 피었어요. 무슨 나무예요?"

"벽에 가장 가까운 거? 복숭아나무."

피터는 선반 끝 쪽에 있는 병을 가리켰다.

"복숭아. 복숭아 주세요, 아주머니."

볼라는 병 하나를 열고 피터에게 포크를 건넸다.

"저기요, 안에 나뭇가지 같은 게 있는데요."

볼라는 병 안을 들여다보고는 나뭇가지를 자기 입에 톡 넣고 그 시럽을 빨아먹었다. 그런 뒤 어깨 너머 개수대로 나뭇가지를 툭 던지고는 피터에게 눈을 흘겼다.

"젠장, 계피잖아. 먹어!"

볼라는 피터가 자른 빵을 보고 고개를 끄덕이며 물었다.

"체다 치즈 먹을래? 스위스 치즈 먹을래?"

"체다 치즈가 좋은 것 같아요."

볼라가 몸을 일으켜 세웠다.

"그런 것 같다고? 넌 제대로 아는 게 없니?"

피터는 어깨를 움츠리고는 복숭아 하나를 콕 찔렀다. 보이는 것처럼 맛이 상큼하고 훌륭했다.

볼라는 그 치즈 선택과 관련해 할 말이 엄청 많은 것 같았다. 하지만 이내 입술을 앙다물고는 나무다리로 중심을 잡아 몸을 휙 돌린 후 뒷문으로 쿵쿵거리며 나갔다. 잠시 뒤, 크게 썬 치즈 한 조각을 가지고 돌아와서 말없이 샌드위치를 만들기 시작했다. 볼라가 뜨거운 프라이팬에 버터를 누르자 지글지글 끓는 소리가 났다.

피터는 오두막 안을 살펴보았다. 넓지는 않았다. 그렇다고 비좁지도 않았다. 투명한 창문으로 햇살이 쏟아져 들어와, 은은한 빛으로 통나무 벽을 어루만졌다. 돌로 만든 벽난로 옆에 파란색 줄무늬 안락의자가 놓여 있고, 그 사이에 책이 잔뜩 들어 있는 트렁크가 탁자처럼 놓여 있었다. 자그마한 깡통 안에 등을 넣어 기둥에 매달아두었다.

벽난로 위에 사진이 놓여 있고, 벽에는 그림이 몇 개 걸려 있었다. 안락의자 옆에는 털실 뭉치 바구니 하나가 놓여 있었다. 벽난로 옆의 열린 문으로 침대 모서리가 보였는데, 노란색 체크 무늬 퀼트로 깔끔하게 만든 침대보가 덮여 있었다. 제정신이 아 닌 사람치고는 놀랍게도 평범한 집이었다. 하지만 뭔가가 빠져 있었다. 피터는 문득 집 전체가 무척이나 조용하다는 걸 알아차 렸다. 침묵. 솔직히 새소리와 프라이팬에서 지글거리는 버터 소 리 말고는 아무것도 들리지 않았다. 하지만 그게 전부가 아니었 다. 정확히 뭐라 말할 수 없는 것이 빠져 있었다. 피터는 뭔가 떠올라 말했다.

"있잖아요, 아줌마. 전기가 안 들어오나 봐요?"

볼라는 샌드위치를 뒤집었다.

"내가 아는 한, 이 마을에는 범죄가 없어. 어쨌거나 아직까지 는 말이야."

피터는 전기가 없으면 자신에게는 무엇이 아쉬울지 생각해보 려 했다. 셀 수 없이 많았다. 피터가 복숭아 마지막 조각을 건 져내느라, 포크가 빈 병을 달그락거렸다. 볼라는 여전히 피터를 등지고 있었다. 그래서 피터는 병을 들어 시럽의 마지막 방울을 쭉 들이켰다.

"저기요, 얼음은 어떻게 해요?"

"현관 밖에 냉장고가 있어. 기름으로 돌아가는 냉장고야. 난 로하고 보일러도 마찬가지야. 나한테 필요한 건 다 있어."

볼라는 탁자 위에 파란 접시 두 개를 내려놓았다. 음식 냄새를 맡으니 입안에 침이 고였지만, 피터는 잠자코 기다렸다. 볼라가 아직 준비를 끝마치지 않았다고 생각했기 때문이다.

"사실 필요한 것 이상으로 다 가지고 있지. 이곳은 정말 평화로워."

볼라가 자리를 잡았다.

"너무 조용해서요?"

"아니, 난 정확히 내가 있어야 할 곳에 있으면서 내가 해야 할 일을 정확히 하고 있거든. 그게 평화야. 먹어."

피터는 샌드위치를 베어 물었다. 치즈는 뜨거워서 죽죽 늘어지고, 빵은 노릇노릇 바삭했다.

피터는 습관처럼 빵 한 귀퉁이를 잘라서 아래로 내밀려고 했다. 그러다 여우가 더 이상 탁자 아래 없다는 것을 깨달았다. 피터는 궁금했다. 지금 당장 자신이 팍스를 보고 싶어 하는 만큼 팍스도 자신을 그리워하고 있을까?

"여기 이런 데서 외롭지 않으세요?"

"사람들을 만나. 도서관 사서 비 부커, 버스 운전사 로버트 존슨. 난 사람들을…… 만나."

볼라가 자리에서 일어나 프라이팬을 가져온 뒤 피터의 접시 위에 샌드위치 하나를 더 떨어뜨렸다.

"먹어."

피터는 샌드위치를 먹으며 볼라가 말한 평화가 무엇인지 생각했다. 샌드위치를 다 먹고, 손가락에 묻은 부스러기까지 싹싹 핥았다.

"그게 무슨 뜻이에요? 아줌마가 있어야 할 곳에 있으면서 아줌마가 해야 할 일을 정확히 한다는 거요? 일을 하세요?"

"당연히 일을 하지! 밭이 반 에이커 있고 그 두 배 넓이의 과수원도 있어. 오늘은 콩하고 오크라*를 심을 거야. 어쩌면 우물에 있는 펌프에 고무를 갈아야 할지도 몰라. 여기는 언제나 할 일이 무척 많아."

"하지만 아줌마는 일을 하러 직장에 가지는 않잖아요, 내 말은 그러니까 돈을 벌러 말이에요. 물건은 어떻게 사요? 창고에 있는 연장 같은 거는요? 예를 들면…… 아줌마가 쓰는 물건 전부 다요."

피터는 손을 흔들며 오두막 주위를 가리켰다.

볼라는 몸을 일으켜 조리대로 다가가더니 나무다리를 내밀고는 뒤집개로 탁탁 두드렸다.

"나라에서 내 다리 값으로 매달 보상금을 조금씩 줘."

볼라는 주걱을 개수대 안에 쿵 떨어뜨려놓고는 고개를 절레절레 저었다.

"빌어먹을 거래지. 내 다리 한 짝이 저들한테 그렇게나 가치가 없었다는 셈이니까. 나한테 지뢰밭을 정찰하라고 보내기 전에 말을 해줬으면 얼마나 좋아. 난 내 다리가 좋았으니까 말이

---

* 아욱과 비슷한 야채.

야. 괜찮은 다리였어. 보기에는 썩 괜찮지 않았을지 모르지만 꽤 쓸 만했지. 6학년 때 데어드레이 캘러낸의 아버지가 장작을 쌓아두는 창고에 그 애하고 내가 불을 질렀을 때, 내 다리 덕분에 옆 마을까지 달아날 수 있었거든. 그다음 해에는 헨리 밸런타인이 내 엉덩이를 만지려고 했을 때, 그 애 얼굴에서 미소를 싹 가시게 날려주기도 했으니까. 얼마든지 더 말할 수 있어. 다리 하나는 아주 큰 돈을 지불할 가치가 있어. 매일, 하루도 빠짐없이, 난 내 다리가 돌아오면 좋겠어."

"왜 좀 더 좋은 걸로 하지 않고……?"

볼라는 다시 다리를 쑥 내밀고는, 바짓가랑이를 들어 올려 나무기둥을 들여다보았다.

"아, 사람들이 나한테 보철다리를 주었어. 그건 복잡한 기계 조각이야. 내려다볼 때마다 더럽게 무시무시했지. 그래서 내가 직접 만들었어. 이건 물론 무겁고 투박해. 그래도 전쟁에서 난 아주 끔찍한 짓을 했으니 이렇게 다리를 질질 끌고 다녀도 싸."

"아줌마가 던져버렸어요? 보철다리 말이에요, 그냥 던져버렸다고요?"

피터는 어쩔 수 없이 그 보철다리를 발견하게 될 청소부의 공포에 질린 표정이 떠올랐다.

"물론 아니지. 가끔 그걸 사용해. 지금은 우리 밭 허수아비한테 있어. 까마귀도 그걸 보면 깜짝 놀랄걸, 분명."

볼라는 조리대에서 물러나 갑자기 해야 할 밭일이 생각난 것처럼 머리 위에 납작한 밀짚모자를 눌러썼다.

"어두워지기 전에 돌아올 거야. 화장실은 참죽나무 두 그루 너머에 있어. 부엌에 욕조가 있으니까 씻어. 현관 앞에서 지내면 돼. 사실, 넌 프랑수아랑 현관을 같이 써야 할 거야. 그 다리 조심해서 움직이고."

"프랑수아가 누구예요?"

또다시 볼라가 짧게 웃음을 흘려서 피터는 깜짝 놀랐다. 볼라는 뒷문을 향해 고개를 살짝 기울였다. 뒷문은 덧문이 달린 현관으로 이어져 있었다.

"그 애는 아마 지금 저기 밖에서 낮잠 자고 있을 거야. 게을러 빠진 늙은 도둑이지."

볼라는 문께로 곧장 걸어가 밖을 내다보고는 고개를 끄덕였다.

"와서 봐라."

피터는 의자에서 몸을 일으켜 목발에 몸을 기댔다. 볼라가 문을 연 채로 나무 상자를 향해 손을 흔들었다. 검은색 눈동자 한 쌍이 피터를 빤히 쳐다보았다. 피터는 좀 더 잘 보려고 고개를 들었다. 너구리도 고개를 추어 올렸다.

"프랑수아 비용이야. 역사상 가장 유명한 도둑의 이름을 땄지. 원래는 시인이었어, 도둑이기도 하고. 굉장히 매력적인 사람이었어. 그래서 체포될 때마다 숭배자들이 프랑수아를 풀어주었지."

피터는 씩 웃었다. 그리고 몸을 웅크려 좀 더 자세히 들여다보왔다.

"안녕, 쭈, 쭈, 쭈."

피터가 아침에 늘 팍스에게 인사를 건네는 것처럼 볼라는 부드럽게 너구리에게 말을 붙였다. 너구리는 한 번 더 나른하게 피터를 살펴보았다. 이윽고 별 흥미가 없는지 벌러덩 드러눕더니 눈을 감아버렸다.

"사나운가요? 아니면 길들었나요?"

볼라는 모기가 와서 떠들기라도 하는 것처럼 피터의 질문을 무시해버렸다.

"난 현관문을 열어둬. 그러면 자기 마음 내킬 때 들어와. 괜찮은 친구야. 내가 먹이를 주긴 하지만 꼭 그럴 필요는 없어. 알아서 잘 먹고 있으니까. 우린 닭장과 관련해 모종의 합의를 했지. 프랑수아는 닭은 안 건드려. 그러면 난 이따금 프랑수아에게 계란 하나를 깨서 주지. 프랑수아는 말하자면 내 동료야. 그게 우리 사이를 가장 잘 설명해주는 말이야."

볼라는 천장에 걸쳐 있는 서까래를 가리키며 말했다.

"내일은 턱걸이를 좀 할 수 있을 거야. 하지만 오늘은 쉬면서 조심조심 움직이도록 해. 무엇보다 마음가짐이 우선이야."

그러면서 냉장고를 향해 고개를 끄덕였다.

"이따금 얼음찜질 해주고. 붓기가 좀 빠지면 좋겠는데……. 그래야 오늘 밤 뼈를 맞출 수 있을 테니까. 아프면, 몇 시간마다 버드나무 껍질을 물에 한 숟가락씩 타서 마시렴."

피터는 고개를 끄덕였다. 그리고는 서까래에 매달려 있는 해먹에 힘없이 주저앉았다.

볼라는 밖으로 나가려다 말고 문가에서 잠시 멈추어 몸을 돌려 피터를 살펴보았다. 볼라는 팔짱을 끼고는 알쏭달쏭한 표정을 지어 보였다.

"왜요?"

"그냥 궁금해서. 너는 여기 현관에서 지낼 거잖아. 넌 어떻게 생각하니? 넌 사납니, 아니면 길들었니?"

13

팍스가 깨어났을 때 이미 해가 많이 기울어져 있었다. 지난 며칠 동안 배에 이는 통증이 더 심해졌다. 몸을 일으켜 세우려 하자, 잠시 어질어질하면서 근육이 바들바들 떨려왔다.

막연한 호기심으로 상처가 있나 다리를 들여다보았다. 한번은 팍스가 아팠을 때 소년이 목구멍에 억지로 알약을 밀어 넣은 적이 있었다. 그러고 나니 감각이 무뎌지고 반응이 느려졌다. 팍스는 지금 꼭 그런 느낌이었다.

팍스는 차가운 흙바닥에 주저앉아 자기 몸을 살펴보았다. 잠시 뒤, 저 아래에서 그레이와 그레이의 짝이 보금자리에서 나와 킁킁 공기 냄새를 맡고는 마음을 놓는 모습이 보였다. 이윽고 둘은 먹이를 찾아나섰다. 브리스틀이 그 옆 여우 굴에서 펄쩍 튀어나오더니 동생한테 따라오지 말라고 이르고는 먹이를 찾아 총총거리며 걸어갔다.

소년과 함께 자동차에 탔던 날, 팍스는 바짝 긴장해서 아침밥을 먹지 않았다. 그러니까 이제 아무것도 먹지 않은 지 사흘이 흘렀다. 죽음을 본 적은 없지만 먹이를 찾지 않으면 죽음이 기다리고 있으리라는 걸 어렴풋이 알았다. 하지만 그렇게까지 절박한 느낌은 아니었다. 이런 생각은 이내 사라져버렸다. 하지만 두 번째 생각, 그러니까 소년을 찾아서 안전한지 확인해야 한다는 생각이 다시 스멀스멀 피어올랐다. 팍스는 앞발에 먼저 힘을 주고 나서 등을 쭉 펴고 기지개를 켰다.

잠시 뒤, 머리가 맑아졌다. 팍스는 브리스틀과 런트와 함께 지낸 여우 굴을 지나쳐 이리저리 돌아다녔다. 부드러운 땅속에 숨어 있는 사냥감의 냄새가 났다. 하지만 거기에는 강력한 경고의 흔적이 표시되어 있었다. 그래서 파내지는 않았다. 저기 멀찌감치, 썩은 고기를 먹는 좀 더 낮은 서열의 동물들이 먹어치우고 남긴 고기가 있었다. 팍스는 그 썩은 고기를 쿡쿡 찔러보았다. 늪지대에 사는 쥐의 꼬리 끝에는 살점이 조금도 남아 있지 않았다. 까마귀가 먹기에도 너무 고약했다. 구더기가 기어 다니고 있었다.

팍스는 고개를 숙여 그 사체를 들여다보았다. 입을 벌렸지만, 냄새가 지독해 뒤로 물러났다. 이건 음식이 아니었다.

팍스는 주춤주춤 뒤로 몇 걸음 물러나 클로버 무더기에 주둥

이를 파묻고 자신의 예민한 코 주위에서 역겨운 냄새를 씻어내려 새순을 질겅질겅 씹었다. 꿀꺽 삼켰다가 머뭇거리며 먹기 시작했다. 먹는 행동은 쪼그라든 배에 위안을 주었다. 클로버를 먹어보았자 힘이 나지는 않을 것이다. 그렇게 몇 번 먹고 나자, 그 생각이 다시 또렷해졌다. 소년을 찾아야 한다.

바로 그때, 풀밭 사이로 뭔가가 휙 움직이는 소리가 들렸다. 팍스의 둔한 감각이 미처 반응하기도 전에 뭔가 단단하고 묵직한 것이 팍스를 짓눌렀다.

런트가 팍스 위로 덤벼들어 멋지게 공격에 성공한 것을 좋아하며 의기양양해하고 있었다. 팍스가 몸을 흔들어 떨쳐내지 않자 런트는 팍스를 살펴보았다. 팍스가 꼼짝하지 않고 누워 있는 사이 이 작은 여우는 코를 킁킁거리며 팍스를 이리저리 핥았다. 팍스는 작은 여우를 떨쳐낼 힘조차 없었다.

"어디 아파?"

팍스는 낮게 비추는 햇빛을 받으며 눈을 감고 아무런 대답도 하지 않았다.

런트는 멈칫하더니 조금 있다가 입에 지렁이 한 마리를 물고 돌아왔다. 그러고는 팍스의 발에 지렁이를 떨어뜨렸다.

팍스는 주춤주춤 물러섰다. 하지만 전에 했던 그 생각이 다시 떠올랐다. 소년을 찾아야 한다. 먹으면 죽음을 피할 수 있다. 팍스는 지렁이를 들어 올려 깨물었다. 살아 있는 살코기의 맛은 처음이라, 구역질이 나고 속이 뒤틀렸다.

런트는 지렁이를 또 한 마리 파서 팍스 앞에 떨어뜨렸다. 이번에 팍스는 일어서서 몇 걸음 걷다가 다시 주저앉았다.

런트가 따라와서 팍스의 옆구리를 쿡 찔렀다.

"먹어."

팍스는 있는 힘껏 기운을 끌어모았다.

"가."

런트는 잠깐 동안 이 형 여우를 물끄러미 바라보더니, 이윽고 몸을 돌려 풀밭으로 걸어갔다. 팍스는 마음이 놓여 머리를 발 위에 갖다댔다. 이제 저항할 힘도 없었다. 하지만 런트가 조금 있다가 다시 나타났다. 입에 뭔가를 물고 있었다. 런트는 자신의 선물을 떨어뜨렸다. 그러자 그게 깨졌다.

알. 그 냄새를 맡으니 어떤 기억이 또렷하게 떠올랐다. 언젠가 아주 어렸을 때, 팍스는 소년의 부엌 조리대를 돌아다니다가 동그랗고 딱딱한 하얀색 물체를 찾아냈다. 소년의 장난감이라고 생각한 팍스는 그걸 내리쳤다. 그러자 그 물건이 바닥으로 데구루루 구르다 깨지면서 맛있는 뭔가를 흘려보냈다.

팍스가 그 비밀스러운 물체의 마지막 한 방울을 핥고 있는데 피터의 아빠가 들어왔다. 그러고는 팍스를 후려 갈겼다. 그 바람에 옆구리가 찌를 듯이 아팠지만, 그 알은 그만한 가치가 있었다. 그때부터 팍스는 혼자 있을 때면 알을 좀 더 찾기 위해 부엌 조리대를 기웃거렸다. 몇 번은 운이 좋았다.

런트가 가져온 메추라기 알은 자신이 보았던 그 알보다 훨씬 작았다. 거뭇거뭇한 껍질에 마른 풀이 뒤섞여 있었다. 소년의 식구들이 먹었던 것보다 고기 냄새가 더 짙게 풍겼다. 하지만 분명했다. 알이었다.

팍스는 몸을 일으켜 세웠다. 런트는 팍스가 그 노른자를 핥아 먹을 수 있게 뒤로 물러섰다. 팍스는 풀잎에 묻은 한 방울, 한 방울까지 깨끗하게 싹싹 핥았다. 그러고 나서 고맙다는 표시를 하려고 고개를 들었다.

런트는 가고 없었다. 하지만 몇 분 뒤 다시 돌아왔다. 주둥이 안에 알 두 개를 조심스럽게 물고 있었다. 팍스는 게걸스럽게 그 알도 먹어 치웠다. 런트는 그렇게 두 번 더 돌아왔다. 팍스는 쉬지 않고 먹었다. 마침내 알 일곱 개가 쪼그라든 배를 빵빵하게 채워주자, 여우 굴 앞 모래 더미에 앉아 눈을 감았다.

런트가 여우 굴 위쪽의 옹이진 뿌리 위로 뛰어올랐다. 그러더니 몸을 한껏 끌어올렸다. 팍스가 잠을 자는 사이, 이 몹시 지친 자그마한 짐승, 런트는 망을 보았다.

피터는 금방 볼라의 발소리를 알아차렸다. 단단한 나무 소리가 들리더니 좀 더 부드러운 신발 소리가 이어졌다. 피터는 통나무를 나무 상자 안에 후다닥 집어넣었다. 그러고는 오두막 문가에서 몸을 일으켜, 볼라가 부엌 개수대에 펌프로 물을 채우는 모습을 지켜보았다.

"발 좀 쉬게 했니?"

"꽤 많이요."

사실, 피터는 서까래에 매달려 턱걸이를 최소한 열 번은 하고 30분 동안 통나무를 들어 올렸다. 그래서 가만히 있어도 팔다리가 엄청 쑤시고 아팠다. 하지만 팍스가 아직도 저기 바깥 어딘가에 있다는 걸 알면서도 가만히 누워 있을 수만은 없었다.

볼라는 돌아보지도 않고 손을 비누로 비비며 물었다.

"편지는 썼니?"

피터는 목발을 옆구리 쪽으로 끌어당겼다. 겨드랑이 아래 목발을 꼈는데 벌써 전보다 훨씬 안정적으로 느껴졌다.

"썼어요, 그런데……."

"잔말 마. 일주일에 한 번씩 써. 내가 말했던 버스 운전사 친구, 로버트 존슨한테 부탁할 거야. 그 사람이 지나다니는 다른 지역에서 그 편지를 부칠 테니까. 첫 번째 조건, 기억나니?"

피터는 살짝 몸을 돌리려고 했다. 비틀거리며 몸을 바르게 폈다. 다시 한 번 몸을 돌렸다. 이번에는 조금 부드러웠다.

"알겠어?"

"알았어요."

"좋아."

볼라는 행주를 못에 걸고는, 불가로 다가가 난로 받침쇠 위에서 신문을 갈기갈기 찢기 시작했다.

"그럼 두 번째 조건으로 옮겨가자. 네가 가지고 다니는 그 장식 달린 팔찌, 네 엄마 팔찌인 것 같은데, 왜 그걸 가지고 다니는 거지? 특별한 물건 같은데?"

피터는 누군가 엄마에 대해 물어볼 때마다 항상 몸이 뻣뻣하게 굳었다. 지금도 그 말을 듣자마자 즉시 몸이 뻣뻣해지는 게 느껴졌다. 마치 엄마에 대해 말하는 게 괜찮은지 안 괜찮은지 결정하기 위해 몸이 굳는 것 같았다. 원래는 낯선 사람 앞에서 그렇지 않았다. 그래서 목발을 쥔 손아귀가 살짝 풀리면서 목구멍이 쉽게 열렸을 때 피터는 깜짝 놀랐다.

"엄마가 항상 차고 다녔어요. 엄마는 자주 손목을 들어 올려 줬어요. 아기였던 제가 갖고 놀 수 있도록 말이에요. 전 기억나지 않아요. 하지만 사진에서 봤어요. 그렇지만 엄마가 그 얘길 저한테 해준 건 기억이 나요. 제 말은, 그 장식에 대해서요. 피닉스*예요. 아주 특별한 새죠. 빨간색, 금색 그리고 보라색으로 되어 있어요. 아침노을 색처럼. 그리고……."

"피닉스는 타고 남은 재에서 떠오르지. 피닉스가 어떤 새인지는 나도 알아."

"맞아요. 하지만 자신의 재에서 떠올라요. 우리 엄마는 그 부분을 마음에 들어 했어요."

"자신의 재라고?"

"피닉스가 나이가 들면, 나무 높은 곳에 새로 둥지를 틀어요. 모든 것에서 멀리 떨어진 곳에 말이에요."

피터는 잠시 말을 멈추었다. 갑작스레 볼라의 오두막이 둥지처럼 느껴졌다. 피터는 목발을 짚고 빙그르르 돌아보았다. 맞아. 숲으로 둘러싸여 보호받는 신비한 둥지. 모든 것에서 멀리 떨어진 둥지…….

피터는 다시 볼라를 바라보았다. 볼라는 나무를 엇갈려 쌓아

---

* 불사조. 수백 년 동안 살다가 스스로를 불태운 뒤 그 재 속에서 되살아난다는 전설적인 새.

두고 불을 피우고 있었다. 피터는 볼라가 자신의 마음을 읽지 않았기를 바랐다.

"그러니까 피닉스는 자기가 좋아하는 물건으로 둥지를 채워요. 피닉스 이야기에 몰약*과 계피가 나와요. 그러고 나서 그 둥지에 불이 붙고, 새의 늙은 몸은 불에 타요. 그러면 새로운 새가 그 늙은 새의 재에서 떠오르죠. 엄마는 그 부분을 무척 좋아했어요. 엄마가 그러는데 그건 아무리 상황이 나쁘게 치달아도 우리가 언제나 다시 새롭게 일어날 수 있다는 뜻이래요."

볼라는 아무런 반응도 보이지 않았다. 조각조각 찢은 종이에 성냥을 가져다대고는 불이 붙는 모습을 지켜볼 뿐이었다. 볼라의 얼굴이 새롭게 일어난 불꽃의 불빛 속에서 섬뜩하게 보였다. 볼라는 통나무 두 개를 얹은 뒤 한 개를 더 얹었다.

"아직 해가 있을 때 나가서 목발 연습 좀 하는 게 어떻겠니?"

볼라는 고개를 들지도 않고 말했다.

피터는 현관문을 열고 밖으로 나갔다. 밖으로 나오자 왠지 마음이 후련했다. 피터는 자기가 뭘 잘못 말했는지 알 수가 없었다. 숲 속에서 내내 혼자 살면 아마도 사람이 좀 희한해지는 모양이었다. 하지만 바깥에서 걷는 연습을 할 필요가 있다는 말은 맞았다. 피터는 이제 하루, 꼬박 하루를 흘려보냈다. 아마도 연습하고 회복하려면 시간이 좀 더 필요할지도 몰랐다. 하지만 가

---

* 감람과 미르나무속 나무에서 나오는 수지로, 향수나 향료의 원료로 사용된다.

능한 한 빨리 떠날 거다.

피터는 마당을 벗어나 뿌리와 풀이 아무렇게나 자란, 고르지 못한 땅으로 향했다. 오두막을 도는 데 시간이 지독하게 오래 걸렸다. 두 번째 돌 때는 조금 더 빨라졌다. 다섯 번째 돌 때는 거의 편안하기까지 했다. 하지만 오두막 안으로 다시 들어갔을 때 온몸이 땀으로 흠뻑 젖었다.

오두막은 부드럽게 탁탁 튀는 불 소리 말고는 아무것도 들리지 않았다. 볼라는 안락의자에 앉아서 노란색으로 된 뭔가를 바느질하고 있었다. 정적. 해가 지고 있는 무렵의 오두막은 평화로워 보였다. 마치 이 세상 모든 것이 아무 문제없이 잘 돌아가는 것처럼 느껴졌다. 갑작스레 이 모든 것이 피터를 조롱하는 느낌이 들었다.

이 세상의 모든 것이 잘못되었어. 팍스가 혼자 밖에 있는데 또 하루가 흘러갔다. 팍스에게 싸늘한 밤이 또 다가오고 있었다. 아마도 허기지고 겁을 집어 먹었을 것이다. 팍스가 물을 찾지 못했으면 어쩌지?

피터는 휘청휘청 방을 가로질렀다. 반쯤 지나갈 즈음, 목발 하나가 바닥 깔개에 걸렸다. 피터는 랜턴에 부딪히지 않으려 다른 쪽 목발을 벽에 꾹 눌러야만 했다.

"보폭을 좀 더 짧게 하렴. 좀 지나면 요령이 생길 거야."

"좀 지나면, 이라고요? 좀 지나면 제 여우는 죽을 거라고요."

피터는 목발을 내려놓고 식탁 의자에 털썩 앉았다.

"얘기 좀 해보세요, 제발요. 얼마나 이러고 있어야 하는 건데요?"

볼라는 바느질감을 내려놓았다.

"내가 뭐로 보이니? 뭐든 척척 답해주는 만물박사라도 되는 줄 알아?"

볼라는 현관으로 나가 얼음주머니를 들고 돌아왔다. 피터의 발을 의자에 올리고는 그 위에 얼음을 올렸다.

"나도 몰라."

아무짝에도 쓸모없는 발을 보자 피터는 지금 자신이 할 수 없는 모든 것이 떠올랐다. 피터는 시선을 돌렸다.

"왜 몰라요? 아줌마는 똑똑하잖아요? 여기서 혼자 사니까, 아줌마는 이런 것 전부……."

피터는 엄지손가락으로 뒤쪽 선반에 아무렇게나 쌓여 있는 색인 카드 무더기를 가리키며 덧붙였다.

"이런 철학 빙고 카드랑 같이 살잖아요. 어쨌든 아줌마는 현명하잖아요, 안 그래요? 아니면 마술이라든가 뭐 그런 거 있잖아요."

피터는 자신이 볼라에게 이렇게나 무례하게 말대답을 하고 있다는 걸 거의 알아차리지 못했다. 자신이 마치 발작을 일으키는 것처럼, 아무 생각 없이 충동적으로 이야기하고 있다는 느낌이 들었다. 또다시 자신은 있어야 할 곳에 없었다. 그리고 너무 약해빠진 지금 피터의 발로는 혼자서 그곳에 갈 수가 없다. 그리고 팍스는 여전히 저기 밖에 혼자 있다.

볼라는 찬장에서 바구니 하나를 끄집어내 개수대에 넣었다. 마음이 언짢은 것 같았다.

"철학 빙고 카드라……. 난 내 삶을 이해하려고 노력하고 있어. 하지만 네 질문의 답은 몰라."

"그럼 누가 알아요? 우리 아빠라고 말하지 마세요. 아빠는 요즈음 조금 정신이 멍하니까요."

'그리고 아빠가 이 모든 일을 일으킨 장본인이니까요.'

피터는 그 말을 꿀꺽 삼키고는 마음을 가다듬으려 애써보았다. 화가 난 건 아니다. 그냥 당황스러웠을 뿐이다. 누구라도 그럴 거다. 갑작스레 눈물이 터져 나왔다. 요즈음 자신에게 도대체 무슨 일이 생긴 거지? 피터는 눈을 주먹으로 훔쳐냈다.

볼라가 피터를 향해 다가오기 시작했다. 그러다가 마음을 바꾼 것처럼 뒤로 물러나 부엌 조리대에 몸을 기댔다.

"넌 화가 나 있어."

볼라가 가볍게 말했다. 마치 너 머리카락이 검구나, 해가 지고 있어, 라고 말하는 것 같았다.

"난 화 안 났어요."

하지만 피터는 주먹을 억지로 펴고는 느릿느릿 열까지 세면서 분노와 싸웠다. 언제나 그랬던 것처럼. 피터가 그런 험악한 분노를 지닌 아빠와 닮았다면 어쩌지? 그 분노는 언제나 서서히 끓고 있었다. 그 분노는 언제든 끓어넘쳐 앞에 있는 누구라도 다

치게 할 수 있었다. 나중에 사과를 해봤자, 그 상처는 절대 치유될 수 없다.

피터는 여전히 의기양양한 채 눈물을 참으려 눈을 꼭 감았다.

"난 화 안 났어요. 그건 그냥, 내가 선택한 게 아니에요. 전쟁이 일어나는 걸 내가 선택한 게 아니잖아요. 아빠가 군대에 가는 것도 내가 선택한 게 아니에요. 우리 집을 떠나는 것도 내가 선택하지 않았어요. 우리 할아버지 집에 가는 것도 내가 선택하지 않았어요. 그리고 5년 동안 돌봐온 동물을 내다버리는 것도 분명히 내가 선택한 게 아니라고요!"

"넌 어린애야. 네가 선택할 수 있는 건 많지 않아. 나라도 화가 났을 거야. 빌어먹을 분노!"

"화 안 났다니까요!"

피터는 흐느낌을 꿀꺽 삼키고는 어설프게 웃어 보였다. 몸이 합선된 것만 같았다.

"그리고 아줌마는 그 단어랑 사랑에 빠졌잖아요."

"무슨 단어를 말하는 거야, 너?"

"'빌어먹을' 말이에요! 그거 뭐예요, 욕이에요? 아줌마는 그 '빌어먹을'이랑 사랑에 빠졌다고요."

피터는 전선이 홀라당 타버린 느낌이었다.

"제가 2학년이었다면, 아줌마는 그 단어랑 엄청 사랑에 빠졌으니까 그 단어랑 결혼해야 한다고 말했을 거예요!"

볼라는 꽥 하고 까마귀처럼 큰 소리를 냈다.

"그래, 네가 맞아. 난 그 빌어먹을 망가진 무릎을 털썩 내려놓고 그 단어한테 결혼해달라고 말해야 할 거야!"

"그래야 해요!"

피터는 이제 비꼬듯이 맞장구를 쳤다.

"아줌마는 그 빌어먹을 손가락에 빌어먹을 반지를 끼어야 해요!"

피터는 얼굴을 훔쳐내고는 볼라를 지켜보았다. 볼라는 걸어가 피터의 건너편에 자리를 잡았다.

"우리 할아버지는 모국어로 욕을 했지. 할머니는 그 때문에 화를 냈어. 왜냐하면 할머니는 모국어를 몰랐거든. 하지만 할머니는 요리할 때 이탈리아어로 노래를 했어. 그래서……."

볼라는 손가락 하나를 들어 목에 매달려 있는 깃털을 어루만지며 차분하게 말했다.

"나도 많은 기질을 물려받았지."

이윽고 볼라는 잠깐 동안 침묵에 빠진 채 피터를 노려보았다. 침묵 속에서 피터는 자신들이 뭔가 중요한 이야기를 하고 있다는 느낌을 받았다. 자신을 에워싸며 점점 좁혀오고 있는 길고도 어두운 터널 같은 뭔가에 대해서…….

"팍스를 찾는 데 일주일 정도 걸릴 거라고 계산하고 있었어요. 어쩌면 열흘. 그런데 지금은……."

피터는 발을 내려다보며 말했다.

"팍스? 여우 이름이니? 그건 '평화'라는 뜻이야, 너도 알지?"

피터도 알고 있었다. 많은 사람들이 말해주었으니까.

"하지만 그 뜻 때문에 그 이름을 지어준 건 아니에요. 제가 집으로 데리고 온 첫날, 잠깐 그 애를 내버려두었어요. 딱 1분이었어요. 그러니까 먹을 것을 좀 가져다주려고요. 다시 돌아왔는데 그 애가 보이지 않는 거예요. 제 배낭에 기어들어가 잠이 들었더라고요. 배낭 라벨에 '팩스턴(Paxton)'이란 글자가 새겨져 있었어요. 제가 일곱 살 때였어요. 저는 이렇게 생각했죠. '팩스턴', 그거 좋은 이름이라고요. 이름 안에 알파벳 X가 있어요. 여우(fox)라는 단어에도 X가 있잖아요. 그런데 지금은……."

"그런데 지금은 뭐?"

"지금 팍스는 전쟁 때문에 혼자 있어요. 전쟁 때문에 그 애를 보내버렸어요. 전쟁 때문에요, 평화가 아니라……. 이런 상황을 뭐라고 부르나요? 아이러니? 어쨌거나 지금은 끔찍한 이름이에요. 팍스는 아마도 전쟁 때문에 죽을 거예요."

"그럴 수도, 어쩌면 아닐 수도……. 살아남을 수 있어. 봄이야. 먹을 게 많을 거야."

피터는 고개를 저었다.

"여우들은 새끼가 태어난 지 8주가 되면 먹이 사냥하는 걸 가르쳐요. 전 팍스를 그전에 발견했어요. 아마 태어난 지 2주쯤 되었을 거예요. 수의사가 그런 것 같다고 했거든요. 바로 코앞에 쥐 열두 마리랑 우연히 마주친다 해도, 팍스는 절대 쥐를 잡을 수 없을 거예요. 팍스가 먹는 거라고는 곡식 알갱이랑 제가 슬쩍슬쩍 건네주는 음식 부스러기가 전부란 말이에요."

"음, 어떤 음식 부스러기? 팍스가 찾아낼 수 있는 건 전부 다?"

피터는 어깨를 으쓱해 보였다.

"팍스는 땅콩버터를 무척 좋아해요. 핫도그도 좋아해요. 알도 무척 좋아해요. 아니, 소풍 나온 사람을 우연히 발견하지 않는다면, 쫄쫄 굶을 거예요. 아마 물은 찾겠죠. 먹이 없이 일주일은 버틸 수 있을 거예요. 하지만 그다음에는……."

피터는 고개를 숙였다.

"제가 그렇게 만들었어요. 그중 어떤 것도 제가 선택한 건 아니에요. 하지만 굳이 싸우지도 않았어요. 왜 싸우지 않았는지 저도 모르겠어요."

하지만 물론 피터는 알았다. 아빠가 처음 팍스를 풀어주라고 시켰을 때, 피터는 단단히 각오하고 말했다.

"안 돼요. 팍스를 보내지 않을 거예요!"

하지만 아빠의 눈동자는 분노로 불꽃처럼 이글이글 타올랐었다. 주먹을 들어 피터의 뺨을 후려갈기려는 마지막 찰나에 멈추었다. 그것만으로도 팍스를 보내야 한다는 공포를 전하기에는 충분했다.

피터는 두 주먹을 들어 올렸다. 아빠에 대해 느끼는 자신의 분노가 그 어떤 공포보다 더 두려웠다.

이제 할아버지의 말이 들렸다.

"사과는 나무에서 절대 멀리 굴러 떨어지지 않지."

속이 메스껍고 또다시 덜컥 겁이 났다. 피터는 얼굴이 뜨거워지는 부끄러운 모습을 감추려 낡아빠진 소나무 탁자로 시선을 떨구었다.

볼라가 몸을 내밀어 양손으로 피터의 머리를 감싸 안았다. 피터는 얼어붙었다. 아빠가 '장하다'며 어깨를 흔들어대고, 친구들이 가볍게 팔을 툭 치는 것 말고는 엄마가 돌아가시고 난 다음 누구도 피터의 몸에 손을 대지 않았다. 볼라는 잠시 그대로 가만히 있었다. 마치 피터에게 시간이 필요하다는 걸 알고 있는 것처럼. 이윽고 팔에 힘을 꽉 주었다.

이상한 행동이었다. 하지만 피터는 피하지 않았다. 조금도 움직이지 않았다. 숨조차 쉬지 않았다. 그 순간 볼라의 강한 손아귀가 피터를 산산조각으로 흩어지지 못하게 붙잡아주는 유일한 것이었으니까.

볼라가 말했다.

"이제 다 끝난 일이야. 끝난 일이라고."

볼라는 몸을 일으키며 말했다.

"난 네 질문에 대한 답을 몰라, 얘야. 하지만 너에 대한 한 가지 진실은 알아. 넌 음식이 필요해. 그것도 많이. 넌 열두 살이야. 넌 추운데 밖에서 잠을 잤어. 넌 뼈가 아물어야 해. 이제 내가 그 뼈를 맞추어줄게. 그러고 나서 난 요리할 거고, 넌 먹기 시작할 거야. 네가 이젠 충분하다고 할 때까지 둘 다 멈추지 않을 거야. 알겠어?"

피터의 배가 갑작스레 으르렁 아우성치는 텅 빈 구멍이 된 것 같았다.

"네, 아줌마. 이해했어요."

볼라는 개수대 밑을 뒤져서 회반죽 주머니 하나를 꺼냈다. 피터는 볼라가 회반죽을 양동이 안에 채로 치고 나서 펌프질해 물을 양동이 안에 넣는 모습을 지켜보았다. 이윽고 볼라는 바느질하던 것을 가지고 왔다.

"발 올려봐."

볼라는 피터의 무릎 아래쪽에 베개를 받치고는 다리에 퀼트로 된 주머니를 끼웠다. 마치 발가락이 뚫린 양말 같았다.

피터는 그 노란색 체크무늬를 알아보았다. 피터는 침대 안쪽을 흘끗 들여다보며 물었다.

"퀼트 이불 자르셨어요?"

"언제든 또 만들 수 있어. 넌 푹신푹신한 게 필요해."

볼라는 다른 퀼트 조각을 가지고 와서 이불솜을 벗기고, 노란색 면을 갈기갈기 찢어서 그 회반죽 안에 담갔다.

"발을 90도 각도로 들어."

볼라는 피터의 발과 발목, 정강이 중간쯤까지 끈을 칭칭 감았다. 덮개를 두툼하게 만들고는 회반죽을 덧발랐다.

"움직이면 안 돼. 발가락도 마찬가지야."

볼라는 현관으로 나가서 무언가를 두 팔 가득 한 아름 안고 돌아왔다. 그러고는 버너 위에 철 프라이팬 두 개를 올려놓고,

각각의 프라이팬에 버터 한 덩어리씩을 던져 넣고 불을 켰다. 노란 그릇에 달걀 두 개를 깨고, 우유와 옥수수를 차례로 넣고 휘저었다.

흙냄새와 지글거리는 버터 향이 피어올랐다. 피터는 튼튼한 깁스가 말라가는 걸 지켜보았다. 한때 볼라의 퀼트 이불로 사용되던 천으로 감싼 깁스 안의 발은 이제 안전했다.

"죄송해요. 못되게 굴었던 거."

피터는 볼라의 메모판으로 고개를 까딱 들어 올렸다.

볼라가 고개를 끄덕이며 말했다.

"내 철학 빙고 카드는……. 방망이 없는 피터! 저건 세상에 대해서 내가 진실이라고 생각한 것들이야. 보편적인 거지. 중요한 건, 내게 진실이라고 생각되는 것들이야. 난 그런 것들은 어디 다른 곳에 보관해. 개인적으로."

"왜요?"

"왜 그게 중요하냐는 말이니? 아니면 왜 개인적으로 보관하냐는 말이니?"

피터는 어깨를 으쓱해 보였다. 둘 다. 피터는 뒤로 기대어 그녀의 대답을 기다렸다.

볼라는 피터를 눈여겨보며 햄 덩어리 하나를 톱질하듯 잘라서 프라이팬 안쪽으로 휙 집어넣었다. 그러고는 반죽 세 주걱을 꺼내서 다른 프라이팬에 탁탁 소리를 내며 붓고는 그 그릇을 내려놓았다.

"내가 이야기 하나 해주지."

볼라가 이어 말했다.

"군대에서 나왔을 때, 난 내 자신에 대한 진실을 하나도 기억하지 못했어. 군대 훈련은 사람을 그렇게 만들지. 더 이상 개인은 없어. 그저 군대라는 기계에 딱 맞출 수 있는 부품조각일 뿐이지. 민간인이 되고 첫날을 맞이했을 때 난 어찌할 바를 몰랐어. 정말이지 어찌할 바를 몰랐지. 슈퍼마켓에 갔단다. 내가 고를 수 있는 그 모든 물건들을 뚫어지게 쳐다보았지. 식료품을 사려고 하는 내가 누구인지, 난 계속 궁금했어. 이 사람은 주린 배를 무엇으로 채워왔지? 스튜 아니면 파이? 콩 아니면 빵? 농산물 코너에서 나는 무너져 내렸단다. 왜냐하면 내 자신에 대해서 단 하나도 기억하지 못했거든."

볼라는 침묵에 빠져들었다. 그러더니 눈을 감았다.

"무슨 일이 있었는데요?"

잠시 뒤, 피터는 이야기를 재촉했다.

"무슨 일이 일어났냐고?"

"가게에서요. 가게에서 무슨 일이 일어났는데요?"

"아, 땅콩버터."

볼라는 스토브로 몸을 돌려서 옥수수 빵을 뒤집었다.

"땅콩버터가 있었다고요?"

그녀는 허공으로 손을 던졌다.

"땅콩버터. 그게 내게 일어난 첫 번째 행운이었어. 나는 거기

슈퍼마켓 바닥에서 흐느끼고 있었어. 붉은색과 하얀색 체크무늬가 그려진 더러운 리놀륨 바닥에서. 절대 그 일을 잊지 못할 거야. 나는 내가 어떤 음식을 좋아하는지 기억할 때까지는 절대 일어나지 않으리라는 걸 알았어."

볼라는 파란색 접시 하나에 옥수수 빵을 담다가 문득 멈추었다. 피터는 볼라가 그 슈퍼마켓 바닥의 기억을 떠올리고 있나 보다 생각했다. 그런 모습을 보지 않은 게 다행스러웠다. 다 큰 어른이 더러운 슈퍼마켓 바닥에서 흐느껴 울다니. 다리 하나를 잃어버린 정신 나간 여자. 피터는 갑작스레 보호해주고 싶은 느낌이 들었다. 누구도 볼라를 비웃지 않았기를, 볼라가 잘 극복해냈기를 바랐다.

"그러고요?"

"아, 마침내 기억해냈지. 내가 처음 땅콩버터 샌드위치를 알게 된 뒤로 매일 하나씩 달라고 했다는, 할머니 이야기가 떠올랐어. 그래서 바닥에서 일어나서 직접 땅콩버터하고 빵을 샀어. 내 카트를 땅콩버터하고 빵으로 채웠어. 왜냐하면 먹고 싶은 다른 걸 확실히 알기 전까지는 슈퍼마켓에 다시 오지 않기로 마음을 먹었거든. 그리고 난 오랜 시간이 걸릴까 봐 두려웠어."

볼라는 파란 접시에 햄을 더 올리고 사과소스 한 국자를 듬뿍 뿌렸다. 그러고는 메이플 시럽이 든 하얀색 그릇과 함께 피터에게 내밀었다.

"먹어."

피터는 접시에 시럽을 철철 흘러넘치도록 뿌리고는 포크를 가져다댔다. 옥수수 빵은 바삭바삭하고, 햄은 달콤한 시럽과 대조적으로 부드럽고 짭짤했다. 피터가 기억하는 한 최고로 맛있는 음식이었다.

"시간이 오래 걸렸어요? 아줌마가 다른 걸 떠올릴 때까지 정말 오래 걸렸어요?"

피터는 접시를 반쯤 비워내고 물었다.

볼라는 말라가는 깁스를 손가락으로 쿡 눌렀다.

"거의 다 됐구나. 조금 더 기다려."

그녀는 불가로 다시 가서 햄을 조금 더 썰어내고 프라이팬에 반죽을 좀 더 퍼 넣었다.

"오래 걸렸지. 주위 사람들이 '외상 후 스트레스 장애(PTSD)'라고 했어. 전쟁으로 인한……. 사람들 말이 맞았어. 난 아팠으니까. 하지만 그게 정확히 전쟁터에 있었기 때문만은 아니란 걸 난 알았지. 전쟁터에서, 난 나 자신에 대한 진실을 전부 다 잊어버렸어. 자신이 누구인지 잊어버리는 외상 후 스트레스성 장애가 내 병이었어.

우리 할아버지가 그즈음 요양원에 계셨어. 사실 날이 얼마 안 남아 있을 때였지. 청소하려고 할아버지 집으로 갔단다. 그곳은 내가 옛날에 살았던 집이기도 했지. 우리 할아버지하고 할머니가 나를 2, 3년 정도 키워주셨거든.

여름 끝자락이었어. 가꾸지 않아 과수원은 엉망이었어. 그런데 거기 아직도 나뭇가지에 매달려 있는 복숭아가 몇 개 있더라고. 그게 내게 일어난 두 번째 행운이었지. 그 땅콩버터 이후에 말이야. 갑자기 기억이 떠올랐어. 세상에나, 난 복숭아를 무척 좋아했었어. 한밤중에 몰래 빠져나와 복숭아를 따곤 했거든. 주위에 온통 반딧불이가 반짝거리고 여치가 마구 울어댔었지. 내 배 위에는 복숭아가 한 무더기 있고. 귀로 복숭아물이 줄줄 흐르도록 복숭아를 먹어댔지.

아주 또렷하게 기억났어. 그 냄새까지 기억할 수 있었어. 그 소리를 들을 수도 있었어. 그 맛을 느낄 수도 있었어. 하지만 난 이해할 수가 없었어. 어떻게 그런 여자아이가 군복을 입고 총을 들고 나가 전쟁터에서 그런 짓을 저질렀던 사람과 같은 사람인지. 나는 손을 뻗어 복숭아 하나를 땄지. 풀밭에 주저앉아서 한 입 베어 물었어……. 거기 내가 있었어. 나는 옛날의 내 자그마한 진짜 모습 하나를 찾았던 거야."

볼라는 프라이팬을 가져와서 옥수수 빵과 햄을 피터의 텅 빈 접시 위에 얹었다. 그러더니 불가로 다시 갔다.

"그만해요."

피터가 말했다.

"그만하라고? 음, 어쨌든 이야기는 끝났어."

"아니요, 실컷 먹었다고요. 고마워요."

피터는 자신의 여우가 탁자 아래 있었으면 하고 다시 한 번 바랐다. 팍스가 배가 고플까 다시 궁금해졌다. 그러다 문득 팍스가 배가 고프지 않을 거라는 희한한 느낌이 들었다. 팍스는 먹이를 먹었을 거다. 적어도 오늘 밤에는. 피터는 포크를 찍으며 물었다.

"그래서 그때 어땠어요? 아줌마 괜찮았어요?"

볼라는 개수대에 프라이팬을 놓고 피터의 맞은편 의자에 앉았다.

"사람이 어떤 음식을 좋아하는가. 그건 아주 세세한 거야. 그런데 난 완전히 잊어버렸어. 나는 나 자신에 대한 진실을 전부 다 알아내야 했어. 작은 것부터 가장 큰 것까지 전부 다. 내가 가장 중요하게 믿었던 게 무엇이었는지도 알아내야 했지."

피터는 무엇이 다가오는지 알 것 같았다.

"전쟁 같은 거요. 이제 아줌마는 전쟁을 반대하는 거죠, 그렇죠?"

볼라는 턱을 손으로 받쳤다.

"그건 복잡한 거야. 내가 누구인가는 그것에 대한 진실을 말하기 위한 거야. 어떤 대가를 치러야 하는가에 관해서 말이야. 사람들은 전쟁 때문에 얼마나 큰 대가를 치르는지 진실을 알아야 해. 그걸 깨닫기까지 난 무척 오랜 시간이 걸렸어."

볼라는 몸을 뒤로 기대고는 이어 말했다.

"그건 딱 하나였어. 내가 옳고 그르다고 생각하고 믿는 모든 걸 다시 배워야 했어. 하지만 난 할 수가 없었어. 나 자신에 귀기울이기에는 세상이 너무나 시끄러웠거든. 그래서 우리 할아버지가 살던 곳으로 들어갔어. 내가 누구인지 다시 알 때까지 거기 있기로 작정한 거야."

피터는 선반 위, 복숭아가 든 병을 올려다보았다. 그러고는 과수원의 꽃이 만발한 나무를 떠올렸다.

"그리고 아줌마는 아직 여기 있는 거네요. 여기가 거기 맞지요, 그렇죠?"

피어오르는 안개를 뚫고 태양이 내리쬐었다. 여우 두 마리는
몇 시간 동안 길을 걸었다. 하지만 그레이는 발걸음이 무척 더딘
데다 종종 쉬기도 했다. 그래서 둘은 고작 계곡 아래쪽 물웅덩
이에 도착했을 뿐이다. 걷는 내내, 팍스는 예의바르게 나이 많
은 여우 옆을 지켰다. 하지만 이따금 뛰쳐나가 한참 동안 전속
력으로 달렸다가 다시 되돌아오곤 했다.

정말이지 전에는 한 번도 달려본 적이 없었다. 여우 집 근처
를 빠르게 뛰어다니거나 마당을 가로지르긴 했지만, 이렇게 달
리는 것과는 달랐다. 둥그스름하고 단정한 발이 이제는 다 나아
서, 즐겁게 이리 뛰고 저리 뛰며 드넓은 풀밭 위를 빠르게 달릴
수 있었다.

어제 배를 채웠더니 정신이 맑아지고 근육에 힘도 붙었다. 하지만 이제 그 알은 배 속에서 사라졌다. 계곡이 풍기는 강렬한 냄새에 식욕이 샘솟았다. 인간이 있는 곳, 거기엔 음식이 있을 것이다.

"얼마나 가야 해요?"

"이틀은 가야 하는 거리야."

그레이가 오래된 돌담 벽이 있는 곳을 설명해주었다. 그곳의 땅은 강이 경계를 이루면서, 희미하게 타르*와 헴프** 냄새가 난다고.

"땅거미가 질 즈음 도착할 거야. 인간들이 사는 곳은 거기에서 또 하루가 걸려."

팍스는 인간의 거주지가 기억나지 않았다. 강이 기억나지 않았다. 자신이 살던 집의 어렴풋이 빛나는 문은 기억했다. 그 집에 울려 퍼지던 떡갈나무 향을 기억했다. 팍스가 들어가면 절대 안 되는 꽃밭의 무성하게 자란 풀 무더기, 길의 소리를 기억했다. 팍스는 그 골목을 따라 사는 다른 인간들의 냄새를 맡을 수 있었다. 하지만 그 사람들을 우연히라도 마주친 적은 단 한 번도 없었다. 이런 기억들은 동물 우리에 있었던 기억과 마찬가지로 희미해지고 있었다. 동물 우리의 육각형 모양 창살 사이로 하늘이 어떻게 보였는지 더 이상 기억이 나지 않았다.

---

* 석탄·목탄 등의 흑색 건류 물질.
** 삼 또는 대마.

그래도 그 소년만큼은 또렷이 기억했다. 기이하게 둥근 적갈색 눈동자. 피터가 눈을 감던 모습, 기분이 좋을 때면 고개를 뒤로 젖히고 마치 짖는 것과 비슷한 소리를 내던 모습. 피터의 짭짜름한 목에서 어쩔 때는 땀 냄새가, 어쩔 때는 비누 냄새가 났다. 피터의 손은 언제나 움직이고 있었다. 팍스가 좋아하는 초콜릿 냄새를 풍기면서, 팍스가 싫어하는 가죽 글러브 냄새를 풍기면서……

두 여우는 계속 나아갔다. 그러면서 팍스는 소년의 또 다른 냄새 조각을 곰곰이 떠올렸다. 소년의 마음 깊은 곳에 숨은 냄새. 슬픔과 그리움 사이에 걸쳐진 냄새. 그건 팍스가 결코 추측할 수 없는 무언가에 대한 깊은 고통에서 흘러나왔다.

이따금 소년의 보금자리 방에는 이런 슬픔과 그리움의 냄새가 너무도 강렬해서 다른 모든 걸 뒤덮어버렸다. 하지만 소년은 그렇게나 몹시 원하는 것이 무엇이든, 그 원하는 걸 얻기 위해 조금도 움직이지 않았다. 슬픔의 냄새를 알아차릴 때마다, 팍스는 자신이 어디에 있든 그곳에서 허겁지겁 나와 피터의 침대를 가로지르며 피터를 찾아서 돌진했다. 피터는 옷장 맨 바닥 서랍에 숨겨둔 물건을 움켜쥔 채 굳은 얼굴을 하고 있었다. 팍스는 그런 피터의 셔츠 소매 냄새를 맡거나 커튼으로 기어올라가곤 했다. 그러고는 어떻게든 소년과 놀려고 발 디딜 곳을 놓친 것처럼 일부러 바닥으로 쿵 떨어져 내렸다. 하지만 슬픔과 그리움의 냄새가 강렬하게 온 방을 휘감을 때면, 어떤 요령을 부려도 소용이 없었다. 피터는 소리쳐서 팍스를 밖으로 쫓아내며 문을 쿵 닫아버렸다.

이 기억이 떠오르자 팍스는 다시 달리고 싶은 충동이 일었다. 하지만 이번에는 달리는 기쁨 때문이 아니었다.

"다가오는 이 전쟁이 확실히 모두에게 해를 끼친다고 생각하세요? 그 어린 소년한테도?"

"전부 다. 전부 다 파괴할 거야."

팍스는 그레이에게 재빨리, 그러나 예의바르게 코를 내밀었다. 둘 다 서둘러야만 한다. 나이 든 여우는 이 어린 여우를 잠깐 동안 살펴보더니 이윽고 총총 걸음을 옮겼다. 둘은 계곡의 축축한 습지를 건넌 다음, 바위 절벽을 기어오르고, 산등성이에서 산등성이로 올라갔다.

정상 위, 이 여우 두 마리는 걸음을 멈추었다. 그레이는 숨을 몹시 헐떡이고 있었다. 앞에 높이 솟아오른 소나무 숲이 길고 둥근 그림자를 시원하게 드리웠다. 하지만 이곳은 영역 표시가 강했다. 도전자가 이 영역에서 사냥을 했다. 강렬하고도 무시무시한 체취가 너무 확실했다. 얼마 안 있어 가볍고 경쾌하게 땅이 울리는 소리가 들렸다. 덤불 아래에서 갑작스레 황갈색 여우가 튀어나와 그레이와 팍스를 보고 으르렁거렸다. 황갈색 여우는 입술을 말아 올리며 꼬리를 내리쳤다. 팍스와 그레이는 몸에 힘을 주고 섰다.

팍스는 뒤로 움츠러들었지만 그레이는 차분하게 앞으로 나아가며 몸을 낮추어 공격할 의사가 없다는 걸 분명하게 전했다.

"우린 그냥 여길 지나가고 있을 뿐이야."

이 도전자는 평화로운 인사를 무시하고 펄쩍 뛰어오르며 그레이의 옆구리를 세게 내리쳐 옆으로 쓰러뜨리더니, 그 가냘픈 목에 이빨을 쑤셔 박았다.

그레이가 고통으로 신음하자, 팍스의 털이 곤두서고 심장이 재빠르게 뛰기 시작했다. 팍스는 지금껏 딱 한 번 느껴본 적 있는 분노로 몸이 파르르 떨렸다. 인간과 함께 살기 시작하던 시절, 피터의 아빠가 소년을 향해 손을 들어 올렸다. 팍스는 아무 생각 없이 방을 가로질러 달려 나가 새끼 고양이 같은 이빨로 그 남자의 바짓가랑이를 사납게 물어뜯었다. 지금 그때처럼 팍스의 등이 꼿꼿하게 서며 목구멍 깊은 곳에서 나지막하게 으르렁거리는 소리가 새어나왔다.

이 도전자는 깜짝 놀라 몸을 휙 돌렸다. 팍스는 이 도전자를 향해 곧장 몸을 날렸다. 두 여우는 구르면서 이빨로 보드라운 귀를 물어뜯고 뒷발로 상대방의 부드러운 배를 공격하려 했다. 누런 여우가 훨씬 교묘했다. 하지만 팍스는 그레이를 보호하고자 하는 본능으로 타올라 싸웠다. 팍스가 이빨로 상대의 목덜미를 찾자, 이 도전자는 허둥지둥 뒤로 물러나며 끙끙거렸다.

팍스는 그레이의 앞으로 뛰어가 막아섰다. 오래전에 소년을 막아섰던 것처럼, 부풀린 가슴을 활짝 펴서 경고하듯 으르렁거렸다. 도전자는 살금살금 물러났다.

팍스는 몸을 흔들어 열 몇 군데의 긁힌 상처에서 흐르는 피를 털어내고는 그레이의 상처를 핥아주었다. 상처가 깊었다. 팍스는 그레이에게 돌아가라고 채근했다.

"아니, 계속 갈 거야."

두 여우는 깊지 않은 숲 속을 한 시간 동안 차분히 터벅터벅 걸어갔다. 팍스는 몸이 불편한 그레이와 보조를 맞추기 위해 천천히 나아갔다. 적어도 계속 나아가고 있으니 마음이 놓였다. 하지만 살인자 같은 까마귀 떼가 벌거벗은 피칸나무* 가지에 내려앉았을 때, 그레이는 뒤돌아가 그 나무둥치 아래 주저앉아 까마귀들의 야단법석에 귀를 쫑긋 세우고 뭔가에 잔뜩 집중했다.

팍스는 조급해하지 않고 기다렸다. 잠시 뒤, 그레이가 팍스를 향해 외쳤다.

"전쟁이 더 바짝 다가오고 있어."

"어떻게 알아요?"

"까마귀 떼야. 들어봐."

팍스는 고개를 치켜들었다. 더 많은 새들이 짹짹거리며 다가와 낮은 가지로 내려왔다가, 마치 엄청난 충격을 받은 것처럼 날개를 퍼덕거리며 좀 더 높은 가지에 자리를 잡았다.

"모두 화가 났어요."

---

* 미시시피 강 유역에 자라는 가래 나뭇과의 교목.

까마귀들이 어깨를 활짝 펴고, 깃털을 세우고, 날카롭게 비명을 지르며 부리를 흔들어댔다. 까마귀들이 수선을 떨자, 팍스는 왠지 불안해졌다.

"엉망진창이에요."

팍스는 좀 더 집중해 주의를 기울였다. 어떤 냄새가 났다. 냄새를 맡고는 깜짝 놀라 공포에 사로잡혔다. 팍스는 그 냄새를 묘사해보려고 애썼다. 공기 속에 죽음의 냄새가 가득했다. 불과 연기. 강물에 흐르는 피. 강물은 피처럼 시뻘겋게 흘렀다. 땅속에 피가 스며들었다. 혼돈.

"전부 다 망가졌어요. 나무, 구름, 공기까지 다 망가졌어요."

"그래, 그게 전쟁이야. 어디서?"

팍스는 한 번 더 집중했다.

"서쪽, 아직은 멀어요. 하지만 점점 가까워지고 있어요. 그리고 지금 군인들 한 무리가 남쪽으로부터 이들과 합류하려고 오고 있어요."

남쪽으로부터.

팍스는 천천히 걸음을 옮겼다. 반면 그레이는 몸을 애써 일으켰다. 팍스는 다시 혼자 가겠다고 했다. 그러나 그레이는 또다시 집으로 돌아가지 않겠다고 했다. 다시 둘은 길을 나섰다. 그리고 다시 발걸음은 팍스가 바라는 것보다 더 느렸다. 땅벌레와 열매를 먹을 때에만 걸음을 멈추었다. 그리고 그럴 때마다 팍스는 코를 킁킁거렸다. 혹시라도 소년의 체취가 있을까, 희미하게

나마 소년의 목소리가 들릴까 싶어서……. 하지만 아무것도 없었다. 아무것도.

팍스는 주둥이를 들어 딱 한 번 낮고 구슬프게 으르렁거렸다.

소년을 본 지 무척이나 오래되었다. 이전에 소년과 팍스는 반나절 이상 떨어져 지내본 적이 없었다. 종종 피터는 아침에 나가곤 했다. 그러면 팍스는 자기 여우 집에서 오후까지 불안해하며 종종 걸어 다녔다. 그러다 피터가 집으로 올 때면, 다른 어린 인간들과 피터가 타고 온 커다란 노란색 버스의 낯선 숨결 냄새가 났다. 오후가 되면, 팍스는 소년이 괜찮아 보여서 마음을 놓았다. 어디 상처라도 있나 소년을 살펴본 후에는 마침내 마음 편하게 함께 놀 수 있었다.

이제 오후가 되었다. 팍스는 다시 나지막이 으르렁거렸다. 이번에는 그레이는 애처롭게 목청을 드높였다. 하지만 팍스가 다시 여정을 시작하기 위해 오솔길로 들어서자, 그레이는 비틀거렸다.

팍스는 그레이에게 휴식이 필요하다는 걸 알아볼 수 있었다. 팍스는 이 상처 입은 여우를 소나무 아래 이끼 낀 둥그런 그늘로 이끌었다. 그레이는 앞발 위에 머리를 올리고 엎드렸다. 팍스가 다시 상처를 마저 다 핥아주기도 전에 그레이는 잠에 빠져들었다.

팍스는 계속 망을 보면서 소년을 찾으면 함께 하고 싶은 즐거운 것들을 떠올렸다. 야외에서 함께 뒹굴기, 사냥 놀이하기, 풀밭과 풀밭 뒤에 있는 숲 근처 탐험하기. 팍스가 뭔가를 잘했을 때 소년이 상을 주던 모습이 떠올랐다. 피터는 얼굴 가득 미소를 지었다. 목을 쓰다듬어주기도 했는데, 그럴 때면 피터의 손가락이 아주 깊이 파고들었다. 불가 앞에서 소년의 발에 누워 있던 장면도 떠올랐다. 평화로웠다.

이런 기억을 떠올리자 팍스는 마음이 편안해졌다. 팍스는 꾸벅꾸벅 졸았다. 피터가 어깨뼈 사이 살갗을 주물러주던 기억이 너무 생생해서 팍스의 털이 살살 물결치는 것만 같았다. 그러다 흔들리는 바람을 느끼고 팍스는 정신이 번쩍 들었다.

고기. 불에 굽는 고기. 같이 살던 인간들이 이따금 마당 불에서 굽던 그런 고기. 소년은 기름이 뚝뚝 떨어지는 고기 몇 점을 팍스에게 먹여주곤 했다. 그러고 나서 며칠 동안, 팍스는 떨어진 고기 조각을 찾아서 그 잿더미를 뒤졌다. 시커멓게 타버린 뼈다귀 조각조차 감지덕지였다.

팍스는 일어나서 좀 더 깊이 숨을 들이마셨다. 맞아, 고기를 구웠어. 팍스는 잠든 그레이에게 코를 가져다댔다.

"인간이 근처에 있어요."

그레이는 잠을 자고 나더니 몸을 훨씬 편안하게 움직였다. 여우 두 마리는 계속 뛰다시피 걸었다. 가까이 다가가며, 팍스가 앞서서 달렸다. 팍스의 몸은 가벼웠다. 며칠 동안 먹을거리가 부족했기에, 몸에 살집이 별로 없었다. 팍스는 다른 여우들처럼 달렸다. 옹골찬 몸이 잽싸게 바람을 뚫고 화살처럼 날아서 몸을 감싼 털이 물결처럼 흩날렸다. 빨라진 속도에 대한 새로운 기쁨, 날이 저물어 조급해지는 마음, 소년을 다시 만날 수 있다는 희망. 이런 것들을 느끼며 팍스는 숲 사이를 쏜살같이 내달렸다. 중력도 감히 건드릴 수 없는 무언가를 향해서…… 팍스는 영원히 달릴 수 있었다.

마침내 팍스는 숲에서 뛰어나와 달리다가 저 앞에 넓은 강이 흐르는 것을 보았다. 강 너머로 말끔한 언덕이 평평하게 이어지다가, 허물어지는 거대한 돌벽으로 솟아올랐다. 이제 해 질 녘이 되었다. 멀리 폐허가 된 돌덩이 귀퉁이에서 여남은 남자들이 불가에 모여 음식을 먹고 있었다. 그 남자들 너머로 텐트가 여기저기 흩어져 있고, 커다란 자동차도 몇 대 있었다.

바람의 방향이 동쪽으로 바뀌었다. 불에 구운 고기 연기가 여전히 공기 속을 맴돌았다. 하지만 팍스는 인간들의 평범한 냄새만 맡을 수 있었다. 팍스는 혼란스러워 강가를 오르락내리락거렸다. 하지만 어딘가에서 다른 인간과는 확연히 다른 한 인간의 냄새를 구별해낼 수 있었다.

적어도 팍스는 자신의 소년이 그곳에 없다는 건 알았다. 그 어떤 인간도 소년처럼 호리호리한 몸매가 아니었다. 누구도 피터처럼 재빨리 움직이지 않았다. 누구도 피터처럼 서 있지 않았다. 소년은 똑바로, 하지만 머리를 아래로 약간 비스듬히 숙이고 서곤 했다. 팍스는 마음이 놓였다. 야영지의 다른 냄새들, 그러니까 연기, 기름, 불에 그슬린 쇠붙이 그리고 낯설고 강렬한 전기 냄새는 피터가 팍스에게 가까이 가지 못하게 했던 것들이 었으니까.

그레이는 절름거리며 숲에서 나와 팍스 옆 강둑에 픽 쓰러졌다. 두 여우는 남자들을 지켜보았다. 남자들은 식사를 마쳤지만 불가에 그대로 남아서 웃으며 떠들었다.

팍스는 알고 싶었다.

"저 사람들이 전쟁을 하는 군인들이에요?"

"지금은 전쟁을 안 해. 평화롭네. 이 평화가 기억나."

이 늙은 여우는 가슴팍 아래 앞발을 구부렸다.

"해가 지면, 내가 함께 살았던 인간들은 강 건너 저들처럼 모여들었어."

불현듯 팍스에게도 어떤 기억이 떠올랐다. 팍스도 비슷한 것을 보았었다. 몇 년 동안은 그런 일이 없었다. 하지만 이따금 하루의 끝에, 함께 살았던 인간들이 소년의 보금자리에 모여 앉곤 했다. 아빠가 자기 무릎 위에 몇 겹의 종이로 만든 납작하고 얇은 상자를 올려놓았다. 종이. 팍스의 잠자리처럼 종이로 되어 있었지만, 조각조각 찢어지지는 않았다. 그리고 무늬가 많이 있었다. 같이 살던 인간들은 이런 껍질을 하나씩 하나씩 벗기고는 꼼꼼하게 들여다보곤 했다. 이런 저녁이면 이 사람들이 함께 잘 이어져 있다는 생각이 들었다. 그리고 이들의 이런 조화로움 덕분에 팍스는 마음이 편안해졌다.

팍스는 낯선 감각을 느꼈다. 마치 자신의 가슴이 심장을 담기에 더 이상 충분하지 않은 것 같은 느낌……

두 여우는 인간을 다시 돌아보았다. 어떤 이들은 아직도 불가에 웅크리고 있는 반면, 다른 이들은 물건과 텐트 사이로 등불을 들고 오고갔다. 어둠이 완전히 내려앉자 남아 있던 남자들이 불가에서 몸을 일으켜 세웠다. 이들은 커피 잔을 비우고 불꽃 위에 흙을 덮어 발로 꾹꾹 눌렀다. 그러고는 텐트 속으로 기어들어갔다.

그레이도 몸을 일으켜 언덕 위 이리저리 흔들리는 솔송나무 가지 밑을 향해 절뚝거리며 걸어갔다. 한 바퀴 돌아본 그레이는 솔송나무 아래 쌓인, 바늘처럼 뾰족한 솔잎 위에 몸을 웅크리고는 털 속에 코를 파묻었다.

고기 냄새를 맡으니 팍스는 너무 배가 고파 도저히 잠을 이룰 수가 없었다. 팍스는 강가로 터벅터벅 걸었다. 강이 완만하게 흘렀다. 팍스는 머리를 강물에 담근 채 물을 마시고는 바위로 뛰어올랐다. 이끼 때문에 미끄러웠지만 바위는 탄탄했다. 팍스는 가만히 서서 사그라지는 장작의 불빛을 뚫어져라 바라보다가, 마침내 작정을 하고 뛰어올랐다. 물에 첨벙 빠졌다. 팍스의 몸은 전에 한 번도 해본 적은 없지만 늘 해왔던 것처럼 헤엄을 쳤다. 잠시 뒤, 팍스는 강둑을 기어올라가서 몸을 흔들며 물을 털어냈다.

텐트에서는 움직임도 없고, 소리도 없었다. 팍스는 그 빈터로 소리 없이 걸어가서 오르막을 기어올랐다가 캠프 둘레를 빙그르르 돌며, 그 불가로 조금 더 바짝바짝 다가갔다.

위험스러운 느낌이 점점 온몸을 휘감았다. 달아나고 싶었다. 어쨌든 팍스는 오직 두 인간에게만 익숙했다. 하나는 팍스가 무척 좋아하는 사람, 다른 하나는 팍스가 견뎌야 하는 사람. 팍스는 몇 번 그 불가에 아주 가까이 기어가서, 군인들의 으스스한 체취와 섞인 그 고기 냄새를 찾아냈다. 그러다가 뒤로 물러났다.

내팽개친 돼지고기 뼈에서 아직 기름 냄새가 풍겼는데, 너무도 유혹적이라 참을 수가 없었다. 팍스는 감히 다가가 그 고기를 꿀꺽 삼켰다. 재가 군데군데 묻었지만 아직 따뜻했다. 텐트가 바스락거리는 소리에 팍스는 화들짝 놀랐다. 그리고 그대로 얼어붙었다.

한 남자의 모습이 텐트에서 나타났다. 등불에 비친 그림자가 기지개를 켰다. 기다란 그림자 하나가 구불구불 뻗어 나와 지켜보는 여우를 망토처럼 덮어버렸다. 남자는 몸을 돌려 덤불에 볼일을 보았다. 오줌 냄새가 팍스에게까지 확 풍겼다. 팍스는 소스라치게 놀랐다.

그 사람은 바로 소년의 아빠였다.

"**그**만하면 충분해."

볼라가 피터의 어깨 위에 손을 얹으며 그렇게 말하자 피터는 마음이 푹 놓였다. 발은 욱신거리고 어깨는 뻐근했으며 겨드랑 이는 마찰이 심해 피가 흘렀다. '캠프 볼라 신병 훈련소'에서 지 낸 이틀 동안 피터는 몹시 지쳤다. 이건 피터가 이 오두막에 붙 인 이름이었다. 언덕 위로 목발을 짚고 올라가, 팔꿈치를 바닥 에 대고 엎드려 돌투성이 땅바닥을 기어가서, 한쪽 발로 산더미 같은 지푸라기 위에서 균형을 잡고 서는 고문 같은 과정이었다. 피터는 몸을 휙 돌려 오두막을 정면으로 바라보았다. 저렇게 멀 리까지 갈 수 있을지 갑자기 확신이 서지 않았다.

하지만 오두막 지붕 너머의 언덕이 비구름으로 가려져 있었

다. 밤이 오고 있었다. 피터는 팍스가 비에 젖어 춥겠다는 생각
이 들었다.

"저 계속할 수 있을 것 같아요."

"안 돼. 너무 급하게 밀어붙이면 다 된 밥에 재를 뿌릴 수도
있어."

피터는 고개를 끄덕이고는 오두막을 향해서 발걸음을 내디뎠다.
하지만 볼라는 고개를 절레절레 저었다.

"아직 안 돼."

그러면서 창고를 가리켰다.

"세 번째 조건."

창고가 지독하게 멀리 있는 것 같았다. 피터는 오두막을 돌아
보았다. 저 해먹에 그냥 쓰러져 쉬고 싶었다. 피터는 조심스럽게
목발을 디디고 섰다.

"그게 뭔데요?"

"대단한 건 아니야. 네가 나를 위해서 인형을 몇 개 작업해주
면 좋겠어. 마리오네트. 발음이 너무 어렵지?"

"마리오네트라고요? 무슨 뜻이에요?"

"마리오네트가 뭔지는 알지?"

"그럼요."

피터는 자신이 언젠가 딱 한 번 가까이에서 보았던 마리오네
트를 떠올려보았다. 어렸을 때 축제에서 보았던 턱이 길고 코가
뾰족한 펀치와 주디 캐릭터였다. 전부 눈이 툭 튀어나오고 배고

픈 쥐처럼 뼈만 앙상했었다. 인형을 움직이는 사람들은 무대 너머에서 그 인형들을 이리저리 움직였는데, 그 기괴한 모습 때문에 몇 주 동안 피터는 악몽을 꾸었다.

"그런데 그게 어쨌다고요?"

볼라는 잠깐 동안 피터를 쳐다보더니 대답했다.

"내가 찾아낸 나의 또 다른 진실 조각이지. 내가 십 대였을 때 어린 조카한테 마리오네트 인형을 몇 개 만들어주었던 게 기억나더구나. 내가 나뭇조각을 얼마나 좋아했는지도 생각났지."

볼라는 멜빵바지에서 손수건 두 장을 꺼내 한숨을 푹 쉬더니 손수건을 내밀며 말했다.

"이걸로 손잡이를 감싸. 아직도 자꾸 그 목발을 놓치잖아. 손바닥에 무게를 실어, 꼬맹아. 그냥 가만히 서 있을 때에도 목발을 양팔에 쭉 갖다대라고."

볼라의 예기치 않은 친절에 피터는 당황스러웠다. 한순간 볼라는 피터에게 열 번 이상 턱걸이를 하라고 시키든가, 아니면 삿대질을 하거나, 너무 가까이 다가오지 말라고 경고했다. 피터는 그게 편안했다. 마치 집처럼. 하지만 다음 순간, 볼라는 피터의 어깨에 연고를 발라주거나, 피터의 목발에 보풀처럼 이는 나무 가시를 갈아주거나, 집안일을 하다 말고 피터에게 핫초코를 타주었다. 피터는 볼라가 자신을 건강하게 해주려고, 또 자꾸 몸을 움직이게 하려고 얼마나 신경 쓰고 있는지 깨달았다. 피터는 미안했다.

지금도 피터는 미안함을 느끼면서 손잡이 부분을 칭칭 감았다. 그래서 볼라가 듣고 싶어 할 것 같은 말을 했다.

"그런 대단한 선물을 받았다니 아줌마 조카가 진짜 좋아했겠네요."

사실 정말 그렇게 생각한 건 아니다. 볼라 아줌마의 조카들은 아마도 쥐 해골바가지에 눈이 부리부리한 인형을 선물로 받자마자 그날 밤 바로 쓰레기통에 확 처넣었을 거다. 꿈에 나올까 두려운 것들일 테니까.

볼라는 어깨를 으쓱했다. 하지만 피터는 자신의 말에 아줌마가 은근 기분 좋아하는 것 같아서 미안한 마음이 좀 줄어들었다. 피터는 아픈 손바닥에 체중을 나누어 싣고 볼라를 따라 창고로 갔다. 출입구에서 멈춰서 차가운 공기를 들이마셨다. 나무, 건초, 아마씨 기름*과 바니시** 냄새가 났다. 전부 냄새가 좋았다. 피터는 그 냄새를 일일이 다 구별할 수 있었다. 게다가 이렇게 어우러져 있으니 정말 좋았다. 피터는 몸을 흔들어 창고 안으로 들어갔다.

볼라가 맞은편 벽 쪽의 두꺼운 천 한 장이 드리워진 곳으로 걸어갔다. 피터는 뒤로 주춤주춤 물러났다. 첫날, 피터는 저 벽이 신경에 거슬렸다. 볼라가 그 천을 옆으로 잡아당겼을 때, 피터는

---

* 도료, 리놀륨, 인쇄 잉크, 유포(油布), 비누 따위의 원료로 쓰인다.
** 가구나 선박, 차, 나무 따위에 바르면 용매가 휘발되면서 표면에 막이 생겨 광택을 내며, 습기를 방지한다.

균형을 잃을 뻔했다. 마치 피터의 눈앞에 보이는 것이 한 대 내리치기라도 할 것처럼. 꼭두각시 인형들은 으스스할 정도로 사실적이었다. 지금껏 한 번도 본 적 없는 인형이었다. 피터는 이제 벽에 걸려 있던 게 마리오네트였다는 걸 똑똑히 알 수 있었다.

피터는 인형 가까이 다가가며 겨우 입을 열었다.

"인형 눈이……."

"우리 할머니의 보석이야. 할머니한테 기다란 검은색 옥 목걸이가 있었어. 눈동자는 전부 다 그 구슬로 만들었지. 빛을 받으면 반짝반짝 빛나서 내 친구들이 살아 있는 것처럼 보여."

피터는 다시 침묵에 빠졌다. 볼라는 피터가 앞 벽에 걸려 있는 마리오네트들을 자세히 살펴보도록 가만히 있었다.

다섯 개는 사람이었다. 왕과 왕비, 아이 하나, 해적인지 뱃사람인지 하나 그리고 여자 마법사 하나. 나머지는 동물들이었다. 동물 머리는 전부 다 나무로 만들었는데, 거의 다 사람 크기에다가 눈이 커다랬다. 하지만 몸은 산에서 나는 다양한 것들로 만들었다. 거북이 한 마리는 초록색하고 오렌지색 박으로 등딱지를 만들었다. 솔방울을 하나하나 떼어 뱀 비늘로 덮었다. 그리고 깃털. 거의 모든 인형들이 머리라든가 머리 장식 아니면 망토 또는 엉덩이 부분에 깃털을 달고 있었다. 각각의 마리오네트 옆, 못 위에 단정하게 걸려 있는 고리는 나뭇조각과 손잡이였는데 검은색 가는 실과 함께 매달려 있었다.

피터가 추측하기로 가장 커다란 인형이 벽 한가운데 걸려 있었는데, 따로 천으로 덮어두었다. 볼라가 그 천 조각을 벗겨내자, 피터는 헉 숨을 몰아쉬었다.

커다란 새의 날개는 어마어마했다. 활짝 펼치면 아마 1미터는 족히 될 것이다. 시커먼 깃털 수백 개가 우아하게 한 줄로 나란히 포개어져 있었다. 날개 끝은 마치 불이 핥는 것처럼 시뻘겋게 색칠을 했다. 볼라는 횃대에서 새 날개를 들어 올리고는 피터에게 가져왔다.

"다른 것들 대부분은 머리하고 어깨 인형들이지. 하지만 이 녀석은 날아야 해. 그래서 내가 이 새한테는 관절을 달았어. 이 새가 날아오르면 바람이 느껴질 정도야. 자, 만져봐도 돼."

피터는 손을 뻗었다. 손가락 끝으로 반들반들한 깃털을 쓰다듬었다. 그러고 나서 밝은 황금색으로 칠한 뾰족한 나무 부리를 가만히 쓰다듬었다. 새의 크고 검은 눈동자가 반짝반짝 빛이 났다.

피터는 인형에서 손을 뗐다.

"그러니까 제가 이것으로 뭘 해야 하는 거죠?"

볼라는 건초 더미 쪽을 가리켰다.

"앉는 게 좋겠다. 처음부터 이야기를 해주마."

피터는 건초 더미 위에 앉았다. 쉴 수 있어서 다행스러웠다. 피터는 볼라가 그 커다란 새를 다시 걸어두는 모습을 지켜보았다. 볼라는 벽감*에서 자그마한 책 한 권을 꺼내 와서는 피터 옆

---

* 조각품·꽃병 등을 두는 벽 등의 움푹 들어간 곳.

에 앉아 손으로 책을 감싸쥐었다.

"내가 누군가를 죽였어."

볼라는 고개를 들었다. 피터는 그 말이 주는 충격을 재빨리 감출 만큼 그리 약삭빠르지 못했다.

볼라가 무겁고 혐오스러운 한숨을 쉬었다.

"저 빌어먹을 놈들이 협상의 기술을 배운다거나 자신의 잠재력을 키운다는 말 따위로 우리를 구슬리려 해도, 진실은 이거야. 우리는 사람을 죽이기 위해 거기 있는 거야. 죽이느냐 죽임을 당하느냐, 그것이 전쟁에서의 계약이지."

그건 사실이 아니었다. 그렇다면 피터의 아빠는 뭐가 되는가?

"아빠는 싸우지 않을 거예요, 그렇죠?"

피터는 아빠를 채근했었다. 피터의 아빠는 껄껄 웃으며 아니라고 말했다. 그러면서 문명인으로서 자기가 해야 할 일을 할 뿐이라고 말했다. 전선 설치 같은 일 말이다.

피터는 그렇지만 굳이 볼라의 이야기에 토를 달지 않았다. 얼굴에 드리운 표정이 너무나 어두웠으니까.

"아줌마가 누군가를 죽였다고요?"

"아마도 많은 사람들을 죽였을 거야. 아니, 적어도 사람들을 죽이는 데 상당한 기여를 했지. 하지만 그 남자는⋯⋯. 그 남자는 내가 직접 봤어. 그 사람을 죽인 후에⋯⋯. 난 그 사람의 몸을 수색해야 했어. 우리는 무기를 수색하도록 훈련받았거든, 우리가 사용할 수 있는 건 무엇이든 간에 말이야.

난 무릎을 꿇었어. 난 그 사람에게 손을 대야 했어. 무기를 찾으려고……. 그 사람을 만지는데 내가 얼마나 놀랐는지 아직도 똑똑히 기억나. 난 간호병이었잖니. 하지만 그 사람이 플라스틱이라든가, 어쨌든 진짜가 아니라고 어느 정도 생각했어. 훈련받을 때 적을 그렇게 생각하라고 배웠으니까. 하지만 물론 그 사람은…… 그 사람은 따뜻했어. 밖은 추웠지. 그런데 그 사람은 온기를 내뿜고 있었어. 마치 그 사람의 목숨이 뿜어져 나오는 것처럼. 나는 그 사람한테 물어보지도 않고 그 사람 몸에 손을 대고 있었어. 나는 그 사람을 죽였어. 하지만 나를 괴롭힌 건 그 사람이 자신에게 일어난 일을 아는지 모르는지 말할 권리조차 잃었다는 사실이야. 넌 아마도 말도 안 된다고 생각하겠지, 그렇지?"

피터는 입이 바짝 말랐다. 뭐라 말할지 알 수가 없었다. 그리고 그 순간 갑작스레 눈빛이 친절했던 치료사가 떠올랐다. 그러자 무슨 말을 해야 할지 깨달았다.

"무척 힘들었겠어요."

볼라는 얼굴에 갑작스레 편안한 표정을 띠고 피터를 바라보았다. 이윽고 고개를 끄덕였다.

"갑자기, 그 사람이 누군지 몹시 궁금해졌어. 그 사람이 어디에서 왔는지, 뭘 걱정하는지, 누가 그 사람을 사랑하는지. 마치 내게 무슨 말을 하고 싶어 하는 것처럼 그 사람의 입이 벌어졌는데, 그때 난 뭔가를 깨달았어. 그가 남자이든, 다른 인종이

든, 혹은 다른 나라에서 자란 사람이든 간에, 우리에겐 서로 공통점이 아주 많았을지도 몰라. 중요한 건, 어떤 군대가 우리를 징집했는지 그것보다 훨씬 더 중요한 건 말야, 우린 둘이지만 둘이 아니라는 거야. 하지만 난 그 사람을 죽였어. 그래서 이제 우리가 서로 어떤 공통점을 가졌는지 절대 알지 못할 거야. 난 그 사람 몸을 뒤졌어. 무기를 찾기 위해서가 아니라 그 사람이 누군지 실마리를 찾기 위해서 말이야."

볼라는 입을 다물었다. 얼굴이 너무나 비탄에 빠져 있어서 피터는 시선을 돌리고 싶었다.

"그리고……."

볼라가 책을 들어 올렸다.

"그리고 이거, 『신드바드의 모험』. 『아라비안나이트』 시리즈 중 하나지. 이게 그 사람 주머니에 있었어. 그 사람은 이걸 전쟁터로 가져왔어. 그러니까 이건 뭔가 분명 의미가 있었을 테지. 낡은 책, 어쩌면 어렸을 때 좋아했던 이야기였을 거야. 신드바드는 용감했어. 어쩌면 그 사람은 이 책이 자신에게 용기를 줄 거라고 생각했을지도 몰라. 아니, 어쩌면 자신이 한때 어린 소년이었다는 걸 기억하고 싶었거나, 책을 읽으면 마음이 편안해졌을지도 모르지. 어떤 페이지에 표시가 되어 있었어. 신드바드가 어떻게 록*의 보금자리에서 탈출했는지에 관한 이야기더라고. 그

_____

* 록은 『신드바드의 모험』에 나오는 새로, 인도양의 섬에 살면서 코끼리를 발톱으로 움켜쥐고 날 정도로 거대하다.

이야기가 자신도 언젠가 탈출해서 집으로 돌아가리라는 믿음을 주었을지도 모르지."

볼라는 자리에서 일어났다. 곧 그 커다란 날개 달린 인형을 다시 벽에서 떼어냈다.

"록. 이 새는 발톱으로 코끼리도 낚아 올릴 수 있었지. 이걸 봐."

볼라는 그 새를 다시 피터에게 가져다주고는 새의 부리가 피터를 정면으로 바라보게 놓았다.

새의 눈빛이 너무도 강렬해서 피터는 뒤로 주춤거리며 물러섰다.

"제가 이걸로 뭘 해야 하는데요?"

피터가 다시 물었다.

"이 책은 그 군인에게 아주 중요했을 거야. 그러니 전쟁터까지 가지고 왔겠지. 내가 그 군인의 삶을 없앴으니, 난 그 사람한테 빚을 진 거야. 난 그 사람에게 무척이나 의미 있는 그 이야기를 들려주어야 할 빚이 있어. 내가 이 인형을 전부 다 깎았어. 그리고 거의 20년 동안 여기 내 창고에서 록한테서 탈출하는 신드바드의 이야기를 하고 있었어."

볼라는 피터에게 인형 조종 손잡이를 건넸다.

"그리고 지금 마침내, 난 그게 어떻게 보이는지 확인하고 싶어."

17

팍스는 그레이가 강가에서 물을 홀짝홀짝 마시고 비틀비틀 돌아서는 모습을 가만히 지켜보았다. 이틀 동안 이 두 여우는 군인들의 야영지 건너편에서 휴식을 취했다. 하지만 그레이의 상태는 나아질 기미가 보이지 않았다. 그레이는 향기 나는 솔송 나무 가지 그늘 아래 도착하자마자 쓰러졌다. 그레이의 눈은 휑하고 번들거렸다. 팍스가 다시 한 번 목덜미를 핥아주었는데 그레이는 겨우 움찔거리기만 할 뿐이었다.

상처에 염증이 훨씬 더 심해졌다.

"숨어 있어요. 쉬세요."

팍스는 그레이를 쉬게 내버려두고 자신이 찾아낸 곳을 향해 상류로 거슬러 올라갔다. 그곳은 강물이 골짜기를 지나며 좁아지고, 그 옆의 덤불은 꽤 빽빽해서 인간들의 눈에 띄지 않고 움직일 수 있었다. 팍스의 사냥은 그다지 운이 좋지 않았다. 그 지역은 쥐와 토끼가 넘쳐났지만 팍스는 사냥에 그다지 능숙하지 못했다. 사냥을 시도할 때마다 사냥감들은 쏙쏙 잘도 빠져나갔다. 딱정벌레와 설익은 열매를 제외하고 얻어낸 건 고작 가재 몇 마리뿐이었다. 하지만 그레이는 이런 것들을 먹으려 들지 않았다.

팍스는 30분 동안 이것저것 시도해보았다. 허둥지둥 지나가는 들쥐와 껑충 뛰어가는 굴뚝새 몇 마리, 햇볕을 쬐이는 두꺼비 한 마리를 쫓아갔다. 하지만 껑충 뛰어오를 때마다, 주둥이는 엉뚱한 허공만 물어댔다. 실패할 때마다 점점 더 지치고 배가 고팠다. 고기를 먹고 싶었다. 자신을 위해서도 그리고 기운을 잃은 동료를 위해서도 고기가 필요했다. 야영지에서 흘러나오는 맛있는 냄새에 배가 뒤틀렸다.

팍스는 물속으로 풍덩 뛰어들었다. 물살이 셌지만 건너가는 물가 한가운데에 바위 세 개가 서로 붙어 있어서 편안히 앉아 쉴 곳이 되어주었다. 거기에서 팍스는 저 아래에 모여드는 인간들의 모습을 꼼꼼히 살펴보았다.

사람들이 더 많아졌다. 여자도 더러 있었지만 대부분은 남자였다. 팍스는 끊임없이 소년을 찾았다. 소년의 아빠가 이곳에 있었으니까. 그리고 집이 그리 멀지 않은 곳에 있다는 걸 알았으니까. 하지만 다 큰 어른들만 보였다.

많은 사람들이 지금 밖에 나와 있었다. 어떤 사람들은 그레이의 곧장 맞은편 아래 강둑 근처에서 계속 전선을 풀었는데, 그게 팍스를 불안하게 만들었다. 하지만 그 군인들은 자신들이 하는 일 말고는 어떤 것에도 관심이 없는 것처럼 보였다.

팍스는 사람들의 일과를 익혔다. 아침마다 두 사람이 텐트로 들어가는데, 팍스는 그곳에 먹을 게 가득하다는 것을 알았다. 그러고 나면 이 두 사람이 불가에서 요리를 했다. 그러면 다른 군인들이 모여서 그것을 먹었다. 그 후에는 군인들이 전부 일을 했다. 군인들은 야외에서, 자동차에서 점점 더 많은 기계를 내렸다. 하지만 해 질 녘까지 아무도 먹을 것이 가득한 텐트 근처에 가지 않았다. 해 질 녘이면 아침에 그곳에 갔던 두 사람이 저녁 음식을 준비하곤 했다. 그러고 나서 다른 사람들한테 모이라고 소리쳤다.

지금은 오후 중반이었다. 팍스는 그 군인들이 있는지 확인하기 위해 좀 더 오랫동안 기다렸다. 이윽고 쓰러진 나무를 따라 물이 쫄쫄 흐르는 물웅덩이를 건넜다. 몸을 바짝 낮추고, 그 낡은 공장 터 위 한곳을 향해 능선을 가로지르며 나아갔다.

그곳에서 팍스는 잠시 멈추어 주위를 살펴보았다. 남자 세 명이 팍스가 있는 곳 바로 아래쪽 야영지에 자리를 잡고 있었다. 이들은 그 공장 터의 남쪽 경계에 새로운 장비를 아무렇게나 던져두었는데, 그곳에 두툼한 벽 두 개가 서로 이어져 있었다.

다른 사람들은 밖에 있었다. 어떤 사람들은 강둑 근처에 파놓은 구멍으로 전선 감개를 굴렸다. 다른 사람들은 이 구멍 안으로 상자를 넣고, 삽으로 그 위에 흙을 덮었다.

두 명은 강을 건너가 있었다. 그 사람들은 강둑에서 먼 곳에 구멍을 파고 있었다. 그레이가 쉬고 있는 솔송나무 아래쪽이었다. 저 인간들은 아마도 그레이의 냄새를 알아차리지는 못할 것이다. 게다가 그레이는 저들이 근처에 있을 때 모습을 나타내는 어리석은 짓은 하지 않을 것이다. 그럼에도 팍스는 걱정스러워 털을 바짝 곤두세웠다. 오늘 밤, 좀 더 안전한 곳으로 상처 입은 저 여우를 옮겨야 할 거다.

팍스는 텐트와 자동차 근처, 폐허가 된 공장 터 북쪽 경계로 과감히 나아갔다. 그곳에 자작나무 한 그루가 돌담에서 밖으로 툭 튀어나와 있었다.

팍스는 잠시 멈추었다.

전에 이곳에 와본 적이 있었다. 여기, 하얗게 껍질이 벗겨져 나간 나무, 돌담, 그 아래로 달래와 큰조아재비* 풀냄새가 나는 밭 그리고 희미한 타르 냄새. 팍스는 다 기억났다. 오래전 소년과 함께 여기에 왔었다. 팍스가 아직 어린 새끼 여우였을 때였다.

그 장면이 떠올랐다. 막대기. 피터와 다른 아이 세 명이 이 돌담을 등지고 서로 허둥지둥 달려갔다. 아이들은 막대기를 딱딱 부딪치고 휙휙 흔들어대면서 와자지껄 웃고 있었지만, 팍스는 이리저리 흔들리는 막대기가 불안하기만 했다. 피터를 뒤쫓아가는

---

* 볏과의 여러해살이풀. 높이는 50~100센티미터로 6~8월에 연한 푸른빛의 꽃이삭이 핀다. 목초나 관상용으로 재배한다.

동안, 아이들이 너무 가까이 다가오면 아이들을 향해 짖어댔다. 마침내 피터는 바로 이 나무에 팍스를 묶어두었다. 팍스는 그날 오후 내내 그 밧줄을 낑낑거리며 잘근잘근 깨물었다.

피터가 여기 있었다! 팍스는 그 나무와 돌담에 코를 대고 꼼꼼하게 냄새를 맡았지만, 지금은 소년의 흔적을 찾을 수가 없었다. 그렇지만 강하고 위험스러운 군인 남자들의 냄새는 어디에서나 풍겨왔다. 팍스의 배가 옥죄어왔다.

텐트를 확인하고 마침내 텐트 주위에 아무런 움직임이 없다는 확신이 들자 그 음식 텐트 앞으로 나아갔다. 구석에서 잠시 멈추었다가 한 번 더 확인하고 나서 덮개 아래로 스르르 들어갔다.

텐트 안에 양파와 감자가 쌓여 있는 탁자 위쪽으로 고기가 걸려 있었다. 이보다 더 좋을 수 없었다. 횡재였다. 팍스는 펄쩍 뛰어올라 햄 덩어리를 낚아채 고리에서 떼어내어 입안 가득 묵직한 고기를 물고 텐트를 쏜살같이 빠져나왔다.

팍스는 언덕 위로 열심히 달려 돌담 벽과 무성한 숲을 지났다. 강에서 햄을 내려놓고 그 소금에 절인 고기를 게걸스럽게 먹었다. 그리고 고깃덩이를 찢어 강가 모래흙에 큼지막한 덩어리 두 개를 묻었다. 그러고 나서 그 감추어둔 물건에 표시를 해두었다.

팍스는 남은 햄 덩어리를 물어 올렸다. 고기와 지방이 풍부해서 며칠 동안 그레이에게 양분이 될 거다. 팍스는 그 쓰러진 나무 밑동 위로 고깃덩이를 옮겼다. 바윗덩이 위에서 멈추어서 다시 야영지를 살펴보았다.

인간들이 사라졌다. 희미하지만 위험하고 새로운 냄새가 공기 중에 감돌았다. 팍스는 그 냄새를 알아차렸다. 팍스가 한 살도 되지 않은 새끼였을 때, 피터의 아빠는 소년의 방에 선풍기 하나를 사다 주었다. 팍스는 선풍기와 벽 사이 전선에서 품어져 나오는 짙은 전기 냄새가 싫었다. 어느 날 밤, 그 냄새가 특별히 위험하게 풍겨왔을 때, 팍스는 뱀을 죽이듯 그 전선을 깨물었다.

팍스의 본능이 그 위험한 냄새로부터 달아나라고 부추겼다. 하지만 그레이를 남겨두고 떠날 수는 없었다. 그런데 바로 그때, 그레이가 솔송나무 가지 아래에서 비틀비틀 걸어 나오며 강으로 나아가는 게 보였다.

그레이는 넘어졌다. 즉각 탄 공기 냄새가 땅에서 솟아난 번갯불처럼 그 자리에서 지글지글 피어올랐다. 그와 동시에 강둑이 폭발했다. 흙과 바위 그리고 강과 풀밭이 성질을 부리며 으르렁거렸다가 사나운 비처럼 구멍 난 땅으로 다시 쏟아져 내렸다.

팍스는 햄을 내려놓고 그레이를 향해 울부짖었다. 팍스의 귀가 그 몸서리치는 침묵 속에서 윙윙 울렸다.

군인들이 담 뒤에서 쏟아져 나왔다. 군인들이 외치는 소리를 듣고 팍스는 저들이 신이 났다는 걸 알아차렸다. 군인들은 들판 아래로 달려가서 강을 첨벙첨벙 건너고 연기가 피어오르는 강둑 위로 흩어졌다. 몇 분 동안 수색을 하고 나서 야영지로 다시 돌아왔다.

마지막 군인이 돌아왔을 때, 팍스는 그 골짜기로 달려 내려갔다.

나무에서 부러져 떨어진 커다란 솔송나무 가지가 그레이의 가슴 위에 놓여 있었다. 팍스는 흙 묻은 친구의 뺨에 코를 가져다대고 옆구리를 쿡쿡 찔러보았다. 그레이의 주둥이에 코를 가져다댔다. 숨이 남아 있긴 했지만 곧 끊어질 듯이 약했다.

팍스는 나란히 누워서 그레이를 꼭 감싸 안았다. 팍스는 그저 그레이와 함께 있어줄 수 있을 뿐, 달리 해줄 게 아무것도 없었다.

팍스는 그레이의 마지막 기억을 느꼈다. 인간의 고함 소리 대신 북쪽에서 온 새의 노래를 들었다. 위에 드리운 옅은 잿빛 안개 대신, 그레이와 함께 파란색으로 펼쳐진 커다란 그릇 같은 하늘을 보았다. 모래 바닥 위에 누워 있는 대신, 그레이와 그레이의 형제 새끼 여우들과 함께 절름거리며 별꽃 모양의 파란 꽃이 뾰족 튀어나온 눈 내리는 툰드라* 지역을 건넜다. 팍스는 그레이 어미의 거친 혀 아래에서 그레이와 함께 가르랑거리며, 그 어미의 따뜻한 젖을 맛보며, 어미의 주둥이가 새로 태어난 새끼의 머리 위를 감싸는 무게를 느꼈다. 이윽고 마음이 평온해졌다.

늙은 여우는 더 이상 움직이지 않았다.

팍스는 자리에서 일어섰다. 이마를 친구의 뺨에 가져다댔다. 뒤로 물러나, 군인들의 소리가 들리는지 살펴보지도 않고 낮게 으르렁거렸다. 그러고 나서 팍스는 달렸다.

이번에는 달리는 게 전혀 즐겁지 않았다. 하지만 몸이 말을

* 스칸디나비아 반도 북부에서부터 시베리아 북부, 알래스카 및 캐나다 북부에 걸쳐 타이가 지대의 북쪽 북극해 연안에 분포하는 넓은 벌판.

잘 들어서 다행스러웠다. 팍스는 달리고 또 달렸다. 어스름을 헤치고 북쪽으로, 밤 속을 달려 북쪽으로……

동이 텄을 때, 팍스는 그 도전자의 영역에 들어섰다. 하지만 여전히 달렸다. 그 황갈색 여우가 튀어나와 팍스 앞에 섰다. 하지만 팍스에게서 가고자 하는 결연한 의지를 보고는 뒤로 물러나 그냥 팍스를 보내주었다. 팍스는 절벽을 뛰어 계곡 바닥으로 내려갔다. 초원으로 향하는 마지막 긴 언덕까지 있는 힘껏 달렸다. 중간에, 멈추어서 고개를 치켜들었다.

여우 세 마리는 팍스가 다가오는 걸 지켜보고 있었다. 이들은 이제 팍스에게 익숙했다. 여전히 새끼를 배고 있는 그레이의 짝은 배가 불룩했다. 그리고 그 여우 반 크기의 런트가 그 옆에 있었다.

브리스틀은 이들과 함께 서 있지 않았다. 브리스틀의 밝은색 털이 초원 위를 덮은 커다란 소나무 밑동에서 빛나고 있었다. 바로 브리스틀의 동생이 죽은 소나무였다.

그레이의 죽음의 냄새가 팍스의 털에서 묻어났다. 여우들은 이미 알아차렸다.

팍스는 남은 길을 터벅터벅 걸어 올라갔다. 그레이의 굴에 도착한 팍스는 고개를 들고 구슬프게 울부짖었다. 세 마리 여우가 똑같이 대답했다.

그레이의 짝이 다가왔다. 팍스의 코와 옆구리를 킁킁거렸다. 이 암컷 여우는 싸움의 흔적을 찾아냈다. 하지만 싸움 때문에 짝이 죽지 않았다는 것, 인간의 폭탄 때문에 죽었다는 걸 알았다. 또한 팍스가 그레이를 보호해주고 먹이를 주었다는 걸, 상처를 핥아주었다는 걸 알았다. 암컷 여우는 그 점을 고마워했다. 이윽고 암컷 여우는 그레이가 안타깝게 죽었다는 소식을 들었다.

"우리가 남쪽에 있는 게 안전하니?"

"안전하지 않아요."

암컷 여우가 저만치 물러났다. 배가 출렁거렸다.

팍스는 메시지를 전달했다. 그리고 지쳐 풀밭에 쓰러졌다. 런트가 와서 그 옆자리를 지켜주었다. 팍스는 이 어린 여우가 자신을 돌보아주어서 기뻤다. 브리스틀이 이들 위쪽의 소나무에서 두 여우를 지켜보았다.

팍스는 소년이 연기 나는 전선에 매달려 있는 악몽을 꾸느라 오후 내내 자다 깨다 했다. 마침내 달이 쪽빛 하늘에 떠올랐을 때, 팍스는 자리에서 일어났다.

팍스는 여우들의 냄새를 맡았다. 여우들에게서 잿빛 우두머리 여우 그레이를 잃은 슬픔이 짙게 배어나왔다. 같은 슬픔을 느끼는 팍스도 이제 이들과 함께 이어져 있었다. 팍스는 자신이 머무르기로 선택한다면, 이 계곡에서 환영받을 거라는 걸 알았다. 하지만 팍스의 꿈은 팍스에게 그 군인들 야영지로 돌아가라고 했다.

팍스가 떠나려 하자, 브리스틀이 언덕 아래로 달려 내려왔다. 팍스는 브리스틀을 기다렸다.

"어디 가는 거야?"

팍스는 자신이 새롭게 알아낸 것, 땅이 폭발하는 것이 전쟁이라는 걸 들려주었다. 그리고 그 전선이 죽음을 불러온다는 것도⋯⋯. 소년의 아빠와 함께 있으면 소년이 올지도 모른다는 자신의 조바심도 들려주었다. 피터를 보호하겠다는 결정도⋯⋯.

"폭발, 그게 사람을 죽이는 거야?"

"응."

브리스틀은 펄쩍 뛰어 팍스 앞에 섰다.

"그러면 그 사람들한테서 떨어져 있어야지."

팍스는 못 들은 체했다. 마음을 다잡고 뛰었다. 땅을 박차고 앞으로 달려갔다.

볼라가 비를 뚫고 절름거리며 창고를 향해 걸어오는 모습이
보이자 피터는 서까래에서 후다닥 내려와서 태연해 보이려고 했
다. 볼라는 피터가 시키는 것보다 연습을 더 많이 하는 건 아닌
지 의심스러워했다. 사실이었다. 보통 두 배를 연습했다. 그리고
볼라는 그것이 마음에 들지 않았다.

"네가 지금 한 주 동안 하려는 거, 그거 건강한 어른이 하려
면 4주가 걸려. 너 그러다 정말 큰일 나."

볼라는 두어 번 주의를 주었다. 요 며칠, 틈만 나면 하는 잔소
리였다.

피터는 볼라가 문가에서 물을 털어내는 모습을 보았다. 그걸
보니 팍스가 강아지처럼 똑같이 저렇게 물을 털어냈던 게 떠올

랐다. 팍스가 있는 곳에도 비가 오고 있을까? 어디 들어가 있을 만한 곳이 있을까? 따뜻하고 뽀송뽀송한 곳이 없어서 여전히 밖에서 벌벌 떠는 건 아닐까? 피터는 부르르 몸을 떨며 팔뚝을 문질렀다.

"왜 그러니? 아파 보이는데. 팔 아프니?"

"아니요."

물론 아팠다. 하지만 그건 좋은 아픔, 길을 떠날 수 있을 만큼 점점 튼튼해지고 있다는 의미의 고통이었다. 피터는 갑자기 엎드려서 왼쪽 발목 위에 깁스를 얹고 팔굽혀펴기를 세 번 했다.

"봤죠? 괜찮아요. 이제 장애물 코스 해도 돼요? 그렇게 비가 심하게 오지는 않잖아요."

"안 돼. 그 깁스 젖으면 안 돼. 네가 떠나기 전에 방수 처리하는 방법이 있나 좀 알아볼게. 하지만 오늘은, 여기 창고 안에 있어. 연습은 벌써 다 했니?"

"서까래 매달리기, 포대자루 끌기, 콘크리트 블록 들기. 아줌마가 가르쳐주신 중요한 건 다 했어요."

볼라는 마리오네트가 걸려 있는 벽을 향해 까딱 턱짓했다.

"그러면 연습은 왜 안 하는데?"

'왜냐하면 저 꼭두각시 인형은 제 여우한테 가는 시간을 더 앞당겨주지는 않으니까요.'

피터는 그렇게 말하고 싶었다. 대신 깊게 한숨을 쉬고는 볼라의 시선을 피했다.

볼라는 꼼짝도 하지 않았다.

"저거 어쩔 건데?"

"알았어요, 할게요."

피터는 몇 번 연습을 하긴 했었다. 그리고 아주 조금 나아졌다. 어쨌거나 줄은 엉키지 않았다. 하지만 조종 손잡이는 여전히 피터가 바라는 것과 정확히 반대로 움직일 때가 많았다. 그래서 인형들은 언제나 몸을 부르르 떠는 것처럼 보였다. 마치 감전된 것처럼. 그러다 피터는 인내의 한계에 다다랐다.

"우리 쇼 해요. 저는 곧 떠날 거잖아요, 아줌마."

피터는 목발을 들어 올렸다. 이제 목발은 마치 양팔이 늘어난 것처럼 움직였다.

"저 어제 능선까지 두 번 갔다가 다시 돌아왔어요. 이런 걸 거의 여섯 시간이나 했어요. 아줌마가 목발을 치우지 않으셨다면 아마 여덟 번은 했을 거라고요. 저 떠날 준비 됐어요."

볼라는 멜빵바지 주머니에 못을 한 주먹 쏟아붓고 허리의 벨트 고리에 망치를 밀어 넣었다. 그러더니 피터를 노려보았다.

"신드바드를 어떻게 움직이는지 보여줘 봐."

피터는 또 한 번 한숨을 내쉬었다. 볼라는 다시 못 본 체하고 벽에서 신드바드를 떼어냈다. 피터는 건초 더미 위로 신드바드 인형을 움직여, 볼라가 둥지처럼 보이게 색칠해놓은 커다란 양철 그릇 안에 든 나무 알 쪽에 인형을 내려놓았다. 얼마나 서투른 동작으로 보일지 알았다. 하지만 피터는 볼라에게 기대에 찬 눈빛을 보냈다.

"정말? 그게 목숨을 걸고 힘센 록한테서 탈출할 기회를 노리는 절박한 영웅의 모습이라고?"

볼라는 피터에게서 조종 손잡이를 낚아챘다. 그러자 곧장 마리오네트가 살아 움직이는 것처럼 보였다.

"신드바드가 원하는 게 뭔지 생각해. 탈출이란 말이야."

마치 피터가 가르쳐달라고 하기라도 한 것처럼 볼라가 말했다.

"두 팔을 내리고 팔을 이끌어. 이렇게……. 봤지? 살짝 낮추면서 조심스럽게. 알 뒤로 숨을 때까지 인형을 둥지 안으로 푹 넣어. 일단 인형이 둥지 안으로 들어가면, 너는 록을 둥지 다른 쪽으로 날아가게 할 수 있어. 오른쪽에서부터 말이야. 기억해둬. 그러면 신드바드의 줄은 엉키지 않아. 신드바드를 곧장 그 알 위로 내려. 얌전히 천천히. 그러면 새의 발톱에 붙은 자석이 신드바드의 손에 있는 자석에 착 달라붙을 거야."

"아무리 해도 난 그렇게 안 된단 말이에요. 그냥 거울을 세워두고 아줌마가 직접 연기하는 걸 지켜보면 안 돼요?"

볼라는 피터를 물끄러미 바라보았다.

"이건 내 세 번째 조건이야. 네가 선택할 사항이 아니라고. 이리 와."

볼라는 신드바드 인형을 자신의 작업대로 옮겨갔다.

"이 애는 움직이고 싶어 해. 인형들은 전부 움직이고 싶어 한다고. 왜냐하면 내가 이 애들을 그렇게 만들었으니까. 넌 이 인

형들한테 어떻게 움직이는지 보여줘야 해. 네 근육은 인형들 거야. 인형들 거라고!"

볼라는 신드바드의 코트를 벗겼다. 이윽고 줄을 다 떼어내버렸다. 피터는 깜짝 놀랐다. 볼라는 일자 드라이버를 가져다가 인형을 분해했다. 이제 신드바드는 여기저기 흩어진 나뭇조각 한 무더기에 지나지 않았다. 볼라가 피터에게 드라이버를 내밀었다.

피터는 목발을 겨드랑이 아래 껴두고 양 손바닥을 들어 올렸다.

"봤지, 응?"

"네, 그런데요……."

"난 연장이 몇 개 필요해서 들른 거야. 한 시간 안에 올게. 넌 이 인형을 다시 조립해둬. 그러고 나면 더 이상 아무 문제 없을 거야."

볼라는 드라이버를 피터의 손바닥에 툭 내려놓고는 한마디 말도 없이 나가버렸다.

솔직히 그렇게 어렵지는 않았다. 마리오네트의 무릎과 팔꿈치는 한쪽 방향으로 경첩이 붙어 있었다. 어깨와 엉덩이는 나무로 만든 둥근 공 같은 것을 깎아 이어 붙였다. 마리오네트 인형의 구조를 파악하자 피터는 인형의 동작을 더 잘 볼 수 있었다. 손과 발은 가죽 끈으로 묶여 있었다.

줄은 조금 더 까다로웠다. 하지만 일단 잠자리처럼 움직이는 조종 손잡이를 두 손으로 움직여야 한다는 걸 깨닫자, 나머지도 이해할 수 있었다.

그리고 볼라가 옳았다. 피터가 신드바드를 다시 조이고 나니, 좀 더 부드럽게 움직일 수 있었다.

"네 근육을 인형들 것과 같이 움직여야 하는 거야."

볼라는 그렇게 말했었다. 마침내 피터는 볼라가 시켰던 동작을 자신의 몸을 통해서 신드바드의 몸으로 전달할 수 있었다.

그런데 "네 근육을 인형들 것과 같이 움직여야 하는 거야."라는 말은 록에게는 먹히지 않았다. 피터는 어깨를 구부리고 두 팔을 흔들었다. 하지만 새는 고작 몇 번 툭툭 휘청거리더니 총 맞은 것처럼 뚝 떨어져 내렸다. 새의 반짝거리는 눈빛이 야단치는 것처럼 보였다.

"미안해, 새야. 그렇지만 네가 뭘 하고 있어야 하는지 모르겠어. 너 저 녀석을 먹으려는 거야? 아니면 네 알을 보호하고 있는 거야?"

갑자기 피터는 록의 이야기가 궁금했다. 제대로 알고 싶었다. 볼라가 신드바드 책을 두던 곳을 발견했다. 책을 끌어당기자 덜거덕거리는 소리가 자그맣게 들려왔다. 선반 뒤에 무언가가 있었다.

피터는 그걸 끄집어냈다. 네모난 깡통에 '선샤인 비스킷'이라는 글자가 빛바랜 누런색으로 여기저기 벗겨진 채 장식되어 있었다. 손바닥 위에 그 깡통을 올려놓자, 할아버지 집에서 찾아냈던 찌그러진 쿠키 깡통이 떠올랐다. 그 놀라운 사진을 지키는 병정 무리가 들어 있던 깡통.

피터는 뚜껑을 열었다. 안에는 손으로 글을 마구 휘갈겨 쓴 색인카드가 한 무더기 있었는데, 피터는 그게 뭔지 알 것 같았다. 피터는 순간적으로 볼라의 비밀을 손에 들고 있다는 걸 깨달았다. 볼라가 숨겨둔 것들. 피터는 뚜껑을 덮었다. 남의 사생활을 침해하고 싶지는 않았다. 하지만 너무 늦었다. 피터는 맨위 카드를 읽어버렸다.

'난 훌륭한 선생님이 되어 있을 것이다.'

끔찍한 진실은 아니었다. 그렇게 비밀스러운 것처럼 보이지도 않았다. 그래도 보지 않는 편이 나았다. 피터는 선반 뒤로 깡통을 다시 밀어두고, 책을 제자리에 밀어 넣었다. 그때 볼라가 다시 돌아왔다.

피터는 마리오네트를 가리켰다.

"이제 다 했어요. 그 장면 같이 해요."

하지만 볼라는 그저 자신의 작업대로 걸어가 숫돌에 기름을 부었다.

"아직 아니야. 먼저 무대가 필요해. 나한테 시간이 있었으면 뭣 좀 만들었을 텐데."

"무대라고요? 무대에 대해서는 아무 말도 하지 않았잖아요!"

"마리오네트는 건초 더미 두어 개 위의 허공을 그냥 대충 왔다 갔다 하는 게 아니야."

볼라는 몸을 돌리면서 손을 들어 피터의 말대꾸를 막았다.

"잘 들어, 꼬마야. 난 군인 이야기를 있는 그대로 볼 거야. 그 점을 이해하지 못하더라도 나한테 큰 의미가 있다는 사실을 넌 존중해주어야 해. 어쨌거나 그게 네가 해야 할 일이야. 너도 그 장식 달린 팔찌를 가지고 다니잖아. 마찬가지야. 넌 네 엄마를 위해 네 엄마 이야기를 해야 하고."

"하지만 그건 시간이 오래 걸릴 텐데요."

"서두를 필요는 없어. 어찌 되었든 넌 한 주는 더 여기에 있을 거잖니."

볼라는 작업대로 다시 쿵쿵 걸어가서, 털썩 주저앉더니 연장을 고르기 시작했다. 대화 끝.

피터는 건초 더미 위로 휘청휘청 걸어갔다. 이곳에서 한 주 더 지내야 하다니. 미칠 것만 같았다.

그 '미칠' 것 같다는 생각에 피터는 화들짝 놀랐다. 볼라가 더 이상 미친 것처럼 보이지 않았다. 팔꿈치를 대고 엎드린 채, 볼라가 연장을 닦는 모습을 살펴보았다. 연장을 얼마나 조심스레 들어 올리는지, 하나하나 얼마나 깨끗하게 닦는지 알아차렸다. 다 마치고는 제자리에 정확하게 연장을 정리해두었다. 그 움직임에는 피터가 좋아하는 차분하고 충만한 목적이 있었다. 뭔가 예측할 수 있는…….

프랑수아가 뒤뚱거리며 들어와 늘어지게 하품을 했다. 녀석은 작업대 위쪽 서까래 안으로 기어올라가서 낮잠을 자기 전에 자기 몸을 핥아대기 시작했다. 그 모습을 보며, 피터는 어느덧 자신이 프랑수아처럼 볼라와 함께 있는 게 편안해졌다는 생각이 들었다.

피터는 고개를 내밀어 볼라가 무엇을 만들고 있는지 살펴보았다. 손잡이였다. 볼라는 망가진 괭이를 가져와, 새 손잡이를 끼워 넣고 있었다. 간단한 것이었지만, 피터에게는 거의 마법처럼 보였다. 자신의 목발처럼……. 목발을 갖기 전에 피터는 아무짝에도 쓸모가 없었다. 볼라는 나무판 두어 개를 못질로 붙여주었다. 이제 피터는 거친 시골길 몇 킬로미터를, 자신 있게 재빨리 걸어 다닐 수 있었다. 마법이었다.

피터는 목발을 들어 겨드랑이에 끼었다. 꾸준한 운동 덕분에 편안했다. 피터는 목발을 짚고 작업대로 다가갔다.

"저 뭣 좀 만들고 싶어요. 가르쳐주실래요?"

볼라는 몸을 뒤로 기대고는 피터를 자세히 들여다보았다. 잠시 그러더니 고개를 끄덕였다.

"네 뇌를 썩게 내버려둔다는 건 말도 안 되지. 너 나무에 대해 뭣 좀 아는 거 있어?"

"나무야 깎으라고 있는 거죠. 저도 그 정도는 알아요."

"그건 시작에 불과해. 하지만 내 말은 그 뜻이 아니야."

볼라는 나무통에서 새 나무토막을 골라서 작업대 한가운데 놓았다.

"여기 주인은 누구지?"

"뭐라고요?"

"누가 대장이냐고? 나야, 이 나무야?"

이것은 일종의 시험이었다. 피터는 나무를 바라보며 아무 생각 없이 잠자코 기다렸다. 문득 반짝반짝 빛나는 활 모양의 연장을 보니 깎고 싶어졌다. 나무들이 벌벌 떠는 것 같았다.

"아줌마. 아줌마가 주인이에요."

볼라는 고개를 끄덕였다. 볼라는 끝부분에 숟가락 모양이 달린 끌과 나무망치를 집고는, 몇 분 전 피터를 바라보았던 것과 똑같이 꼼꼼히 들여다보는 표정으로 그 나무토막을 보았다. 마치 그 안에 있는 어떤 비밀스러운 메시지를 읽으려고 하는 것 같았다. 볼라는 그 싱싱한 나무에 끌을 가져다댔다. 깔끔하게 밀어내자 작업대 위에 또르르 발린 나무껍질이 툭 떨어졌다.

볼라가 피터를 향해 말했다.

"그리고 지금은? 이제 누가 주인이니?"

피터는 볼라의 얼굴에서 아무것도 읽어낼 수가 없었다. 하지만 나무는 말하고 있었다. 그 잃어버린 쐐기 모양은 반응을 요구하는 질문이었다.

"나무요."

피터는 확신에 차서 말했다.

볼라는 고개를 끄덕였다.

"맞아. 이 순간부터 계속, 나무가 주인이야. 조각가는 나무의 하인이야. 공예가는 모두 공예품의 하인이지. 네가 만들고 싶은 것을 일단 정하면, 그 계획이 대장이야. 네가 뭘 만들고 싶은지 알아?"

답이 곧장 튀어나왔다.

"여우는 어떻게 깎는 거예요?"

그 말이 입 밖으로 나가자마자 피터는 자신이 생각한 대답이 다가오는 것을 준비했다. 그걸 어떻게 직접 알아내야 할까? 하지만 볼라가 피터를 깜짝 놀라게 했다.

"한번은 미켈란젤로가 동상을 어떻게 만들었냐는 질문을 받았어. 그러자 미켈란젤로가 말했지. '나는 대리석 속의 천사를 보았습니다. 나는 그 천사가 밖으로 나올 때까지 조각합니다.' 이렇게 생각하는 게 좋은 방법이 될 수도 있겠구나. 물론, 네가 나무에서 그 여우를 찾아내고 싶다면, 그 여우가 있는 나무로 시작해야겠지."

볼라는 피터에게 나무토막이 든 상자로 따라오라는 손짓을 했다.

"나무는 서로 달라. 나무마다 장점도 다르지. 참나무는 조각하기 쉽고, 섬세하고 가벼워. 난 마리오네트 머리를 만들 때 참나무를 사용해. 자, 이 소나무는……."

피터가 끼어들었다.

"물푸레나무로는 야구 방망이를 만들면 좋아요. 아주 단단하거든요."

볼라는 잠깐 동안 아무 말 없이 소나무 토막을 한 손에서 다른 손으로 툭 던졌다. 그리고는 피터를 향했다.

"말이 나왔으니까 말인데…… 너 사실 네 야구 방망이 없지? 넌 야구를 무척 좋아해. 그런데 방망이는 없어."

"저는 외야수예요."

"그러니까…… 뭐야? 넌 누군가 공을 치기를 기다렸다가 그 공을 잡으러 달려간다고? 그건 그냥 반응일 뿐이야. 너도 공을 치고 싶은 거잖아?"

"그건 그런 게 아니에요. 일단 공을 잡으면, 제가 통제해요. 반응하는 게 아니라고요. 제가 선택하는 거예요. 그리고 저도 공 쳐요. 우리 팀에 방망이가 있어요. 아줌마는 야구 모르죠?"

"내가 야구를 모르는 건지도 모르지. 하지만 난 널 알아가고 있어. 그리고 너한테 방망이가 필요하단 건 알아."

볼라는 어깨를 으쓱하며 그 나무토막을 상자 안에 다시 툭 던져 넣었다.

나무토막 상자로 향한 피터는 상자 속에 손을 휘저었다. 그러는 동안 파란색 유리가 하얀색 장미 위로 쏟아지는 이미지를 떠올렸다. 피터가 손에 팀 방망이를 들고 홈플레이트에 서서 투수의 동작에 극도로 집중할 때면, 반드시 떠오르는 그림…….

만약 다시 자신의 방망이를 갖게 된다면, 그 방망이를 들어 올릴 때마다 피터는 그 하얀 장미 위로 떨어지는 파란 유리가 떠오를 것이다. 그리고 그건 피터를 망가뜨릴 것이다.

피터는 꿀 빛이 흐르는 나무토막 하나를 들어 올렸다. 피터가 팍스를 발견했때와 꼭 같은 크기였다.

"이건 어때요? 털처럼 주름이 있어요."

피터는 숨을 몰아쉬며 물었다.

볼라는 방망이 이야기를 더 하고 싶어 하는 것처럼 보였지만 꾹 참으려 입술을 앙다물었다. 마침내 말했다.

"버터넛 나무야. 결이 아주 아름답지. 무척 부드러워. 잠깐 살펴봐. 조각은 내일 할 테니까."

* * *

그날 밤 늦게, 피터는 지친 몸으로 해먹으로 기어들어가며, 일찌감치 창턱 위에 올려두었던 그 나무토막을 보았다. 하루 내내 거의 팍스 생각을 하지 않았다. 죄책감이 밀려왔다. 점점 여우 없이 지내는 생활이 익숙해지고 있었다. 일곱 살 이후로 이런 적은 없었다.

엄마 생각을 하지 않고 하루를 지내게 되기까지는 이보다 훨씬 오래 걸렸다. 피터는 정확히 1년하고 16일이 걸렸다는 걸 알고 있다. 바로 그날, 피터는 친구의 식구들과 캠핑을 갔었다. 아침에 카누를 타고 낚시를 하고 헤엄을 치고 텐트를 치고 핫도그를 구웠다. 별빛 아래 침낭 속으로 기어들어갈 때, 피터는 자신이 배신자 같다는 생각을 했다. 바로 그날 밤, 피터는 자신이 엄마 없이 지내도 싸다는 사실에 괴로웠다.

피터는 배낭에서 엄마 사진을 꺼냈다. 엄마 생일, 그 연. 가장 즐거웠던 기억. 그 연은 날지 않았다. 피터는 여섯 살이었고, 그 연은 정말이지 무슨 아이스캔디 스틱에 테이프로 붙여놓은

용 사진 그 이상은 아니었다. 어린 나이였지만 피터는 알고 있었다. 아빠가 그곳에 있었다면, 그 연이 날지 않은 것 때문에 그날 오후가 엉망이 되었으리라는 것을. 하지만 아빠는 거기에 없었다. 그리고 엄마는 그냥 호호 웃기만 했다. 둘은 언덕 위에 담요를 펴고 땅콩 과자와 포도 주스로 소풍을 즐기면서 종이 용에 대한 이야기를 연신 지어내고 있었다. 똑똑한 종이 용은 하늘 높이 날아오를 수가 없었다. 땅에서 용을 기다리고 있는 수많은 모험을 하고 싶었기 때문이다.

피터는 창턱 위 나무토막 옆에 그 사진을 세워두었다. 눈을 감았다. 자연스럽게 팍스에 대한 다른 기억도 떠올랐다.

팍스는 스쿨버스가 브레이크를 밟는 소리를 알아서, 학교에서 도착할 때마다 자기 여우 집 문에서 피터를 기다려주었다. 팍스는 사과 씨를 찾아 배낭으로 코를 들이밀었다. 그러고는 운동복 주머니를 들쑤셔댔다. 피터는 2학년 때 언젠가 팍스를 학교에 몰래 데리고 간 적이 있었다. 그것이 어떤 결과를 가져올지는 미처 생각하지 못했다. 그저 자신의 친구가 남몰래 편안하게 있기를 바랐다. 소방 연습이 있었는데, 그 팍스는 경보벨 소리에 겁을 집어먹었다. 학교에서 피터를 집으로 돌려보냈다. 아빠는 마구 화를 냈다. 하지만 정말로 피터를 힘들게 한 것은 여우가 벌벌 떨며 찡찡거리는 모습을 무기력하게 지켜봐야만 하는 일이었다.

가장 좋은 기억은 조용한 장면이었다. 재작년 겨울은 유난히 춥고 길었다. 피터는 숙제를 해야 했지만 불가를 떠나고 싶지는 않았다. 너무나 지독한 추위에 아빠도 마음이 약해져 일찌감치 팍스를 안으로 불러들여 불가에 가까이 있게 해주었다. 꾸벅꾸벅 조는 팍스가 앞발을 불에 델까 봐 피터는 계속 확인해야 했다. 피터는 역사 교과서를 읽으면서 손으로 팍스의 어깨 털을 이리저리 쓰다듬어주던 모습을 떠올렸다. 평화로움 그 자체였다.

피터는 눈을 뜨고 버터넛 나무토막을 들어 올렸다. 그리고 희미하게 빛나는 달빛 속에서 나무 안에 있는 여우를 보았다.

브리스틀은 팍스를 쫓아 길을 나섰다. 하지만 보폭이 큰 팍스가 브리스틀을 앞서갔다. 팍스는 밤새도록 달렸고 아침에도 쉬지 않았다. 몇 시간 동안 브리스틀이 있다는 걸 알아차리지도 못했다. 마침내 오후가 되어 낡은 공장 터 앞을 흐르는 강에 도착했다. 팍스는 그레이가 쓰러져 있는 곳에서 강 하류 쪽, 초록색 갈대밭으로 슬그머니 미끄러져 들어갔다. 머리를 물에 담그고 물을 마셨다. 갈증이 해소되자 갈대를 옆으로 밀어냈다.

들판은 텅 비어 있었다. 자동차는 사라졌다. 인간의 흔적은 이미 사라지고 없었다. 하지만 새로운 냄새가 전보다 훨씬 더 강했다. 인간은 근처에 있었다. 그리고 그들은 조바심 내고 있었다. 팍스는 상류로 올라가 폭이 좁은 강물을 건넜다. 그리고 나서 들판을 내려다보기 위해 나무가 심어진 능선을 따라 서둘러 달려갔다.

페허가 된 공장 터 뒤쪽 언덕이 새롭게 파인 구멍으로 이리저리 마구 할퀴어져 있었다. 굴을 차지하고 있는 여우 떼처럼 군인들은 참호로 물러나 있었다. 몇몇은 여전히 땅을 파고, 또 어떤 사람들은 연장으로 작업을 했다. 또 다른 사람들은 여전히 차트를 보며 뭐라고 떠들어댔다. 자동차들은 돌담 뒤에 자리를 잡았다.

팍스는 능선을 따라 뒷걸음으로 물러났다. 다시 강을 건너서 하류로 돌아왔다. 조금 전에 있던 그 갈대밭 속으로 미끄러져 들어가 자리를 잡고 위를 올려다보았다. 이번에도 인간의 흔적은 없었다. 하지만 지독한 전기 냄새가 허공 속을 짙게 맴돌았다.

바람이 서쪽에서 오는 연기를 품고 소용돌이쳤다. 팍스는 그 냄새를 두 번 맡았다. 하지만 이제 냄새는 더욱 진하고 위험했다. 보다 더 가까웠다.

팍스는 어둠이 찾아와 몸을 가려줄 때까지 기다릴 수가 없었다.

팍스는 물속으로 뛰어들어 수면 위로 반들반들한 머리를 내민 채 헤엄쳐 강둑을 기어올라갔다. 그런 뒤 몸에서 물을 털어냈다. 몸을 낮춘 채 가장 가까운 숨을 곳으로 향했다. 고작 몇 걸음 떨어진 곳에 나무 밑동을 따라 새로 뿌리가 난 졸참나무가 보였다.

그곳에서, 자신에게 필요한, 유리한 곳을 발견했다. 공장 터 벽에서 내려가는 중간 즈음, 거기에 들판이 평평하게 뻗어 나가기 시작하고, 땅에서 자줏빛 화강암 바위 하나가 솟아 있었다. 한 무더기의 전선이 그 툭 튀어나온 곳 위로 비비 꼬여 이어지다 다시 풀밭으로 내려갔다.

팍스는 살금살금 기어나왔다. 땅에서 밀려오는 공포가 발바닥에 느껴졌다. 더 많은 상자가 강둑 근처에 묻혀 있고, 더 많은 전선이 들판 위를 가로지르고 있었다. 팍스는 전선을 뛰어넘으며, 풀밭을 재빨리 지나쳤다.

팍스는 그 화강암 바위 밑동에서 몸을 바짝 낮추고는 언덕 위를 향해 귀를 쫑긋 세웠다. 사람들의 억양과 연장의 규칙적인 소리를 듣고, 군인들이 참호에서 나오지 않았다는 걸 알았다. 바람은 여전히 언덕 아래쪽으로 불고 있었다. 군인들이 다가오면, 바람이 경고해줄 것이다.

팍스는 전선을 끌어당겨서 잘근잘근 씹기 시작했다. 그런데 그 전선줄을 다 끊기도 전에, 뒤에서 불같은 이빨이 팍스를 공격했다. 팍스는 바위에 세게 부딪혔다. 바람이 팍스를 후려갈겼다. 팍스는 데구루루 굴렀다. 브리스틀이 자신을 펄쩍 뛰어넘어 그 화강암 바위 꼭대기로 올라서는 게 보였다.

브리스틀이 유리한 지점인 높은 곳에 자리를 잡고 말했다.

"까마귀가 그러는데 군인들이 가까이 오고 있대. 이 폭발하는 땅, 이 죽음의 전선은 인간들이 찾게 내버려둬."

팍스는 브리스틀보다 몸집이 컸다. 하지만 결단력은 브리스틀에게 미치지 못했다. 팍스가 전선으로 자꾸 다시 가려고 할 때마다, 브리스틀은 팍스를 물어 멀리 떼어냈다. 팍스는 툭 튀어나온 곳 주위를 빙글빙글 돌며, 브리스틀에게 달려들 기회를 엿보았다. 하지만 팍스가 덤벼들기 직전에, 저 아래 강에서 무언가가 움직이는 것이 눈에 들어왔다.

브리스틀은 팍스가 깜짝 놀라는 걸 알았지만 계속 팍스한테서 눈을 떼지 않았다.

"인간이 도착한 거야?"

팍스는 그 질문 밑에 흐르는 뜨거운 전율을 느꼈다.

"아니, 다른 여우가 있는 것 같아."

브리스틀은 전혀 흔들리지 않고 꼿꼿하게 말했다.

"우리 계곡에 사는 여우 중 감히 영토를 침범하려는 여우는 없어."

팍스는 좀 더 자세히 보려고 엉덩이를 들어 올렸다. 다시 보였다. 좁다란 구릿빛 얼굴. 꼬리 끝에 하얀색 털이 달린 여우는 일어났다가 사라지고, 일어났다가 다시 사라지면서 팍스가 조금 전에 지나쳤던 바로 그 강둑 옆길을 따라 달리고 있었다. 브리스틀이 팍스를 찾기 위해 걸어왔던 바로 그 오솔길이었다.

갈대밭에서 또 다른 붉은색이 보였다. 작은 여우 한 마리가 물속으로 첨벙 뛰어들었다. 팍스는 그 여우를 알아보았다.

팍스는 소리를 질러 경고를 보냈다.

이제 브리스틀도 돌아보았다. 런트가 졸참나무 옆으로 흐르는 강물을 허우적거리며 빠져나왔다. 즉시 브리스틀이 몸을 곧추세웠다. 그러니 몸이 두 배는 커 보였다. 브리스틀은 단번에 화강암 바위를 뛰어오르더니 언덕 아래로 달려 내려갔다.

"안 돼, 가! 집으로! 돌아가!"

브리스틀은 풀밭을 뚫고 불꽃처럼 달려갔다. 목소리에 담긴 공포가 박차를 가해 런트를 향해 나아가는 것 같았다. 이 어린 여우는 누나가 어디 있는지 보려고 다시 일어나더니 누나를 향해 경쾌하게 뛰어올랐다.

팍스는 전선을 움켜잡았다. 하지만 너무 늦었다.

팍스가 전선줄을 벗겨내는 순간, 강력한 불꽃의 냄새가 땅을 타고 불어왔다. 뒤쪽 이빨에 전류가 찌릿 흘렀다. 전류는 팍스의 아랫입술을 지나 목구멍을 태우고 척추로 찌르르 흘러내렸다.

이윽고 나지막한 들판이 하늘 높이 폭발했다. 팍스는 능선으로 나가떨어졌다. 그러면서 다시 딱딱한 땅에 부딪히고 뿌리가 드러난 관목 울타리에 나뒹굴었다. 엉망이 된 세상이 잠잠해졌다. 머리가 침묵 속에서 빙글빙글 돌았다. 폭풍 같은 뜨거운 흙과 돌멩이와 나뭇가지와 잡초가 팍스에게로 비처럼 우수수 쏟아져 내리고 이윽고 모래의 장막으로 변했다. 팍스는 그 모습을 멍하니 지켜봤다.

팍스는 비틀거리며 일어나 머리가 맑아질 때까지 지친 허파로 탄내 나는 공기를 빨아들였다. 마침내 등을 꼿꼿하게 세우고 런트와 브리스틀의 냄새를 찾았다. 사방, 모든 곳을 다 찾아보았다. 하지만 코는 아무 기능도 하지 못했다. 재와 숯 때문에 감각이 마비되어 미세한 냄새를 맡을 수가 없었다. 팍스는 브리스틀과 런트를 찾아 울부짖었다. 하지만 귀에 들려오는 울림은 오직 자신의 울부짖음뿐이었다.

팍스는 덤불을 헤치고 나아가, 파편을 털어냈다. 군인들이 무리지어 군데군데 연기가 피어오르는 들판을 가로지르며 언덕을 내려갔다가 강물 속으로 뛰어들었다. 군인들이 지나가고 난 뒤, 팍스도 따라갔다. 움직일 때마다 뼛속까지 고통이 스며들었다.

두 여우를 마지막으로 보았던 곳에서, 팍스는 런트와 브리스틀을 찾아 다시 울부짖었다. 대답이 없었다. 하지만 곧 희미하기는 하지만 처음으로 자신이 짖는 소리가 들렸다. 마치 아주 멀리 떨어진 곳에서 울부짖는 것 같은 희미한 소리였다. 이윽고 바람 소리가 들려왔다. 팍스가 지나가자 말라비틀어진 잡초 줄기가 탁탁 꺾이는 소리가 들렸다. 문득 참호로 돌아가는 군인들의 사나운 외침 소리가 들렸다. 그리고 나무 위에서, 살인자 같은 까마귀가 엉망이 된 세상을 향해 기분 나쁘게 까악까악 울어댔다. 팍스는 소리가 다시 들렸다.

팍스는 한 시간 동안 들판을 뛰어다니며 잃어버린 여우들을 애타게 찾았다. 어둠이 내리고 마침내 소리가 들렸다. 브리스틀의 기운 빠진 울음소리였다. 팍스는 그 목소리를 따라 강가로 갔다. 거기, 졸참나무가 갈라져 쓰러져 있는 강둑 위로 연기가 피어올랐다. 물속에 시커멓게 변해버린 나뭇가지가 나뒹굴고 있었다.

팍스는 둥그스름한 흙덩이 같은 뿌리 속에 끼여 있는 브리스틀을 찾아냈다. 브리스틀이 고개를 들었다. 눈빛에 두려움이 가득했다. 주둥이는 피로 물들어 있었다. 아름다운 몸털은 시커멓게 불에 그슬렸다. 팍스는 브리스틀의 얼굴에 코를 가져다댔다. 뺨에 묻은 피는 브리스틀의 것이 아니었다.

브리스틀이 고개를 숙였다. 브리스틀 아래, 꼼짝하지 않고 몸을 웅크린 런트가 있었다.

팍스는 그 작은 여우의 가슴에 머리를 가져다댔다. 거칠고 힘겹게 심장이 뛰고 있었다. 팍스는 마음이 놓였다.

그런데 그 순간 브리스틀이 몸을 움직이는 바람에 팍스도 보고야 말았다. 런트의 뒷다리가 있어야 할 곳, 검은 털이 덮인 깔끔한 다리와 재빨리 움직이는 하얀 발이 있어야 할 곳에 피가 흥건히 고인, 갈기갈기 찢긴 붉은색 덩어리만 남아 있었다.

피터는 기름 먹인 철 수세미로 끌 손잡이를 벅벅 문지르며, 창고 저쪽으로 끌을 휙 던지고 싶은 충동을 참으려 애썼다. 아침까지만 해도 좋았다. 피터는 목발을 끼고 들판과 숲으로 나갔다. 진흙과 자갈길을 지나, 언덕으로 올라갔다가 바위 쪽으로 내려와서 돌담을 넘고 울타리 아래로 내려왔다. 힘이 넘치고 지치지도 않았다. 마치 양발에 다 등산화를 신은 것처럼 땅 위를 뛰다시피 했다. 정오에 피터는 볼라에게 이제 갈 준비가 된 것 같다고 말했다. 정말 그런 것 같았다. 하지만 평소처럼 볼라는 피터의 말을 못 들은 체했다. 피터에게 창고로 가서 쉬라면서 목발을 가져가버렸다.

"발 올려. 연장을 닦아. 손으로 연장을 느껴봐."

피터는 작업대 위에 놓인, 거의 조각을 다 마친 나무로 시선을 떨구었다. 여우는 거칠었지만 살아 있는 것처럼 보였다. 여우가 피터에게 신호를 보내는 것 같았다. 피터가 다치지 않고 건강한 팍스를 찾아낼 것이라는……. 희망을 품기에는 위험한 것 같아도, 맘껏 그 장면을 떠올려보았다. 팍스를 남겨두었던 바로 그곳에서 팍스를 소리쳐 부를 것이다. 그러면 팍스는 숲 속에서 뛰쳐나와 즐겁게 피터와 함께 뒹굴 것이다. 그리고 둘은 같이 집으로 돌아갈 것이다.

"꼬마야, 어서 저 손잡이를 반짝반짝 닦아."

피터는 깜짝 놀랐다.

"오신 줄 몰랐어요."

"연장 가지고 작업할 때는 한눈팔면 안 돼."

볼라는 피터 옆에 놓인 나무 상자에 몸을 내려놓고는 줄*과 기름걸레 하나를 들었다.

"팍스를 생각하고 있었어요."

피터는 반짝반짝 빛나는 끌을 내려놓고 자신의 조각품을 집었다. 볼라가 손바닥을 내밀자, 피터는 그 조각품을 건네주었다.

"내 손에서 펄쩍 뛰어나가려는 것처럼 보이네. 이 친구가 걱정스럽지?"

피터는 고개를 끄덕였다.

---

* 연장의 일종으로 표면을 다듬는 데 쓰는 줄.

"하지만 대개는 팍스가 잘 있을 거라 생각해요. 여우는 영리해요. 진짜 영리해요. 팍스가 찬장을 전부 열 줄 알아서 우리집 부엌으로 가는 문을 잠가야 했어요. 한번은 팍스가 내 방에 새로 갖다둔 선풍기 전깃줄을 잘근잘근 씹었어요. 아빠가 엄청 화를 냈어요. 그런데 아빠가 선풍기를 고치려다가, 그 선풍기에 합선이 있었다는 걸 발견한 거예요. 자칫 불이 날 뻔했던 거죠. 어떻게 알았는지는 모르겠지만 팍스가 알았던 것 같아요. 팍스는 나를 보호해줬어요. 그러니까 사냥을 배울 만큼 영리하지 않겠어요? 아줌마는 그 애가 살아남았을 거라고 생각 안 하죠?"

"살아남을 거야."

볼라는 동의했다.

피터는 나뭇조각품을 다시 받아들고 여우의 얼굴을 살펴보며 말했다.

"그것 말고도 뭔가 다른 게 있어요. 그건, 그러니까…… 저는 팍스가 죽으면…… 느낌으로 알 거예요."

이어서 피터는 다른 어떤 사람에게도 하지 않았던 말을 볼라에게 털어놓았다. 자신이 이따금 팍스와 연결되어 있다는 느낌을 받았다는 것을, 여우가 무엇을 생각하고 있는지는 모르지만 이따금 실제로 자신이 직접 느꼈었다는 것을. 피터는 숨죽였다. 자신의 이야기가 이상하게 들린다는 것은 알고 있었다.

볼라는 웃지 않고 피터에게 행운이라고 말했다.

"'둘이지만 둘이 아닌 걸' 경험했구나."

"그거 아줌마 메모판에 붙어 있는 말이잖아요. '둘이지만 둘
이 아니다.' 저는 그게 무슨 뜻인지 몰랐었어요."

"불교 개념이야. 비이원성*. 그러니까, 단일성에 관한 거야. 떨
어져 있는 것처럼 보이는 사물이 사실은 서로 연결되어 있다
는⋯⋯. 떨어져 있는 건 없어."

볼라는 여우 조각을 다시 들어 올렸다.

"이건 그냥 나뭇조각이 아니야. 나무는 또한 구름이기도 해.
구름은 나무를 촉촉하게 해주는 비를 가져오지. 새가 나무 안
에 둥지를 틀고, 다람쥐는 그 열매를 먹어. 나무는 또 우리 할머
니 할아버지가 나한테 먹여주셨던 음식이기도 하지. 내가 이 나
무를 자를 만큼 날 튼튼하게 해주었어. 그리고 나무는 내가 사
용하는 도끼 속의 쇠붙이가 되기도 해. 그리고 이게 네가 여우
를 아는 방식이야. 그래서 어제 너도 모르게 이 여우를 깎았지.
그리고 네 자식들한테 이걸 줄 때 들려줄 이야기가 되겠지. 전
부 따로 떨어져 있지만 또한 연결된 하나라는 거야. 떨어질 수
없는 하나. 알겠니?"

"둘이지만 둘이 아니다. 떨어질 수 없다. 그러니까⋯⋯. 며칠
전 밤에 저는 팍스가 음식을 먹었다고 확신했어요. 그걸 느꼈어
요. 어젯밤에는 달을 보았어요. 그리고 팍스도 바로 그때 달을
보고 있을 거란 걸 알았어요. 팍스가 살아 있다고 제가 느낀다

---

* '불이'(不二).

면, 그러면 팍스가 살아 있겠죠?"

"그래."

볼라의 말에 피터의 희망이 다시 부풀어 올랐다. 볼라는 마음에 없는 말은 절대 하지 않으니까.

"여기에서는 진실을 말한다, 그게 규칙이야."

볼라 아줌마는 그 말을 한 백 번은 했다.

피터는 불현듯 깨달았다. 솔직하게 의지할 수 있는 누군가가 곁에 있다는 건 정말 소중한 것이라고……. 살아오면서 자신이 정말로 원한 게 그것 아니었던가? 질문에 대한 솔직한 대답. 그토록 간절히 원했지만, 아빠에게서 돌아온 건 어두운 침묵뿐이었다. 그런 적이 얼마나 많았던가?

문득 피터는 지레 겁먹고 물러나기 전, 자신을 늘 따라다니던 질문 하나를 툭 내던졌다.

"혹시…… 혹시 어떤 사람한테 야만스러운 면이 있다면 그게 길들여질 수 있다고 생각하세요? 원래 본성이 그렇다면요? 물려받았다면요?"

볼라는 피터를 뚫어져라 바라보았다. 피터가 자신의 여우에 대해 묻고 있는 거라고 생각하는 듯했다. 피터는 굳이 그 생각을 정정하지 않았다. 피터는 다시 끌을 들어 올렸다가, 무릎 위에 놓인 끌을 내려다보았다. 답을 기다리며, 피터는 손가락으로 정강이 근처를 꾹꾹 눌렀다.

"넌 언제나 이런 식이니? 네 자신에 대해 알아내기 위해 다른 사람한테 묻는 거 말이야. 안 그래? 하지만 그런 식으로는 소용 없어."

피터는 한숨을 내쉬었다. 질문을 하는 순간, 답을 듣고 싶지 않다는 걸 깨달았다. 어쩌면 피터는 그 질문에 대한 답을 들을 준비가 전혀 되어 있지 않은 건지도 몰랐다.

볼라는 자신의 멜빵바지 주머니를 툭툭 두드리고는 얼굴을 찌푸렸다.

"까먹을 뻔했네."

그러더니 냅킨으로 싼 머핀을 꺼내 피터에게 건넸다. 피터는 아침에 이미 머핀 네 개를 먹었다. 그런데도 볼라는 언제나 피터가 충분히 먹지 못하고 있다고 믿었다.

피터는 냅킨을 펼쳤다. 살짝 뭉개지기는 했지만, 나머지는 괜찮았다. 피칸 열매가 갈색 설탕 토핑 위 한가운데 완벽하게 자리 잡고 있었다. 볼라는 지난 밤 늦게까지 머핀을 구웠다. 볼라는 피터가 알아듣지 못하는 말로 노래를 불렀었다. 기분 좋은 노래였다.

"아줌마, 왜 아직까지 여기에서 혼자 살아요?"

"말했잖아."

"하지만 자신이 누군지 아는 데 20년이나 걸렸다고요? 제 말은, 그게 그렇게 어려운 건가요?"

"꽤 어려워. 자기 자신에 관해서는, 평범한 진실을 깨닫는 게 가장 어려울 수도 있어. 네가 진실을 알고 싶지 않다면, 넌 그것을 숨기기 위해 무슨 짓이든 할 거야."

피터는 머핀을 내려놓았다. 볼라는 피터의 질문을 피하고 있었다.

"하지만 아줌마는 진실을 알고 싶어 하잖아요? 아줌마는 자신을 알아요. 그런데 왜 사람들과 함께 살기 위해 어디로든 다른 곳으로 가지 않는 거예요? 진실을 말해주세요. 그게 여기 규칙이잖아요, 안 그래요?"

볼라는 잠깐 창고 창문 밖을 내다보았다. 어깨가 축 처졌다. 피터를 향해 돌아선 볼라의 얼굴이 피곤해 보였다.

"좋아, 방망이 없는 피터. 어쩌면 그건 내가 나 자신을 알기 때문이야. 난 사람들과 어울리지 못할 거야. 어쩌면 난 수류탄일지도 몰라."

"무슨 뜻이에요, 수류탄이라니요?"

"복숭아를 먹고 반딧불이를 지켜보던 소녀가 인간을 죽이는 여자가 되었다면, 넌 그 사람을 뭐라고 부를래? 어? 그 소녀는 반딧불이의 날개 하나를 자르느니 자신의 팔을 잘랐을 거야. 그런데 몇 년 뒤에 생판 모르는 사람을 죽였어. 나라면 그런 사람을 무기라고 부르겠어. 난 예측 불가능한 끔찍한 무기야. 여기 숨어 지내는 게 최선이야, 내가 누구도 해칠 수 없는 곳에. 우연히라도 말이야……."

볼라는 손을 들어 피터를 향했다. 펑! 하지만 이번에 그 모습은 슬퍼 보였다. 전혀 위협적이지 않았다.

"아줌마는 저를 해치지 않아요."

피터가 대답했다.

"내가 안 그럴 거라는 걸 네가 어떻게 알아?"

피터는 자기 가슴을 쿵 내리치며 말했다.

"제가 아니까요. 제 마음 깊은 곳에서요."

볼라는 작업대에 손바닥을 퍽 하고 내려놓고 몸을 일으켜 세웠다.

"그 연장 순서대로 다시 가져다놔."

어깨 너머로 자그맣게 말하고는 창고를 나갔다.

창문으로 볼라가 오솔길을 쿵쿵거리며 걸어가는 모습이 보였다. 평소와는 걸음걸이가 달라 보였다. 마치 볼라의 딱딱한 소나무 다리가 훨씬 더 무거워진 것 같았다.

피터는 하나씩 하나씩 깨끗하게 닦은 연장을 주머니 속에 밀어 넣고 캔버스 천을 도르르 말았다. 머릿속 밑바닥에 똬리를 틀고 있던 해묵은 걱정거리가 떠올랐다. 일주일 이상 여기에서 오도 가도 못하고 있었다. 세 번째 조건만 아니라면 벌써 떠났을 것이다. 피터는 약속했다. 볼라에게 빚이 있었다. 하지만 아침을 먹으며 무대를 만드는 일에 대해 묻자, 볼라는 그저 어깨만 으쓱해 보였다.

"어서 시작해."

그때 문득 피터는 그 해결책이 생각났다. 그런데 터무니없이 간단해서 피식 웃음을 터뜨렸다.

목발을 사용하지 않으면 어색하고 몸의 움직임도 느렸다. 하지만 볼라가 어린 묘목을 쌓아둔 곳으로 피터는 가까스로 펄쩍펄쩍 뛰어갔다. 거기에서 피터는 자기 팔뚝만 한 곧고 어린 묘목 열두 개를 골랐다. 하나씩 하나씩 창고 문가로 휙 던져놓고는 안으로 들어가 밀어 넣었다. 톱질 모탕 위에서 나뭇가지들을 벗겨낸 다음 작업에 들어갔다.

그리고 두 시간 뒤, 무대가 완성되었다. 그렇게 대단해 보이지는 않았다. 모서리를 대충 마무리하고, 벽과 바닥 틀에 못을 박아 어색하게 덧댔다. 그래도 꼭대기에 길게 천을 매달았을 때는 미소가 씩 나왔다.

"누워서 떡 먹기네."

피터는 프랑수아에게 말했다. 프랑수아는 어슬렁어슬렁 안으로 들어와서는 발걸음을 멈추고 의심스러운지 그 틀에 코를 대고 킁킁거렸다.

"완전 누워서 떡 먹기야."

"무대를 만들었어요. 창고에 있어요."

볼라가 닭털을 뽑다 말고 고개를 들었다. 볼라는 피터가 기대고 있는 나뭇가지를 보더니 부엌 조리대에 삐딱하게 세워둔 목발을 가리켰다.

피터는 손을 내밀어 목발을 겨드랑이 아래로 밀어 넣었다. 목발을 끼자마자 즉시 편안해졌다.

"이제 아줌마를 위해서 인형극을 할 수 있어요. 창고로 오세요."

"난 지금 해야 할 일이 있어. 하지만 좋아. 오늘밤에."

"그러면 저 이제 떠나도 되는 거죠, 아줌마? 저 준비 다 됐어요."

볼라는 닭고기를 탁자 위에 내려놓고 한숨을 푹 내쉬었다.

"넌 준비 안 됐어. 넌 요즘 안에서 잠을 자. 뽀송뽀송하고 따뜻하지. 넌 깨끗한 물도 있어. 그리고 누군가 너를 위해 음식을 준비해주지! 그래, 좋다. 내일 내가 시험해보지. 15킬로미터. 넌 7, 8킬로미터를 걸어갈 거야. 다리 하나로 잘해낼 수 있는지 보여줘 봐. 그리고 나서 다시 돌아와. 그때 다시 이야기하자."

피터는 볼라가 닭털을 모아 주머니 안에 채우는 걸 지켜보았다. 그걸 보니 문득 떠올랐다. 피터가 떠난 뒤에도, 아무것도 달라지지 않을 것이다. 볼라는 자신의 깃털을 모을 것이다. 숲 속에서 혼자 저 모든 인형을 만들 것이다. 점점 더, 더, 더 많이. 그리고 그 군인 이야기는 누구에게도 하지 않겠지.

팍스는 그리 멀지 않은 덤불에서 런트를 밤새도록 지켜보았
다. 날이 밝았을 때에도 런트에게서 눈을 떼지 못했다. 팍스는
불에 덴 주둥이를 서늘한 강 진흙에서 식히고 나서, 강둑에 드
러누워 있는 작은 물고기를 찾아서 배를 채울 때에만 그 자리를
벗어났다. 팍스는 다시 냄새를 맡을 수 있었다. 깜빡깜빡 졸다가
깨어날 때면, 브리스틀과 런트가 아직 살아 있는지 확인하기 위
해 코를 쿵쿵거렸다.

브리스틀은 쓰러진 나무로 덤불을 끌고 가서 동생의 몸을 덮
어주고, 자신의 몸을 말아 동생을 따뜻하게 감싸주었다. 브리
스틀은 몇 차례 잠깐씩 동생을 남겨두고 떠났다. 그럴 때면 팍
스는 조용히 꼼짝도 하지 않는 런트의 몸 옆에서 브리스틀 대신

자리를 지켰다. 팍스가 곁에 있을 때, 런트가 마침내 낑낑거리며 깨어났다.

팍스는 런트를 달래주려 주둥이로 어깨를 토닥여주었다. 런트가 고개를 들었다. 눈동자에 고통과 공포가 짙게 드리워져 있었다. 런트가 울부짖었다. 그러자 근처에서 사냥하던 브리스틀이 런트에게 다시 달려왔다.

팍스는 얌전하게 뒤로 몸을 빼냈다. 브리스틀은 그저 동생 옆에 앉아서 뺨을 갖다대기만 했다. 팍스는 몸을 구부려 조심조심 런트의 상처를 핥으며, 브리스틀의 반응을 흘끔흘끔 살폈다. 브리스틀은 팍스를 주시했지만 말리지는 않았다.

팍스는 본격적으로 런트의 상처를 씻어내기 시작했다. 런트는 신뢰의 눈길로 팍스를 지켜보며 그냥 잠자코 있었다. 팍스는 상처를 다 핥아주고 나서, 런트의 얼굴과 귀를 씻어주었다. 브리스틀은 그냥 팍스가 하는 대로 내버려두었다.

런트가 다시 잠들자, 팍스는 그 둘 옆에 머물렀다. 팍스와 브리스틀은 함께 야영지의 움직이는 모습을 지켜보았다.

인간들이 엉망이 된 들판으로 돌아오지는 않았지만, 위험한 냄새가 풍겼다. 바람이 서쪽에서 불어오며 불탄 대지의 냄새를 실어오자, 인간들은 긴장하는 것 같았다. 점점 더 많은 군인들이 야영지로 기계를 가지고 도착했다. 갑작스레 엔진이 으르렁거리자, 브리스틀이 화들짝 놀랐다. 브리스틀은 동생의 몸에 다시 고개를 내려놓으며 말했다.

"곧 이 애를 옮겨야 해."

"인간들은 냄새를 못 맡아. 안 보이게 숨어 있으면, 우리는 안전해."

브리스틀은 팍스에게서 시선을 거두어 인간들을 향했다.

"인간이 한 명이라도 근처에 있으면 우리는 절대 안전하지 않아."

팍스의 눈에 브리스틀이 왠지 작아진 것처럼 보였다. 마치 브리스틀의 중요한 부분이 사라진 것처럼……. 팍스는 어쩐지 인간들이 그것을 가져간 것만 같았다.

"소년은 해를 끼치지 않아. 그 애는 저 사람들을 안 좋아해. 소년은 군인이 아니야."

"군인은 다 큰 어른들이야. 그 애는 아직 어리잖아."

"아냐, 그런 게 아니야."

팍스는 확신했다. 하지만 이젠 팍스도 혼란스러웠다. 지난해를 넘기며 피터는 키가 훌쩍 크고 힘이 세졌다. 목소리도 굵어졌다. 하지만 무엇보다 소년의 체취가 달라졌다. 더 이상 아이의 냄새가 아니었다.

"그 애는 어리지 않아. 그렇지만 군인은 아니야. 내가 마지막으로 그 애를 보았던 날, 그 애도 아팠는데 나를 보살펴주었어. 그 애 눈동자에서 물이 나왔어."

"그 애가 눈을 다쳤어?"

잠깐 동안 팍스는 수수께끼 같은 그 울음을 생각해보았다.

"아니. 다른 곳을 다쳤는데, 그 애 눈에서 물이 나왔어. 얼굴을 타고 줄줄 흘러내렸어. 내 생각에, 눈에서 물이 흘러내리면 아픔이 좀 진정되는 것 같아. 하지만 그 애는 숨을 쉴 때…… 공기를 꿀꺽 삼켜. 마치 그 고통의 물에 풍덩 빠질 것처럼……."

브리스틀은 몸을 구부려 잠이 든 동생의 허리의 말라비틀어진 핏자국을 핥았다. 잠시 뒤, 고개를 들어 팍스를 물끄러미 쳐다보았다. 팍스는 그 눈동자에서 인간이 이 브리스틀 가족에게 저지른 끔찍한 짓을 보았다.

그즈음 팍스는 무언가를 알아차렸다. 피터는 그 마지막 날 이 숲 속으로 장난감을 던졌다. 고통의 물이 눈동자에서 흘러내리고 있었다. 그런데도 장난감을 던졌다. 그리고 따라오지 않았다.

"그 애는 군인이 아니야. 하지만 그 애는 바뀌었어. 지금 잘못하고 있는 거야."

피터는 창고 서까래에 걸어둔 커다란 등불 네 개에 불을 밝혔
다. 연장, 숫돌, 인형으로 가득 찬 벽. 이 모든 것이 호박색 원뿔
모양 불빛 속에서 따뜻하고도 기분 좋게 빛났다. 건초 더미조차
도 룸펠슈틸츠헨*의 황금 덩이처럼 빛났다. 창고가 어딘지 달라
보이면서도 친근해 보였다. 이제는 거의 집처럼 느껴졌다.

집. 지금부터 한 시간 뒤, 볼라의 인형극을 상연하자마자, 피
터는 자유롭게 다시 팍스를 찾기 위한 여행을 떠날 것이다.

피터는 무대 근처에 있는 자그마한 등불 두 개를 밝히고 벽에

---

* Rumpelstiltskin. 독일 민화에 등장하는 난쟁이로. 아버지의 허풍으로 왕을 위해 짚으로 황금
  을 만들어야 하는 방앗간 집 딸을 도와주었다. 난쟁이의 도움으로 왕비가 되었지만 약속에
  따라 첫아이를 난쟁이에게 주어야 하는 왕비에게 난쟁이 룸펠슈틸츠헨은 자기 이름을 맞히
  면 아기를 데려가지 않겠다고 제안한다.

서 신드바드를 들어 올렸다.

"쇼를 시작합니다."

마리오네트의 검은 눈동자가 멍하니 피터를 바라보았다. 피터는 경첩을 확인했다. 인형이 어떻게 움직이는지 알려주려고 볼라가 인형을 분해했다는 사실이 믿기지 않았다. 불현듯 볼라의 비밀 철학 빙고 카드가 피터의 마음속에 떠올랐다.

'난 훌륭한 선생님이 되었을 것이다.'

결국 볼라가 옳았다. 그렇게 대단한 일을 하지 않고도 피터가 쉽게 요령을 터득할 수 있도록 볼라가 넌지시 연습을 시킨 것이다. 피터는 그렇게 생각했다. 자신이 조각하는 동안 지켜보라고 했던 것, 그리고 나서 피터가 스스로 이해하도록 도와준 것, 그리고 직접 대답해주지 않고 오히려 전부 다 물어보았던 것.

자신이 너무 위험하기 때문에 사람들 근처에 가지 않는다는 볼라의 말은 완전 틀렸다. 볼라를 아는 사람이라면 누구라도 그 사실을 말해줄 텐데…….

문제는 누구도 볼라를 알지 못한다는 것이다.

어쩌면 피터를 제외하고는.

피터는 마리오네트를 다시 벽에 걸었다.

"신드바드, 너한테 오늘 하루 휴가를 주어야 할 것 같아."

피터는 밖으로 나가서 나무 더미에서 손목 두께의 큰 가지를 골라냈다. 그러고는 다시 안으로 들어가서 큰 가지의 양쪽 끝을 톱으로 잘라내고 아래쪽에 못을 박았다. 이윽고 그 꼭대기에 록의 양철 그릇 둥지를 끈으로 묶었다. 그러고 나서 무대 위에 매달아두었다. 다음으로, 횟대에서 여자 마법사 인형을 들어 올려 왼쪽 다리 나사를 풀었다.

* * *

"준비됐니?"

볼라가 큰 소리로 외쳤다.

피터는 무대 뒤에 쌓아둔 건초 더미로 기어올라가서 여자 마법사의 조종 손잡이를 들었는데, 손이 떨리지 않아서 깜짝 놀랐다. 한 시간 전에는 너무도 확실했던 모든 것이 불현듯 지금은 끔찍한 생각처럼 보였기 때문이다.

볼라는 창고로 들어섰는데, 멜빵바지가 아닌 자주색 긴 치마를 입고 머리까지 말끔히 빗었다. 피터가 처음 보는 단정한 모습이었다. 볼라는 피터가 세운 무대를 보고 깜짝 놀랐다. 그건 과장이 아니었다.

"너 가구장이 소질이 있구나! 내가 견습생을 구한다면, 이 자리에서 곧장 너를 뽑겠어."

몇 분이 지나면 볼라는 피터를 어떻게 생각할까? 그렇지만 추측해보기에는 너무 늦었다. 피터는 거짓말을 했다.

"준비됐어요."

볼라는 머리 위 등불 네 개의 심지를 줄였다. 이윽고 볼라가 창고 한가운데로 의자를 끌어오는 소리가 들렸다. 피터가 말했다.

"이건 어떤 여자아이에 관한 이야기예요."

볼라가 가느다랗게 숨을 들이쉬는 소리가 들렸다. 그러고 나서는 아무 소리도 듣지 못했다.

커튼을 당기고 판자에서 여자 마법사 인형을 들어 올릴 때도, 복숭아를 닮은 인형의 배에 쌓아두었던 종자 씨를 쏟을 때도 듣지 못했다. 피터가 자신의 카무플라주 티셔츠로 인형을 감쌀 때도, 인형의 머리카락을 진흙 그릇 안전모에 집어넣을 때도 그리고 인형의 손에 막대기를 소총처럼 밀어 넣을 때에도 듣지 못했다. 인형에게 총을 쏘게 했을 때도, 인형의 다리에서 나사를 풀 때도, 인형을 둥지로 기어올라가게 했을 때도 아무런 소리도 듣지 못했다.

피터는 둥지에 불을 밝히며, 무언가 이의가 있기를 바랐다. 하지만 볼라는 아무 소리도 내지 않고 잠자코 있었다. 불꽃이 타올랐다. 피터가 마리오네트의 군복을 벗길 시간이었다.

피터는 여자 마법사 인형을 둥지에서 들어 올려 무대로 쓱 옮겼다. 무대에는 피터가 조각한 여우와 아이 인형이 놓여 있었다. 피터는 여자 마법사 인형의 몸을 숙여 아이에게 인사하게 하고, 돌아서는 여우를 쓰다듬게 했다. 마침내 커튼을 당겼다.

피터는 조종 손잡이를 들고 잠자코 있었다. 하지만 여전히 돌아오는 건 침묵뿐이었다. 피터는 몸을 뻗어 무대 너머를 쳐다보았다.

볼라의 시선은 피터를 지나쳐 바로 앞을 똑바로 바라보고 있었다. 볼라의 얼굴은 나무로 조각한 것처럼 뻣뻣하게 굳어 있었다. 뺨을 타고 흐르는 눈물이 깜빡이는 빛을 받아 일렁였다. 그러니까 볼라의 얼굴이 어쩐지 더 고상해 보였다.

"죄송해요. 저는 단지……. 아줌마는 수류탄이 아니에요. 아줌마는 착한 사람이에요. 저를 받아주고 연습시키고 있잖아요, 제가 팍스를 데려올 수 있게……."

"날 좀 혼자 있게 내버려둬, 꼬마야."

볼라의 목소리는 딱딱하게 굳어 착 가라앉았다.

"잠깐만요. 뭔가 벌을 받겠다며 여기에서 아줌마 인생을 허비하는 건 어리석다고 생각해요. 제 말은, 그러니까 어쩌면 그 사람은 그 책은 신경도 안 썼을지도 몰라요. 어쩌면 그 전날 밤 포커 게임에서 그 책을 딴 건지도 몰라요. 아마도 그 사람이 신경 쓰는 건……. 모르겠어요."

피터는 잠자코 있다가 말했다.

"선생님이라든가 뭔가가 되는 거……."

'선생님'이라는 말에 볼라가 피터를 향해 고개를 치켜들었다. 하지만 피터는 그 시선을 피했다.

"그래요, 어쩌면 그 사람은 선생님이 되고 싶었을지도 몰라요. 그러니까 어쩌면 아줌마는 그 사람을 위해서라도 밖에 나가서 선생님이 되어야 해요. 그런데 아줌마는 아무것도 모르잖아요. 그러니까 아줌마는 나가서 아줌마 삶을 살아야 한다고 생각해요. 그러니까 제 말은, 예전에 무슨 일로 완전히 엉망진창이 되었든, 아줌마는 불사조 피닉스처럼 다시 시작할 수 있다고요."

"네가 무슨 말 하는지 알아. 네 말이 틀린 건 아니야. 하지만 지금은 여기에서 나가. 날 좀 내버려두라고."

피터는 뭐라고 반박하고 싶었다. 하지만 볼라가 꼼짝 없이 앉아 있는 모습에 주눅이 들고 말았다. 볼라는 머리를 높이 쳐든 채 울고 있었다. 목으로 눈물이 흘러내렸다. 피터는 여자 마법사의 조종 손잡이를 둘둘 말고는 건초 더미에서 내려와 목발을 들었다. 창고의 침묵이 감당할 수 없이 크게 느껴졌다.

"네, 알았어요."

피터는 침묵을 깨기 위해 그냥 그렇게 말했다.

어둠 속에서 오두막으로 가는 발걸음이 영원처럼 길게 느껴졌다. 오두막 안의 부엌 조리대 위에 뚜껑을 덮어둔 접시가 놓여 있었다. 피터는 문틀에 구부정하게 몸을 기댔다. 죄책감이 밀려왔다. 볼라는 피터를 위해 저녁 먹고 남은 음식을 그렇게 남겨두었다.

"너 이 닭고기 이따 밤에 깨끗하게 먹어 치워, 내 말 알겠지?"

또다시 죄책감이 밀려왔다. 볼라는 닭을 죽였다. 자주 있는 일이 아니었다. 피터에게 단백질을 좀 더 공급해주고 싶어서 그랬을 것이다.

피터는 문틀에서 발을 질질 끌고 걸어가 난로 옆에 놓인 성냥 상자를 집었다. 볼라가 저기 밖에서 얼마나 오랫동안 있을지는 모르겠다. 하지만 볼라가 돌아왔을 때 오두막이 춥고 어둡지는 않을 것이다. 피터가 볼라를 위해 해줄 수 있는 건 이 정도밖에 없었다. 피터는 등불을 모두 밝히고 나서 저녁마다 볼라가 하던 대로 불을 지폈다.

그곳에 앉아 점점 커지는 불을 바라보면서, 자신이 했던 말을 전부 되짚어보았다. 그건 전부 진실이었다. 그러니까, 그 군인이 선생님이 되고 싶어 했을지도 모른다는 말은 어쩌면 지나친 말이었을지도 모른다. 하지만 누가 알까? 어쩌면 정말 그랬을지도 모르잖아? 아니, 피터가 마음에 없는 말을 한 건 단 하나도 없었다. 후회될 건 없다.

갑작스럽게 바람이 굴뚝으로 내려오는 바람에 불꽃이 출렁거렸다. 피터는 손을 내밀어 신문을 가져왔다. 신문을 뭉치는데, 헤드라인 글귀가 피터의 눈길을 사로잡았다.

'교전 준비 중인 군대, 안전 위해 주민 이주시키다.'

피터는 신문지를 쫙 펴서 읽었다. 지도를 살펴보았는데 도저히 믿을 수가 없었다.

피터는 목발을 움켜잡고 현관으로 쏜살같이 달려 나갔다. 그 바람에 프랑수아가 보금자리에서 기어나와 어둠 속으로 후다닥 튀어 나갔다. 피터는 배낭 속에 옷을 쑤셔 넣고 나서 주위를 둘러보았다. 방 안에서 피터의 물건은 피닉스 장식 팔찌, 엄마 사진, 야구 글러브와 공뿐이었다. 피터는 볼라가 찾아낼 수 있도록 해먹에 팔찌를 걸쳐두었다. 다른 물건은 배낭에 집어넣고, 부억으로 휘청휘청 걸어갔다.

볼라가 안으로 들어오고 있었다. 볼라는 못에 모자를 걸고 불을 살핀 뒤에 피터를 돌아보았다. 그리고 피터의 배낭을 보았다.

피터는 그 신문을 볼라에게 건넸다.

볼라는 신문을 훑어보고는 무슨 영문인지 몰라 피터를 쳐다보았다.

피터는 지도를 가리키며 울먹였다.

"군인들이 차단한 지역 보여요? 제가 팩스를 놓고 온 곳에서 고작 5킬로미터 정도밖에 떨어지지 않은 곳이란 말이에요."

"확실해? 여긴 넓은 지역이……."

"확실해요! 여기 텅 빈 데 보이죠? 폐허가 된 밧줄 공장이에요. 높은 돌담이 전부 둘러쳐져 있어요. 거기서 강을 건널 수 있는 유일한 지점을 내려다볼 수 있어요. 나머지는 골짜기예요. 사람들이 강을 차지하려 서로 싸우는 곳이라고요. 친구들이랑 저는 그 공장 터에서 전쟁놀이를 하곤 했어요. 매복하기에 완벽한 곳이라고 우리끼리 말했어요. 우리는 전쟁놀이를 했어요! 제가 그곳으로 올라가는 길에 팩스를 남겨두고 왔어요. 그러니까…… 그곳은 안전할 줄 알았으니까요."

그 '안전'이란 단어가 목구멍에서 꽉 걸렸다. 피터는 몸을 일으켜 세웠다. 운동복을 움켜잡으려 문에 걸린 못으로 휘청휘청 걸어갔다.

"잠깐만. 군인들이 그곳에서 전투를 준비하고 있어. 정신 나간 짓 하지 마."

"정신 나간 게 아니에요. 이건 옳은 일이에요. 이제 난 알아
요. 그 치즈 기억나요? 아줌마가 나한테 무슨 치즈 좋아하냐고
물었잖아요. 그런데 난 몰랐어요! 우리 아빠는 체다 치즈를 좋
아해요. 그래서 우리 집에 체다 치즈가 있었던 거예요. 아마도
나는 다른 뭔가를 좋아했을 거예요. 아줌마의 이야기처럼요. 나
한테는 자신이 누구인지 잃어버리는 증후군이 있었던 거예요.
난 팍스를 떠날 때 뭐가 옳고 뭐가 그른지 기억하지 못했어요.
하지만 지금은 알아요. 지금 내가 거기 가야 한다는 걸 안다고
요. 전 그걸 알아요."

"좋아. 어쩌면 그럴지도 모르지. 하지만 넌 아직까지 다리가
하나뿐이야. 그건 불가능해. 이 거리를 좀 보라고."

볼라가 지도를 들고 자리에 앉았다.

"아니요! 저는 이미 시간을 충분히 낭비했어요. 더 이상 아무
말도 듣지 않을 거예요."

"기다려봐!"

볼라가 신문을 들어 올리며 말했다.

"이리 좀 와봐. 이거 좀 보라고."

피터는 얼굴을 찌푸렸지만, 목발을 짚고 휘청휘청 다가갔다.

"로버트 존슨 기억하지? 내가 말했던 버스 운전사 친구. 그 사
람이 네 편지를 부치고 있는 거 알지? 여기 이 지점 보이니?"

볼라는 그 기사 속 지도 왼쪽 위의 귀퉁이를 툭툭 쳤다.

"저 마을은 로버트 존슨의 버스가 지나다니는 길에서 마지막으로 들르는 곳이야. 그 사람이 화요일하고 토요일 11시 10분에 이곳을 지나가. 그리고 지도 속 이 마을은 일 끝나고 밤에 그 사람이 차를 대는 곳이야. 내가 내일 버스를 태워주면 어떨까? 그러면 적어도 400킬로미터는 절약할 수 있을 것 같은데. 나머지 60킬로미터 정도는 네가 직접 걸어가야 하겠지만. 지금 내 말 듣고 있니?"

피터는 목발을 내려놓고 의자에 털썩 주저앉았다. 마음이 놓여 다리가 풀렸다.

"저를 위해 그렇게 해주시겠어요? 그깟 60킬로미터. 그건 아무것도 아니에요."

"아니. 목발을 짚고 60킬로미터나 되는 숲과 언덕을 지나가는 건 아무것도 아닌 게 아니야. 적어도 사흘은 걸려. 넌 거의 초주검이 될 거야. 그렇지만 넌 해낼 수 있을 것 같아. 그러니까 오늘 밤은 여기서 지내는 거야. 괜찮지?"

피터는 볼라의 손을 잡고 눈을 들여다보았다.

"괜찮아요."

창고에서의 일 때문인지 볼라의 얼굴에는 아직 눈물 자국이 남아 있었다. 피터는 엉망진창의 상황을 뻔히 알면서도 그대로 떠날 수는 없다는 걸 깨달았다. 그리고 돌이킬 시간이 그리 많지 않았다. 피터는 다시 말했다.

"괜찮아요, 대신 세 가지 조건이 있어요."

보름달이 숲 사이로 부드럽게 비추었다. 달은 마치 팍스가 일주일 전에 먹었던 알 같았다. 강가를 터벅터벅 걷는 팍스는 배가 꼬였다.

소년이 팍스를 버려두고 간 지 일주일하고 반이 지나는 동안 고작 세 번 배불리 먹을 수 있었다. 마지막으로 먹은 음식은 강둑에 있던 썩은 생선 무더기였는데, 몇 분 지나서 몽땅 게워냈다. 팍스는 자신이 낚아채온 햄을 브리스틀과 런트가 먹어 치우는 모습을 의기양양하게 지켜보았다. 그렇지만 자신은 햄에 입도 대지 않았다. 여전히 팍스에게는 사냥의 운이 따라주지 않았다. 팍스는 삐쩍 말랐다. 털이 숭숭 빠지고 근육은 점점 줄어들고 있었다.

이제 팍스의 코는 인간의 야영지에 익숙해졌다. 풍요로운 음식 냄새는 언제나 팍스를 괴롭혔다. 지난 이틀 동안 군인들이 점점 더 많이 도착하고, 수백 명이 떼 지어 남쪽으로 향했다. 무시무시한 군인들 때문에 땅이 쩌렁쩌렁 울렸다. 어쨌거나 팍스는 배가 고팠다.

잠든 런트를 지키고 있는 브리스틀을 넘겨다보며, 팍스는 떠나겠다는 신호를 보냈다.

위쪽으로 야영지가 곧장 보였지만, 팍스는 자신이 예전에 왔던 길을 택했다. 골짜기 위쪽으로 갔다가 능선을 가로지르는 길이었다. 벽 위의 수비대가 강 쪽을 향해 자리를 잡고 있었기 때문이다.

팍스는 흔적을 남기지 않으려 물속에 있는 돌멩이 위로 걸었다. 멀리 엉망진창이 된 조용한 들판을 감싸는 밤의 소리를 듣기 위해 팍스는 귀를 쫑긋 세웠다. 지금 그 소리를 알았다. 그 소리가 팍스에게는 위안이 되었다. 박쥐가 큰 소리로 울어대고, 스컹크가 조심성 없이 아장아장 걸어가고, 들쥐가 땅 밑을 분주히 돌아다니고, 멀리 올빼미가 울어대는 소리. 이 모든 소리는 팍스가 혼자 사냥하고 있지 않다는 걸 알려주었다.

팍스 자신은 아무 소리도 내지 않았다. 그레이와 브리스틀에게 몰래 다니는 비결을 배웠기 때문이다. 팍스는 그림자처럼 능선을 미끄러지듯 언덕을 가로질러 야영지의 음식 텐트로 스며들어갔다.

오늘 밤에는 쉽게 훔쳐갈 수 있는 고기가 매달려 있지 않았다. 대신 탁자에 야채와 빵이 산더미처럼 쌓여 있었다. 팍스는 바닥으로 치즈 한 덩이를 떨어뜨렸다. 맛이 진하고 야릇했다. 그래도 배가 빵빵하도록 게걸스럽게 먹어 치웠다. 브리스틀을 위해 한 덩어리를 들고 돌아서 나가는데 왠지 어디선가 맡아본 듯한 냄새가 팍스의 발걸음을 붙잡았다. 땅콩버터였다.

그 냄새는 커다란 철제 깡통에서 흘러나오고 있었다. 팍스는 치즈를 내려놓았다. 선 채로 깡통 가장자리에 대고 코를 벌름거렸다. 소년의 집 쓰레기통처럼 그 깡통에는 다양한 음식 쓰레기가 가득 찬 것 같았다. 하지만 온갖 것이 뒤섞인 냄새 위로 팍스가 간절히 원하는 한 가지 냄새가 피어올랐다. 기쁨에 겨운 팍스는 바르르 수염을 떨었다. 팍스는 뚜껑을 옆으로 살짝 밀었다.

투명한 병이 맨 위에 놓여 있었는데, 옆 부분에 아직 그 부드
럽고 매끈한 크림색의 뜻밖의 횡재가 두툼하게 묻어 있었다.

팍스는 병뚜껑 아래로 주둥이를 조금씩 움직여서 테두리 맨
위를 조심스럽게 물었다. 이렇게 하면 병이 팍스의 코를 덮지 않
고 잡을 수 있다는 걸 경험으로 알았다. 팍스는 철제 깡통에서
멀찍이 물러났다.

뚜껑이 돌바닥에 시끄럽게 떨어지며 고요한 밤 속으로 경고를
날렸다.

팍스는 탁자 아래 몸을 숨기고 꼼짝하지 않았다. 맥박이 빨라
졌다.

텐트의 건너편에서 덮개 문이 활짝 열렸다. 한 남자가 성큼성
큼 걸어 들어와 찰칵하고 불빛을 내뿜었다. 땅콩버터 냄새 위로

도, 팍스는 그 냄새를 알아차렸다. 소년의 아빠였다.

팍스는 발 하나를 들어 가장 안전해 보이는 방향 어디로든 뛰쳐나갈 준비를 했다. 남자는 텐트 주위로 불을 비추었다.

불빛이 팍스의 눈동자를 비추었을 때, 팍스는 움찔했다. 하지만 움직이지 않았다. 눈이 빛에 익숙해졌다. 남자는 쭈그리고 앉아 팍스를 응시했다. 팍스는 꼼짝하지 않은 채 발을 들고서 여전히 입에 병을 꼭 물고 있었다. 그러면서 자신을 살피는 남자의 얼굴을 들여다보았다.

남자는 뭐라 툴툴거리며 턱을 문질렀다. 그러더니 거칠게 웃음을 토해냈다. 팍스는 발을 살짝 내렸다. 그러면서도 시선을 떼지 않고 남자를 살폈다. 소년의 아빠가 다시 껄껄 웃었다. 몸을 일으키더니 텐트 덮개를 들어 올렸다. 그러고는 열린 틈으로 발을 휙 찼다.

팍스는 그 신호를 알았다. 이 사람은 종종 인간의 집 문에서, 여우 집 문에서 이런 신호를 보냈다. 그건 이런 뜻이었다.

'나가. 지금 당장 꺼지라고. 안 그러면 가만두지 않겠어.'

그 약속은 분명했다. 팍스는 안전을 약속하는 어두운 밤 속으로 후다닥 달아났다.

언덕 마루에 도착할 때까지 팍스는 속도를 늦추지 않았다. 그 병을 땅속에 묻고 나서 몸을 웅크린 채 서서히 떠오르는 빛 가운데에서 야영지의 상황을 지켜보았다. 따라오는 인간이 없다는 게 분명했지만 팍스는 동쪽으로 향했다. 30분 동안 이리저리 돌아가며 마침내 강으로 왔다.

팍스가 돌아왔을 때, 런트는 깨어 있었다. 런트는 폭발이 있고 나서 처음으로 일어나려 기를 쓰고 있었다. 브리스틀은 다시 누우라고 동생을 타일렀다.

팍스는 런트의 입술이 갈라지고 눈이 휑한 것을 알아차렸다.

"런트는 물이 필요해."

브리스틀은 강가로 시선을 돌렸다. 건강한 여우라면 크게 열 걸음 정도의 거리였다. 하지만 런트가 해낼 수 있을까?

런트는 앞발에 힘을 주었다. 몸을 일으키려 등에 힘을 주었다가 이내 놀라서 뒤를 휙 돌아보았다. 평생 일부분이었던 자신의 다리, 자신의 냄새만큼이나 일부분이었던 다리가 없었다. 런트는 몸을 구부려 상처에 코를 킁킁 댔다. 런트는 팍스를, 그러고 나서 브리스틀을 올려다보았다. 마치 왜 그런지 설명해달라는 것처럼…….

다시 런트는 몸을 일으키려 힘을 주었다. 하나 남은 뒷다리로 몸을 들어 올렸다. 하지만 이내 고통으로 울부짖으며 등을 땅에 대고 쓰러지고 말았다.

팍스는 펄쩍 뛰어가 런트의 상처 입은 다리 옆에 섰다.

런트는 한 번 더 앞발을 세우고, 그러고 나서 뒷다리 하나를 꼿꼿하게 세웠다. 하지만 역시나 쓰러지고 말았다. 이번에는 팍스의 강하고 큰 옆구리에 쿵 하고 부딪혔다. 게다가 울부짖지도 않았다. 런트는 비틀거리며 새로이 균형을 잡으려 했다.

런트가 균형을 잡자, 팍스는 물을 향해 한 걸음 걷고 기다렸다.

런트가 발을 내밀었다. 처음에는 앞발 두 개. 그러고 나서 달랑 하나 남은 뒷발로 질질 끌어 쿵 뛰었다. 그리고 다시 팍스에게 몸을 기대며 쓰러졌다.

다시 팍스는 한 걸음을 내디뎠다. 다시 런트가 따라왔다. 다시 그리고 또다시 한 번. 마침내 런트는 조금도 흔들리지 않게 되었다.

브리스틀이 앞서서 강둑으로 달렸다. 런트는 다친 발로 한 걸음씩 간격을 줄여가 마침내 강둑 옆에 쓰러져 목을 쭉 내밀고 시원한 물을 홀짝거렸다.

물을 실컷 들이켜고 나더니 눈을 감으며 머리를 내려놓았다. 하지만 브리스틀이 런트를 말렸다. 곧 날이 훤하게 밝아올 것이다. 그러면 사람들 눈에 띄고 말 것이다. 브리스틀은 강 위쪽 갈대밭으로 달려갔다.

런트는 절름거리며 브리스틀을 쫓았다. 여전히 서툴고 몸이 흔들려서 속도가 느렸다. 하지만 쓰러지지는 않았다. 팍스도 곁에서 런트를 따라갔다. 갈대밭에 도착했을 때, 아래 흐르는 시내에서 덤불이 흔들리는 소리가 들려 팍스는 소스라치게 놀랐다. 브리스틀도 고개를 확 돌리며 강 건너 같은 지점을 향해 귀를 쫑긋 세웠다. 덩치 큰 뭔가가 다가오고 있었다.

런트는 고개를 숙이고 달팽이에게 코를 벌름거렸다.

팍스와 브리스틀은 갈대밭 속으로 물러섰다. 브리스틀이 동생을 불렀다. 런트는 쳐다보지도 않았다.

수사슴 한 마리가 뿔을 툭툭 치며 갈대밭에서 걸어 나오더니 강 속으로 첨벙 들어갔다.

브리스틀은 다시 동생을 향해 짖어댔다. 또다시 런트는 못 들은 체했다.

사슴이 아직 멀쩡한 언덕의 싱싱한 풀을 향해 맞은편 강둑 위로 올라섰다. 강가에서 사슴이 발굽을 들어 올렸다. 사슴이 발굽을 내려놓자, 땅이 심하게 흔들렸다. 풀이 하늘 높이 솟구쳤다. 수사슴이 붕 떴다가 등이 뒤틀리며 몸이 부서져 내렸다.

런트는 땅이 흔들리자 겁을 집어먹고 울부짖었다. 브리스틀과 팍스는 런트를 얼른 시커멓게 타버린 갈대밭으로 이끌고는, 괜찮다며 런트가 알아듣게끔 달랬다. 마침내 런트는 자신이 다치지 않았다는 걸 이해했다.

여우들은 군인들이 언덕을 내려와 죽은 사슴 몸통 위로 빛줄기를 비쳐 훑어본 뒤 다시 돌아가는 모습을 지켜보았다. 분홍빛 태양이 소나무 위로 떠오르자 들판의 넓은 풀밭이 그물처럼 빛났다. 들판에서 사는 쥐들이 강둑의 싸늘한 시체를 향해 비틀비틀 걸어 나왔다. 쥐들은 멍하니 어리둥절한 채로, 손쉽게 아침을 때우려고 했다. 브리스틀은 쥐들을 못 본 척 눈감아주었다. 마치 겁먹은 짐승들을 보호해야 한다는 규칙에 복종하는 것처럼……

브리스틀은 멍하니 서서 연기가 피어오르는 들판 너머를 바라보았다.

"우리 여기서 빠져나가야 해. 어서."

브리스틀 말이 맞다. 팍스는 브리스틀을 따라 갈대밭을 나섰다. 브리스틀이 런트를 불렀다. 런트는 방황하는 들쥐 한 마리를 지켜보고 있었다. 누나를 향해 귀조차 까딱 움직이지 않았다.

그 순간 팍스는 알아차렸다.

"런트가 소리를 못 들어."

피터가 부엌으로 들어왔을 때, 볼라는 벌써 커피를 마시는 중이었다. 볼라도 피터만큼이나 잠을 이루지 못했다. 피터는 한밤중에 볼라가 창고로 나가는 소리를 들었다. 볼라는 거의 동이 틀 때까지 오두막으로 돌아오지 않았다. 볼라가 커피 잔을 들며 말했다.

"가기 전에 아침 먹을래?"

피터는 고개를 저었다.

볼라는 고개를 끄덕이더니 피터에게서 배낭을 낚아채고는, 배낭 안으로 갈색 종이 봉지를 쑤셔 넣었다.

"먼저 햄 샌드위치부터 먹어. 햄은 쉽게 상하니까. 연고 하나 넣었어. 하루에 두 번 발라. 네 보온병에 물은 채워놓았어. 하지만 샘물을 계속 찾아야 할 거야. 깁스는 물에 닿지 않게 조심하고. 명심해. 비가 오면 깁스를 쓰레기봉투로 둘둘 감아야 할 거야."

볼라가 배낭을 내려놓을 때에야 피터는 알아차렸다. 볼라는 양쪽 신발을 두 개 다 신고 있었다.

"어, 아줌마 그거 달았네요."

볼라는 작업복 바지 아랫단을 들어 올리며 말했다.

"첫 번째 조건."

피터는 잠시 뒤에 겨우 말했다.

"와우, 빌어먹을. 옛날 나무다리는 어디에 있어요?"

볼라는 팔걸이의자에 머리를 기대고 끄덕였다.

"어떻게 할지는 나도 몰라. 어쩌면 허수아비한테 신길지도 모르지."

즉시 확신에 찬 피터가 난롯가를 가리켰다.

"허수아비는 아니에요. 피닉스, 기억나요? 자신의 물건을 모두 둥지 안에서 태우잖아요."

볼라는 한숨을 쉬었다. 하지만 피터의 말을 따랐다. 피터는 꺼져가는 불꽃 속의 석탄을 휘휘 젓고는 불쏘시개를 몇 개 가져다놓았다. 볼라는 그 나무다리를 가져왔다. 어쩐지 전보다 더 작아 보였다. 가죽 줄을 보니 마리오네트의 발과 손을 묶었던 줄이 생각났다.

"괜찮겠어요?"

242

"난 괜찮아."

볼라는 나무다리를 불꽃 위에 올려두었다. 두 사람 다 불이 붙을 때까지 지켜보았다.

볼라가 먼저 발걸음을 뗐다.

피터는 보철다리를 단 볼라의 발걸음이 무척 부드럽다는 걸 알아차렸다. 사람들은 볼라의 의족을 눈치채지도 못할 것이다. 피터는 불 위로 철망을 잡아당겼다. 오늘 볼라가 집에 도착하면, 잿더미밖에 남은 게 없겠지.

"다른 두 가지 조건은 다 된 거예요?"

피터는 부엌으로 볼라를 따라가며 물었다.

"도서관에서 알게 되겠지. 어쨌든 내가 벌써 트랙터를 빌려뒀어."

"트랙터요?"

"안 그러면 우리가 어떻게 마리오네트 스무 개를 싣고 마을로 가겠니?"

"트랙터를 타고 도서관에 간다고요?"

"트랙터를 타고 도서관에 갈 거야. 네가 나한테 말해주지 않은 마법의 카펫을 가지고 있지 않는 한 말이야. 너, 버스를 잡아 타려면 곧 출발해야 해. 그러니까, 준비됐니?"

"네. 필요한 건 전부 챙겼어요."

"글쎄, 과연 다 챙겼을까?"

볼라가 문 뒤로 가서 뭔가를 꺼내왔는데, 피터는 정말이지 깜짝 놀랐다. 피터는 무슨 말을 해야 할지 말이 나오지 않았다.

"이게 뭔지 알지, 응?"

야구 방망이는 완벽할 정도로 매끄러웠다. 무게도 묵직하고 균형도 맞았다. 방망이를 들어보니, 세상이 느릿느릿 움직이는 것 같았다.

"아줌마가 이걸 만드셨군요. 하지만 전 이거 필요 없는데……."

"필요한 것 같더라. 어쩌면 네가 가려는 그곳에 갔을 때, 그 이유를 알게 될 거야."

방망이를 건네받는데 왠지 모르게 마음이 아팠다. 볼라는 피터에게 줄 이 방망이를 깎느라고 지난 밤 그토록 늦게까지 깨어 있었던 것이다. 볼라는 무척 자랑스러워 보였다. 어쩌면 피터가 다시 방망이를 가질 시간인지도 몰랐다. 피터는 목발에 균형을 잡고는 천천히 움직였다.

불쑥 나쁜 기억이 피터에게 밀려왔다.

일곱 살 때의 분노. 자신이 통제할 수 없었던 난폭함. 그 난폭함으로 인해 점점 커져가는 공포. 엄마가 마당에 장식용으로 두었던 파란색 유리 공이 산산조각 나고……. 그리고 엄마가 흘리던 눈물.

"넌 그 성질 좀 죽여야 해. 제발 아빠 닮지 마."

엄마는 피투성이 손가락으로 하얀색 장미꽃에서 파란색 유리조각들을 주웠다. 엄마가 차를 타고 떠나는 모습을 지켜보며, 피터는 너무나 부끄러웠다.

피터는 배낭 속으로 방망이를 밀어 넣었다. 늘 방망이를 위한 자리가 있었던 것처럼 꼭 맞았다. 믿기지 않았다.

피터는 배낭을 들어 올렸다. 아래에 접힌 신문이 있었다. 피터는 신문을 들어 올렸다. 문득 날짜에 시선이 갔다.

피터는 의자에 털썩 주저앉고 말았다. 누가 배를 발로 찬 것만 같았다.

"뭔데 그래?"

"아빠는 알았던 거예요."

피터는 탁자 너머로 신문을 아무렇게나 밀며 말했다.

"아빠는 알고 있었어요. 이건 2주나 지난 신문이에요. 그러니까 아빠는 우리가 팍스를 떠나보낼 때 이미 알았다고요."

숨쉬기가 힘들었다. 마치 칼로 허파를 후벼파는 것 같았다.

"거기가 안전할 것 같아서 그 낡은 공장 터에 팍스를 남겨두자고 제가 아빠한테 부탁했을 때, 아빠는 이미 알고 있었다고요."

손이 불에 덴 것처럼 화끈화끈 뜨거웠다. 피터는 손을 내려다보았다. 공처럼 주먹을 불끈 움켜쥐었다. 그러고는 억지로 손을 폈다.

"어떻게 아빠가 그럴 수가 있어요?"

볼라가 걸어오며 조심스럽게 피터와 눈을 맞추었다.

"유감스럽구나. 정말 심했어."

피터는 입을 앙다물었다. 이가 바스러질까? 피터는 힘겹게 입을 열었다.

"어떻게 그런 짓을 할 수 있냐고요?"

"네가 화내는 거 이해해……."

피터는 다시 주먹을 불끈 쥐었다. 손톱이 손바닥을 아프게 찔렀다. 주먹을 두 무릎 사이에 넣고 힘을 꽉 주었다.

"아니요. 말씀드렸잖아요. 화난 게 아니에요. 난 아빠랑 같지 않거든요. 난 절대 아빠를 닮지 않을 거예요."

볼라는 피터의 맞은편에 앉았다.

"그래, 알아. 이제 알아. 하지만 쉽지 않을 거야. 넌 사람이야. 그리고 사람은 분노를 느끼니까."

"저는 아니에요. 분노는 너무 위험해요."

볼라는 고개를 뒤로 젖히고는 기가 차다는 듯이 소리쳤다.

"참나, 내가 얘기 하나 해줄까? 감정은 전부 다 위험해. 사랑, 희망…… 하! 희망! 너 지금 위험하다고 말했니, 어? 아니, 너는 어떤 감정도 피할 수가 없어. 우리한테는 모두 분노라고 부르는 짐승이 한 마리씩 있으니까. 분노는 우리한테 도움이 될 수도 있어. 나쁜 것들을 볼 때 분노를 느끼는 건 좋은 거야. 분노는 부당한 일들을 올바르게 바꾸어주지. 하지만 우선은 분노를 다루는 방법을 배워야 해."

피터는 합선이 일던 전선이 뚝 끊기는 느낌이 들었다.

"딱 한 번만이라도, 저한테 뭔가를 배워야 한다고 말하지 말아주실래요? 딱 한 번만이라도, 절 그냥 직접 도와주시면 안 되나요? 그러면 어디가 덧나요? 제발요. 전 이제 떠날 거라고요. 아줌마는 이런 거 전부 갖고 있잖아요."

피터는 게시판을 향해 손을 흔들며 덧붙였다.

"이 지혜들요. 떠나기 전에 저한테 조언을 해주면 정말 안 되는 건가요?"

"뭐, 내가 네 여행을 위해서 철학 빙고 카드를 주길 바라는 거야? 그러니까, 숲 속에서 꿀 냄새를 맡으면 도망쳐라, 곰이 가까이 있을 테니……."

"네, 그런 것 같아요. 하지만 그런 거 말고 진짜요."

"저런. 진짜라고? 나한테는 너를 이끌어줄 마법의 진실이 없어. 이건 네 여행이야, 내 여행이 아니라고. 하지만 네가 그렇게 원하니, 너를 위한 카드를 주지."

볼라 아줌마는 게시판에서 카드 하나를 떼어내 피터에게 건넸다.

"아무것도 안 적혀 있잖아요?"

"지금은 그래. 하지만 이번 여행에서 넌 그 카드를 채울 뭔가를 찾을 거야. 네 자신의 진실, 네 스스로 찾아낼 진실."

그 말에 피터는 갑작스레 기운이 빠졌다. 마치 몇 년 동안 바짝 긴장하고 있었던 것 같았다. 피터는 너무 오랫동안 혼자였다.

볼라가 피터를 살펴보았다.

"단일성은 늘 이 세상에서 자라고 있어, 꼬마야. 둘이지만 둘이 아니야. 늘 거기에 존재해. 뿌리와 뿌리를 연결시켜주지. 난 그 일부가 될 수 없어. 그건 내가 세상에서 도망쳤기에 치르는 대가야. 하지만 넌 할 수 있어. 넌 그 심장박동이 뛰는 곳으로 움직일 수 있어. 네 스스로 해내야 할 거야. 하지만 넌 절대 혼자가 아니야."

"제가 길을 잃으면 어떻게 해요?"

"넌 길을 잃지 않을 거야."

"벌써 길을 잃은 것만 같아요."

볼라는 탁자 너머로 피터의 머리를 꼭 움켜잡았다.

"아니, 넌 길을 찾았어."

볼라는 자리에서 일어났다. 지나가며 피터의 머리카락에 입을 맞추는 것을 피터는 느꼈다.

트랙터는 사실 그렇게 편안하지 않았다. 오히려 느리고 쿵쿵거리는 데다 시끄러웠다. 너무 시끄러워서 바로 옆에 앉아 있는데도 두 사람은 쉽사리 이야기를 주고받을 수가 없었다. 그거라면 괜찮았다. 생각할 게 엄청 많았으니까. 그런데 덜 덜컹거리는 고속도로 갓길로 들어선 뒤에도 볼라는 여전히 말이 없었다. 피터는 볼라도 뭔가 생각할 게 많은가 보다고 짐작했다. 그런데 볼라가 머리 위쪽에서 빙빙 돌아가는 매 한 마리를 가리켰을 때, 피터는 항상 물어보고 싶었던 게 떠올랐다.

"아줌마랑 새랑 무슨 관련 있어요? 그 깃털 말이에요."

볼라는 생가죽 목걸이에 걸린 깃털을 톡톡 두드리며 씩 웃었다.

"티 포울이야. 내가 태어났을 때 우리 부모님은 새 한 마리를 떠올렸지. 내 머리카락이 깃털처럼 딱 달라붙었거든. 난 목이 가늘었는데, 항상 먹을 것을 달라고 빽빽거렸다는 거야. 내겐 크리올* 사람의 피가 흘러. 이탈리아 피도 살짝 섞였고, 다른 피도 많이 섞여 있어. 하지만 우리 부모님은 자신의 문화에서 새를 존중한 사람들을 떠올렸어. 그래서 내게 볼라라는 이름을 지어주셨지. 그건 이탈리아말로 '하늘을 난다'는 뜻이거든. 그런데 우리 부모님은 나를 '티 포울'이라고 불러. '병아리'란 뜻이야.

우리 닭들이 깃털로 나를 아름답게 꾸며주지. 난 내가 태어났을 때 누군가 나를 한 마리 새로 보았다는 걸 기억하려고 그걸 차고 다니는 거야. 그게 전부야. 뭐 대단한 이야기도 아니야."

하지만 피터는 근사한 이야기라고 생각했다. 그리고 그 이야기는 볼라가 록을 들어 올릴 때 언제나 얼굴 가득 띠는 표정이 왜 그런지 알려주었다. 볼라에게는 록을 넘겨주는 일이 가장 힘들 거다.

피터는 몸을 돌려, 마리오네트를 넣어 끈으로 묶어둔 통나무 상자 네 개를 쳐다보았다. 볼라가 저 상자를 보고 관이 떠오르지 않기를 바랐다. 그 대단한 인형들은 이제 곧 살아날 거다. 진짜로 살아서, 진짜 바깥 세상에서……. 그저 무슨 속죄의 일환으로 공연하기 위해 존재하는 게 아니라…….

---

* Creole. 서인도제도나 남미 정착민의 후예로 유럽인과 흑인의 혼혈인.

어쩌면 볼라도 살아날 거다. 하지만 그건 도무지 물어볼 수가 없었다. 피터는 여전히 궁금했다. 그런데 그때 트랙터가 도서관 주차장에 털털거리며 멈추었다. 트랙터는 주차 공간을 세 칸이나 차지했다.

볼라는 트랙터에서 내려 상자 하나를 들어 올렸다. 피터는 볼라를 따라갔다. 하지만 넓은 벽돌 계단에서 발걸음을 멈추고 볼라의 어깨를 톡톡 두드렸다.

"있잖아요, 아줌마. 도서관에서는 조금 조심하셔야 할 거예요."

"조심하라고?"

"그거…… 그 말요. 아시잖아요?"

볼라는 멍하니 피터를 쳐다보았다. 피터는 볼라에게 설명해주어야 했다.

"도서관은 사람들이 '빌어먹을'을 많이 말하는 그런 장소가 아니라고요."

"이런, 제발. 나도 그건 알거든, 꼬마야."

볼라가 목소리를 낮추어서 말했다. 그래도 웃음기는 머금고 있었다. 피터는 문을 열어 볼라를 안으로 들어가게 해주었다.

도서관 사서는 보석을 한 주먹 뿌려놓은 것 같은 사람이었다. 밝은 산호색 스카프, 금색 실크 블라우스, 사파이어 빛 파란색 치마. 사서는 볼라가 들어와 상자를 탁자 위에 내려놓자 미소를 지었다. 뚜껑을 열자, 사서의 입이 쩍 벌어졌다. 피터도 저 인형들을 처음 보았을 때 할 말을 잃었던 자기 모습이 떠올랐다. 볼라가 편하게 이야기하도록 피터는 문 밖으로 물러났다.

아침에 드리웠던 구름이 사라지고 하늘이 눈부실 만큼 밝게 빛났다. 주변의 소리도 여느 때보다 더 또렷하게 들렸다. 아니, 어쩌면 지난 2주 동안 너무나 조용한 곳에 있었기 때문인지도 모른다. 멍멍 짖어대는 개 한 마리, 수다를 떠는 여자 둘, 끽 브레이크 소리를 내는 자전거, 주차장 옆 운동장에서 고함치는 아이들. 피터는 이 모든 소리가 그리웠다. 피터는 세상이 그리웠다. 볼라도 내내 이런 것들이 그리웠을까? 피터는 문득 궁금했다.

피터는 뛰어노는 어린아이들을 잠깐 지켜보려 그쪽으로 발걸음을 옮겼다. 대부분의 아이들은 여기저기 흩어져서 돌아다니며, 벤치에 뛰어올랐다가 내려가기도 하고 새로운 놀이라도 되는 것처럼 그네를 찰싹찰싹 내려치기도 했다. 담황색 머리칼을 뒤로 질끈 묶은 여자아이 하나가 모래 웅덩이 안에서 얼굴을 찌푸리고는 이쪽에서 저쪽으로 한 삽 한 삽 열심히 흙을 퍼 나르면서 혼자 놀고 있었다. 한 소년이 빛바랜 빨간색 티셔츠를 입고는 모래 웅덩이 모퉁이에 앉아서, 따분한 표정으로 야구 글러브 안에 고개를 처박고 있었다.

유격수, 그 야구 연습 때 보았던 유격수였다.

피터는 그 아이에게 가까이 다가가 말을 걸었다.

"안녕."

소년이 고개를 들더니 일어섰다. 마치 싸울 태세였다. 소년은 피터의 목발을 향해 고개를 끄덕였다.

"네가 왜 나타나지 않았는지 궁금했어."

"시합 어땠어?"

유격수가 비아냥거렸다.

"너희가 우리를 묵사발 낸 걸 모르는 것처럼 말하네."

소년은 어린 여자아이의 삽을 잡고, 소녀에게 분홍색 운동복을 건넸다.

"어서. 집에 가자."

"기다려."

피터는 무척이나 당황스러웠다. 어쩌면 소년은 일주일 동안 외톨이로 지내느라 이상해진 건지도 몰랐다. 소년은 자기 동생을 모래 웅덩이에서 일으켜 세워서 떠나려 했다. 하지만 피터는 그렇게 내버려둘 수는 없었다.

"기다려! 넌 네가 언제 야구장에 올라갈지, 무얼 할지 알고 있어. 그리고 넌 준비되어 있어, 안 그래? 경기가 시작하려 할 때, 글러브가 네 손의 일부가 되려 할 때, 넌 정확히 어디에 있어야 하는지 알지? 그 느낌, 넌 그게 평화라고 생각하니?"

소년은 피터를 향해 얼굴을 찌푸렸다. 그러면서 피터와의 만남을 애써 떨쳐내고 싶은 것처럼 고개를 절레절레 저었다. 그러더니 동생의 손을 잡고 성큼성큼 걸어가기 시작했다. 피터는 그두 아이가 운동장을 떠나는 모습을 그저 바라볼 수밖에 없었다. 뭔가 소중한 것이 스르르 빠져나가는 것 같았다.

그런데 그 유격수가 운동장 입구에서 몸을 돌렸다. 그 애는 꽤 멀리 떨어져 있었다. 그래도 더 이상 얼굴을 찡그리지 않는 것처럼 보였다. 그 애는 한 손을 들어 올리고는 평화의 표시로 손가락 두 개를 위로 쭉 뻗었다. 피터도 똑같이 그 애에게 손가락 두 개를 쭉 내밀었다.

도서관 사서는 마지막 상자를 풀고 있었다. 대여섯 명의 아이들이 모여들었다. 사서가 마리오네트를 하나씩 들어 올리자 아이들은 입을 떡 벌린 채 활짝 미소를 지었다. 볼라는 옆에 서서 지켜보았다. 몸을 돌려 나가려다가 피터의 모습을 보았다.

피터는 목발을 내밀어 볼라를 막아 세웠다.

"세 번째 조건요!"

피터는 사서를 살짝 돌아보며 볼라에게 말했다.

볼라는 쭈뼛쭈뼛 망설이는 표정으로 피터를 바라보았다. 볼라가 사서에게 다시 향했다.

"깜빡하고 말을 안 했어요. 일주일에 한 번 들를게요. 아이들한테 그걸 어떻게 움직이는지 가르쳐줄게요."

사서가 환하게 미소를 지었다. 서서히 퍼지는 사서의 미소를 보자 피터는 녹아내린 캐러멜이 생각났다.

"정말 근사하겠어요."

볼라는 문을 향해 나섰다. 하지만 피터가 다시 한 번 길을 가로막았다.

볼라가 양손을 들어 올렸다.

"또 뭐?"

피터는 손가락 두 개를 들었다.

"뭐? 아, 알았어."

볼라는 탁자로 다시 걸어갔다.

"저기요, 일주일에 두 번. 일주일에 두 번 올게요. 아이들 가르치러."

사서는 갑작스레 얼굴 가득 웃음을 지었다.

"아이들이 무척 좋아할 거예요. 저도 더 자주 만나서 좋고요, 볼라. 끝나고 나서 저기, 커피 한잔해도 좋고요."

방울을 달아 머리를 땋은 어린 여자아이가 볼라의 작업복 옷자락을 쿡쿡 찔렀다. 그 애는 코끼리 마리오네트를 가리키며 큰소리로 물었다.

"코끼리가 춤추게 하려면 어떻게 해요?"

피터는 숨을 죽이고 볼라를 쳐다보았다. 하지만 볼라는 직접 그 여자아이에게 가르쳐주는 대신, 몸을 웅크리고 코끼리를 자세히 살펴보았다. 보철다리 덕분에 동작이 훨씬 유연해진 걸 피터는 알아차렸다. 볼라에겐 지금 발목 관절이 있었다. 이렇게나 간단하게 유연해질 수 있었던 것을. 그동안 볼라는 정말 많은 걸 포기하고 살아왔다.

"왜 코끼리가 춤추고 싶다고 생각하는데?"

볼라가 물었다.

"발톱이 빨개요, 내 발톱처럼요."

어린 소녀는 샌들을 신은 발가락을 꼼지락거렸다. 그러더니 손을 들어 볼라의 목에 두른 깃털을 쓰다듬었다.

볼라는 소녀의 손이 닿자 움찔했다. 피터는 다시 숨을 죽였다. 하지만 볼라는 그저 손을 뻗어 소녀의 노란색 목걸이를 어루만졌다.

이윽고 볼라는 책상 너머의 시계를 가리켰다. 거의 11시가 다 되었다.

"지금 당장 꼭 해야 할 중요한 일이 있어. 하지만 30분 있다가 돌아올게. 그때도 네가 여기 있으면 코끼리를 어떻게 춤추게 하는지 가르쳐줄게."

두 사람이 피터의 배낭을 움켜잡고 길을 건널 즈음, 버스는 이미 정류장으로 서서히 들어서고 있었다. 볼라가 버스표를 사러 간 사이에 피터는 버스를 타려는 사람들 무리를 향해 나아갔다. 등골을 타고 서늘한 바람이 지나갔다. 심판이 "플레이 볼!" 하고 소리칠 때마다 느꼈던 전율과 같았다.

볼라가 피터에게 버스표를 건넸다. 손에 놓인 버스표는 그것이 지니고 있는 힘에 비해 너무 작아 보였다.

"저 갈게요. 가서 팍스를 찾을게요. 고마워요."

버스 문이 끽 열리자 볼라가 버스 안으로 몸을 기울였다. 그러고는 운전수를 향해 주의를 주었다.

"로버트, 이 애 우리 친척이야. 여기 왔다가 이제 집으로 돌아가는 거야. 무사히 집에 데려다줘."

볼라는 뒤로 물러섰다. 나이 든 부부가 비틀비틀 버스에 올라타기 시작했다. 피터는 배낭과 목발을 들어 올렸다. 버스를 향해 한 걸음 옮겼다. 이윽고 뒤를 돌았다.

"제가 친척이에요?"

"내가 아는 한 진실이지. 자, 이제 버스에 타라."

버스의 계단은 높았다. 하지만 피터는 쉽사리 몸을 들어 올렸다. 앞에 자리를 잡고 희뿌연 유리창 너머로 볼라를 향해 엄지손가락을 들어 올렸다. 피터는 이제 튼튼했다. 준비가 됐다. 하지만 에어 브레이크가 소리를 내자, 피터는 팔걸이를 움켜잡았다. 볼라가 점점 더 작아지며 멀어져가는 모습을 보면 마음이 많이 아플 것이다.

버스가 기어를 넣자 볼라가 창문을 옆으로 열라는 손짓을 했다.

"피터."

버스가 모퉁이를 돌아 휘청할 때 볼라가 소리쳤다.

"현관문은 열어둘게!"

팍스는 땅을 팠다.

런트를 골짜기 위로 옮기고 나서, 팍스와 브리스틀은 교대로 런트를 돌봐주었다. 보호의 약속. 둘은 런트의 튼튼한 뒷다리가 될 것이다. 런트의 귀가 되어줄 것이다. 런트는 안전했다. 브리스틀이 런트를 위해 넓혀준, 허물어진 마모트*의 굴속에서 런트는 새근새근 잠이 들었다. 그럼에도 팍스는 걱정스러웠다. 무언가가 다가오고 있었다. 땅을 파면서도 굴 앞쪽을 계속 지켜보았다. 발바닥이 거칠어졌다. 피는 흐르지 않았다.

사냥에서 돌아온 브리스틀이 팍스 앞에 다람쥐 한 마리를 내

---

* 다람쥐에 가까운 대형 설치류.

려놓았다. 이틀 전 치즈를 먹은 후 아무것도 먹지 못했지만 팍스는 다람쥐에게서 몸을 돌렸다. 브리스틀이나 런트에게서 먹이를 받지는 않을 것이다.

브리스틀은 다람쥐를 땅에 묻어두고 굴 옆에 누워 경계를 섰다.

팍스는 나가서 다시 빈터 주변을 걸었다. 좋은 위치였다. 인간들의 야영지와 가깝긴 했지만, 강 근처의 땅이 폭발해도 안전할 만큼 충분히 높았다. 빈터를 둥글게 둘러싸고 있는 향나무 덤불이 보호막이 되어줄 것이다. 무엇보다도, 향나무 덤불이 여우 냄새를 숨겨줄 것이다. 가까운 거리, 깨끗한 샘이 바위틈에서 방울방울 떨어져 내리고 풀밭에는 사냥감이 넘쳐난다.

그런데 뭔가 잘못되었다. 무언가 다가오고 있었다. 팍스는 숲을 지나 야영지 위 능선으로 이어진 지름길로 뛰어갔다.

소년의 아빠를 우연히 만나고 난 다음부터는 또다시 야영지를 습격하는 게 무척 조심스러웠다. 하지만 그러면서도 야영지에 더 끌렸다. 인간의 행동, 선의와 위협이라는 충돌하는 메시지를 담아 문가를 향해 신발을 차는 남자의 모습을 보고 나자 소년을 보호해야 한다는 사실이 다시 떠올랐다. 그 남자가 야영지에 산다면, 분명히 피터가 곧 그곳으로 찾아올 것이다.

오후 중반이었다. 팍스는 군인들이 강둑을 따라 흩어져서 더 많은 전선을 설치하고, 더 많은 구덩이를 파고, 뜨거운 태양 아래에서 시커먼 상자를 더 많이 묻는 모습을 지켜보았다. 인간의 땀 냄새에 공격성이 더해졌다.

그렇지만 팍스가 알아차린 위험은 그것보다 더 즉각적이고 더 원시적이었다. 팍스는 왔던 길을 다시 달려가서 그 빈터를 서성거렸다.

런트가 굴에서 눈을 깜빡이며 나오는 걸 보고 팍스는 서둘러 달려가 런트를 살펴보았다. 상처에서 피는 더 이상 흐르지 않았다. 냄새도 깨끗했다. 런트는 브리스틀이 땅에서 파내준 먹이를 못 본 체했다. 팍스는 런트가 목이 마르다는 걸 알아차렸다.

"내가 런트를 샘으로 데려갈게."

브리스틀이 따라오기 시작했다. 그러다 그냥 앉아서 이 두 여우가 가는 모습을 진지하게 지켜보기만 했다.

팍스와 런트가 돌아왔다. 런트는 굴로 다시 들어가 쓰러졌다. 팍스는 그 앞에 몸을 낮추어 앉았다. 마모트의 굴 입구는 너무 컸다. 눈에 쉽게 띌 것 같았다. 입구에서 계속 주위를 살펴야 마음이 놓였다. 문득 브리스틀이 울부짖었다.

"이리 와봐."

브리스틀은 풀밭으로 가는 길을 골랐다. 발을 조심조심 움직이며 고개를 숙여 땅을 살폈다. 팍스는 조심스럽게 따라갔다. 빈터 한가운데에서 브리스틀이 잠깐 멈추더니 귀를 앞으로 쑥 내밀고는 팍스를 재빨리 돌아보았다.

팍스는 그 소리를 들었다. 땅 위 그물처럼 펼쳐져 말라비틀어진 풀밭 아래에서 종종거리는 경쾌한 발걸음 소리가 들렸다. 브리스틀은 마치 그 움직임이 눈에 보이기라도 하는 것처럼 소리를 쫓아갔다. 이윽고 허공으로 튀어 올랐다가 뭔가를 곧장 낚아 채 땅으로 내려앉았다. 코 위로 다리를 살포시 얹었는데 입안에 쥐 한 마리를 물고 있었다.

브리스틀은 몇 번 씹어서 쥐를 먹어 치우더니, 몸을 바짝 낮추어 그 빈터를 가로지르며 다시 무언가를 찾았다. 몸을 아래로 내렸다가 고개를 왼쪽으로 치켜들었다.

"이제 네가 해봐."

팍스는 땅을 뚫고 나아가며 바스락거리는 소리의 위치가 확실 해질 때까지 귀를 기울였다. 높이 뛰었다가 브리스틀이 했던 것 과 똑같이 코 위에 발을 얹고 내려앉았다. 아주 어렵사리 착륙했 다. 하지만 쥐는 없었다. 팍스는 브리스틀한테 몸을 돌리고 흙을 털어내면서 씩씩거렸다.

브리스틀은 성큼성큼 걸어갔다. 팍스도 두리번거리며 따라갔 다. 마침내 브리스틀이 희미하게 들려오는 종종걸음 소리를 향 해 귀를 쫑긋 세웠다.

다시 브리스틀이 뒤로 물러서자, 팍스는 펄쩍 뛰어보았다. 또 다시 쥐를 놓쳤다.

브리스틀은 팍스가 뺨에서 흙을 털어내는 모습을 지켜보았다.

"따라와."

팍스는 브리스틀 뒤에서 걸었다. 브리스틀이 갑작스레 멈추더 니 몸을 웅크렸다. 두 여우 앞에 덤불 속에 난 구멍이 하나 있었 다. 새로 태어난 쥐들이 우글거리는 훈훈한 냄새가 흘러나왔다.

브리스틀은 팍스에게 뒤로 물러나 있으라고 주의를 주었다.

"움직이지 마. 잘 보고 있어."

브리스틀은 앞으로 살금살금 기어갔다. 구멍 앞에서 몸을 낮추고 앞발 위에 머리를 얹었다. 브리스틀은 그 갈라진 틈 가까이로 눈을 가져다댔다. 그러고는 마치 깊은 잠에 빠진 것처럼 몸 전체의 긴장을 풀었다.

팍스는 어리둥절했다. 브리스틀이 팍스에게 사냥을 가르치고 있다고 생각했는데! 팍스는 자리에서 일어났다. 그러자 브리스틀은 불에 그슬린 꼬리를 흔들며 팍스에게 주의를 주었다.

"잠자코 있어."

팍스는 다시 주저앉았다.

한참 동안 아무 일도 일어나지 않았다. 문득 팍스는 그 쥐구멍의 입구에서 희미하게 움직이는 소리를 낚아챘다. 코 하나가 이리저리 공기 냄새를 맡더니, 다시 쏙 들어갔다. 긴 시간이 한 번 더 흐른 뒤, 그 쥐가 다시 나타났다. 움직임이 무척 가볍고 아주 민첩해서 팍스는 그 쥐가 달아날 생각이 없다는 걸 알았다. 브리스틀은 꼼짝하지 않았다. 팍스에게 주의를 주며 눈꺼풀을 깜빡일 때만 빼고.

쥐가 나왔다가 두 번 더 뒤로 물러섰다. 이윽고 여우가 잠들었다고 확신한 쥐는 서둘러 어디론가 숨으려 했다. 그러자 브리스틀은 발을 잽싸게 움직여 이 비운의 쥐 한 마리를 낚아챘다.

팍스는 드디어 브리스틀의 사냥법을 이해했다.

브리스틀은 런트를 보살피기 위해 돌아갔다. 팍스는 자신이 직접 시도해볼 만한 구멍의 흔적을 찾길 바라며 빈터로 총총 걸어갔다. 썩은 통나무 옆에서 구멍 하나를 찾았는데, 들쥐 냄새가 진하게 흘러나왔다. 팍스는 앞발이 닿을 만한 거리 즈음에서 몸을 낮추었다.

조바심이 나서 잠자코 있기가 어려웠다. 그래도 마침내 쥐 한 마리가 구멍에서 나와 공기 냄새를 맡았다. 브리스틀의 사냥감처럼, 쥐는 여우를 보고는 후다닥 뒤로 물러났다. 브리스틀의 사냥감처럼, 쥐는 팍스가 잠들었다고 확신하고 다시 나와서 서둘러 어디론가 숨으려 했다.

팍스는 브리스틀만큼 빠르지 않았다. 그래도 간신히 그 쥐를 쓰러뜨렸다. 쥐가 허둥지둥 일어서자 팍스는 다시 내리쳤다. 그리고 처음으로 먹이를 잡았다.

넉넉한 양은 아니었다. 하지만 베어 물 때마다 팍스의 몸으로 뜨뜻미지근한 것이 밀려들어왔다. 쥐의 생명력은 이제 팍스의 생명력과 하나가 되었다. 팍스의 근육은 에너지로 넘쳤다.

팍스는 신이 나 통통 뛰어서 빈터 주위 길로 빨간 털의 브리스틀 옆까지 달려갔다. 브리스틀이 자리에서 일어나 팍스를 지켜보았다. 팍스는 달려 나갔다. 발이 거의 땅에 닿지도 않았다. 스스로를 축하하기에는 뭔가 부족했다.

빈터 한가운데 늙어 구부러진 스위트검* 나무 한 그루가 서 있었다. 가장 낮은 가지가 아래 움푹 파인 땅 위로 뻗어 있고, 좀 더 위쪽에 있는 가지는 나뭇잎을 갉아먹는 여치들로 시퍼렇게 출렁였다.

팍스는 그 나무 둥치로 펄쩍 뛰어갔다. 가장 낮은 나뭇가지로 쉽사리 기어올라가 균형을 잡았다. 그러고는 조심스럽게 나뭇가지를 따라 걷기 시작했다.

나뭇잎이 향기로운 초록 별처럼 팍스 주위에서 기분 좋게 바스락거렸다. 나뭇잎 사이로 내려다보다 팍스는 깜짝 놀랐다. 세상이 달라졌다. 위에서 내려다보니, 산마루 나무 사이로 야영지와 저 멀리 강이 보였다. 조금 전 팍스의 어깨를 어루만지던 초원의 풀밭은, 이제 초록색의 넓적한 그릇처럼 보였다. 여치 떼가 아래로 날아와 팍스를 꾸짖었다.

팍스는 런트가 날았던 모습을 다시 떠올렸다. 팍스는 몸을 웅크렸다가 쭉 펴서 튀어 나갔다. 바람이 뱃가죽 털을 간질였다. 사뿐히 내려앉아서 고개를 뒤로 돌리고는 기분 좋게 으르렁거렸다.

이 새로운 세상은 팍스의 것이었다. 팍스는 세상을 여행할 수 있었다. 원할 때마다 내키는 대로 배를 채울 수 있었다. 팍스는 세상의 일부였다. 자유로웠다. 하지만 혼자가 아니었다.

팍스는 땅콩버터 병을 묻어두었던 곳으로 재빨리 가서 병을

---

* 풍향수.

파냈다. 병을 가지고 와 브리스틀과 런트 앞에 내려놓았다. 둘은 마지막 남은 오후의 햇살을 즐기며 굴 입구에서 꾸벅꾸벅 졸고 있었다.

둘 다 이 낯선 향기에 즉각 정신을 번쩍 차렸다. 브리스틀이 먼저 일어섰다.

브리스틀은 병을 툭툭 찔러보았다. 병이 빙그르르 돌자 깜짝 놀라 뒤로 물러섰다. 코를 들이대고 혀로 맛을 보았다. 한번 맛보면 다 먹은 거나 다름없었다. 브리스틀은 발 사이에 병을 끼고 게걸스럽게 핥기 시작해서 몇 초 만에 윗부분 반을 먹어 치웠다. 이윽고 주둥이를 더 깊은 곳으로 밀어 넣으려고 꿈틀거렸다.

팍스도 똑같이 한 적이 있었다.

"조심해. 너 그러다 끼게 돼."

너무 늦었다. 브리스틀이 껑충 뛰어올랐다. 머리를 이리저리 마구 휘저었다. 하지만 병이 너무 꽉 끼였다. 브리스틀은 뒷다리로 껑충껑충 날뛰면서 앞발로 병을 떼어내려고 몸을 구르고 또 굴렀다.

런트는 깜짝 놀라 그 모습을 지켜보았다. 누나는 전에 한 번도 침착함을 잃은 적이 없었다. 팍스는 다가가서 도와주려고 했다. 하지만 브리스틀이 쏜살같이 물러났다. 브리스틀은 혼자 해낼 거다. 마침내 등을 바닥에 대고 데굴데굴 구르다가 뒷다리로 얼굴에서 병을 떼어냈다. 그러더니 몸을 흔들고는 고개와 꼬리를 높이 세우고 씩씩대며 걸었다.

처음으로 브리스틀은 옆구리를 팍스에게 편하게 기댄 채 가까이 앉았다. 팍스는 브리스틀의 체취가 처음으로 친근하게 느껴졌다. 브리스틀의 하얀 뺨 위 갈색 줄무늬가 팍스의 눈에 들어왔다. 무심코 팍스는 몸을 뻗어 브리스틀의 얼굴을 핥아주었다.

브리스틀은 잠자코 있었다.

팍스는 브리스틀의 귀, 목, 주둥이를 깨끗하게 핥아주었다. 잠시 뒤, 브리스틀도 똑같이 해주었다. 두 여우는 뺨과 뺨을 맞대고 서로를 쓰다듬었다. 브리스틀은 가만히 멈추어서 팍스의 체취를 깊이 들이마셨다.

"너한테서 이제 인간 냄새가 안 나."

팍스는 아무런 대꾸도 하지 않았다. 자리에서 일어나 공기 냄새를 맡아보았다. 뭔가 위험한 것이 흙먼지를 피우며 빈터로 불어왔다. 무언지 알 수는 없지만, 두려운 동물의 냄새였다. 그것은 나타났을 때처럼 재빨리 사라졌다. 팍스는 런트를 향해 으르렁거렸다.

"굴 안으로 들어가. 당장."

"**꼬**마야!"

피터는 몸을 휙 돌렸다. 그러다가 하마터면 넘어질 뻔했다. 초소가 비었다고 확신했었다. 숨었던 곳을 떠나기 전에, 확실히 확인하기 위해 10분은 족히 지켜보고 있었으니까.

군인 한 명이 트럭 뒤에서 나왔다. 군인은 소총 끝으로 방어벽 너머 쇠사슬에 걸려 있는 표지판을 가리켰다.

"여긴 출입 금지야."

피터는 목발 위로 몸을 당당하게 세웠다. 누구와 말을 해본 지 이틀이 지났다. 피터가 마지막으로 대화를 나눈 사람은 이틀 전 버스 운전사였다.

"네가 뭘 하려는지 정말 모르겠구나, 얘야. 하지만 그게 좋은

생각일까? 네가 원한다면, 오늘 밤 다시 너를 버스에 태워줄 수 있어. 그건 전혀 창피한 일이 아니야."

피터는 이렇게 대답했다.

"고맙지만 괜찮아요."

피터에게는 돌아가는 게 창피한 일이다. 이윽고 버스 운전사가 말했다.

"그래, 알았다. 그럼 행운을 비마."

그러고는 피터를 내려주었다.

그날 밤 피터에게 말을 건 사람은 아무도 없었다. 마을은 모두 피난을 떠나고 텅 비었다. 지나치는 몇몇 사람들은 시선을 떨군 채 발걸음을 재촉했다. 도움이 필요할지도 모르는 사람과 이야기를 나눌 여유가 없는 것 같았다. 이들의 표정은 이렇게 말하고 있었다.

"여긴 남은 게 없어. 벌써 모든 걸 잃어버렸다고."

다음날, 해가 떴다 지고 한참이 지날 때까지 그리고 오늘 아침 나절 대부분 동안 피터는 텅 빈 마을길을 걸었다. 폐허가 된 학교와 운동장을 지나, 끽끽거리는 세발자전거, 자동차 라디오, 공 잡기 놀이를 하는 아이도 없이 으스스한 침묵이 흐르는 동네를 지나쳤다. 익숙한 소리라고는 보온병을 채울 때 마당 호스 속으로 쫄쫄쫄 흐르는 물소리뿐이었다.

사람이라곤 그림자도 보지 못했다. 그래도 사람들이 남겨두고 간 동물 몇몇은 보았다. 교회 앞에서 풀을 뜯는 겁 많은 조랑말 한 마리, 쓰레기통 뒤에서 피터를 기분 나쁘게 쳐다보는 개들, 스르르 지나가는 비쩍 마른 고양이 여남은 마리.

"이봐, 꼬마야!"

군인이 좀 더 바짝 다가왔다. 군인은 손으로 만든 피터의 목발, 투박한 깁스, 더러운 옷을 눈여겨보았다.

"거의 2주 전에 이 마을을 철수시켰어. 너 그동안 어디 갔었니? 그 사실을 모르는 거야?"

"알아요. 제가 저기에 누구를 남겨두었거든요. 그래서 그 애를 데리러 가는 길이에요."

"걱정 마라. 우리가 기록을 다 확인했어. 모두 떠났어."

"그 애는 사람이 아니에요."

피터는 군인이 더 이상 묻지 않기를 바랐다.

그런데 군인의 표정이 달라졌다. 그러자 어쩐지 더 젊어 보였다. 피터는 이 군인이 고등학교를 졸업한 지 그리 오래되지 않았다는 걸 알아챘다. 군인은 소총을 안으로 밀어 넣었다.

"나한테 개 한 마리가 있어. 이름이 헨리야."

군인은 잠깐 아무런 말도 하지 않고 마치 자신의 개가 갑작스레 나타나기를 바라는 것처럼 길 아래쪽을 내려다보았다. 그러다 문득 돌아서서 한숨을 푹 쉬었다.

"이제 그 애를 산책시켜주는 사람이 없을 거야. 내 여동생이 자기가 하겠다고는 했는데, 동생은 일을 하거든. 그 애 사진 보여줄까?"

피터가 미처 고개를 끄덕이기도 전에 군인은 지갑을 꺼냈다. 그러고는 사진 한 장을 내밀었다. 비글*이었다. 평범한 비글 한 마리. 피터는 목이 메었다. 사진 귀퉁이가 낡아 빛이 바랬다. 이 사진을 엄청 많이 꺼내 본 것 같았다.

"이 애가 헨리야. 여덟 살 생일에 받았어. 지금 엉덩이가 안 좋아. 그래도 산책을 좋아해, 알지? 여전히 다람쥐라든가 뭐 그런 것을 찾아 코를 열심히 킁킁거리지. 내 동생한테 말했어……. 그런데 헨리는 내가 어디에 갔는지, 상황을 이해하지 못해. 하루 종일 문가에서 나를 기다려. 네 개는 어떻게 생겼니? 내가 너 대신 찾아볼게."

"팍스는…… 그러니까…… 아니에요."

피터는 말을 하려다 멈추었다. 팍스가 사람이 아니라는 게 문제가 되지 않는다면, 개가 아니라고 해서 무슨 문제가 될까?

"빨간색이에요. 다리는 검은색이고요."

"몸집은 얼마만 하니? 저기 숲에 코요테가 있거든. 이맘때 새끼를 낳기 때문에 자기 새끼를 보호하려고 작은 개는 가만두지 않을 거야."

피터는 물집이 잡힌 손바닥을 들어 올리며 말했다.

"그 애는 아주 작아요. 제발요. 개를 찾으려고 저는 먼 길을 왔어요."

---

* 다리가 짧고 몸집이 작은 사냥개의 일종.

군인은 조금 더 사진을 물끄러미 보고 나서 지갑에 집어넣고는 피터를 돌아보았다. 다시 나이가 들어 보였다.

"우리가 지금은 놈들을 막고 있어. 하지만 그놈들이 곧 올 거야. 안으로 들어가. 대신 내일까지는 다시 밖으로 나와야 한다."

군인은 피터의 목발을 가리키며 덧붙였다.

"너 그렇게 할 수 있겠니?"

"네. 그러니까, 지나가게 해주시는 거죠?"

군인은 주위를 돌아보더니 몸을 기울였다.

"이 길은 한 시간마다 순찰을 돌아. 하지만 우리는 그저 주요 입구만 지켜봐. 아직 숲에 배치된 사람은 없으니까 20미터 정도 안으로 들어가봐. 널 막는 사람은 없을 거야. 그렇지만 잘 들어. 네가 잡히더라도 난 모르는 일이야. 어서 여기에서 떠나."

"감사합니다."

군인이 마음을 바꾸기 전에 피터는 몸을 돌려 숲을 향해 출발했다.

"꼬마야. 꼭 그 개 찾기를 바랄게."

숲 속은 조용했으나, 이곳의 정적은 괜찮았다. 하지만 약속이라도 한 것처럼 야생동물들 소리로 정적은 이내 깨졌다. 이곳에서 피터는 팍스의 붉은 털이 숲을 헤치고 재빨리 나아가는 모습을 상상할 수 있었다. 여기, 피터가 소리쳐 부르면 대답하듯 팍스가 짖어대는 걸 쉽게 상상할 수 있었다. 이런 것들에 괜히 마음이 들떠서 손바닥과 겨드랑이가 까져서 피가 흐르는 아픔을 거의 알아차리지 못했다.

피터는 솔잎이 수십 년 쌓여 푹신거리는 땅을 목발을 짚으며 한 시간 동안 걸어 다녔다. 왠지 기운이 나는 것 같았다. 문득 지프차 한 대가 시끄럽게 부르릉거리는 소리가 들렸다. 피터는 지프가 지나갈 때까지 덤불 속에 몸을 웅크렸다. 그러고 나서 길가를 따라 다시 걸었다. 순찰차가 지나갈 때마다, 이렇게나 분명하게 잘 알려주니 몸을 잘 숨길 수 있을 것이다.

드디어 피터는 그곳에 도착했다.

그곳은 더 이상 피터가 알던 곳이 아니었다. 모퉁이를 돌아 곧장 뻗어 나가던 그 길도 예전과 같지 않았다. 도처에 배신의 냄새가 풍겼다. 피터는 이곳에서 끔찍한 짓을 저질렀고, 이곳은 그것을 기억하고 있었다.

"팍스!"

피터는 소리쳤다. 누군가 그 소리를 들을지도 모른다는 생각은 머릿속에 들어오지도 않았다. 지프차가 오고, 군대 한 대대가 올 테면 오라지. 여우를 찾지 못하면 떠나지 않을 것이다.

"팍스!"

피터의 외침과는 반대로, 침묵은 점점 더 깊어만 갔다. 불길했다. 이제 가망이 없었다.

피터는 다시 길을 따라가며 소리쳤다. 그러면서도 자갈 깐 갓길을 계속 눈여겨 살펴보았다. 자동차가 멀어져갈 때 팍스는 분명 주둥이에 장난감 병정을 물고 있었다. 팍스가 피터를 포기했다면, 장난감을 내려놓았을 것이다. 피터는 그 장난감을 다시 손안에 잡고 싶었다. 자신의 여우가 여기 있었다는 확고한 증거를 쥐고 싶었다.

피터는 500미터, 1킬로미터를 고개를 숙인 채 걸었다. 그러다가 잠깐 멈추었다. 그 장난감 병정을 다시는 찾지 못할 거야. 팍스가 그 장난감 병정을 결코 포기하지 않았을 테니까. 결단코 영원히. 팍스는 자신이 버려진다고는 절대 생각하지 않았을 것이다. 둘은 떼려야 뗄 수가 없는 사이니까. 팍스는 그걸 내내 알았다. 그 사실을 깨달았어야 할 사람은 피터였다.

팍스가 여기 없다면, 팍스는 피터를 찾기 위해 집으로 돌아간 것이 틀림없었다. 아니면 가려고 했든지. 어쩌면 강 때문에 가로막혔는지도 모른다. 어쩌면 그렇지 않을 수도 있고……. 개들은 언제나 말도 안 되는 변수를 다 이겨내고 집으로 돌아간다. 팍스는 다른 개들보다 열 배는 똑똑했다. 그러니까 팍스가 길을 찾아내지 못할 이유가 없다. 어쩌면 지금 이 순간 집에 있을지도 몰라.

집. 집은 그 낡은 공장 터에서 남동쪽으로 약 15킬로미터 떨어진 곳에 있었다. 그리고 그 공장은 어쩌면 지금 이 순간 피터가 있는 곳에서 남쪽으로 약 6 내지 7킬로미터 떨어져 있을 것이다.

그래서 피터는 팍스를 내내 소리쳐 부르며 남쪽으로 향했다.

공장 골짜기 옆은 너무 위험해서 어둠 속에서 나아가기 힘들다. 그래서 공장 터에서 잠을 자고 동이 트면 내려가기로 마음먹었다. 공장 터 근처에서 폭이 넓어지는 강을 건널 것이다. 그리고 피터가 아는 오솔길 약 15킬로미터를 지나고 나면, 집에 도착할 것이다.

"기다려. 내가 갈게."

피터는 큰 소리로 외쳤다.

팍스는 화들짝 놀라 일어났다. 소년이 근처에 있었다.

팍스가 벌떡 일어서는 바람에 옆에서 졸고 있던 브리스틀이 깨고 말았다. 팍스는 피터의 체취를 찾아서 빈터를 두리번거리기 시작했다.

아무것도 없었다. 하지만 소년이 근처에 있었다.

팍스는 야영지 위 능선으로 가는 숲으로 돌진했다. 군인들 사이에 어린 사람은 없었다. 살인자 떼거리와 수많은 고함 사이에서 피터의 목소리는 들리지 않았다. 팍스는 언덕 아래로 살금살금 내려가 무모하게도 야영지 주위를 빙글빙글 가까이 돌면서 온갖 곳에서 불어오는 냄새를 맡았다. 소년은 그곳에 없었다.

하지만 소년이 근처에 있었다. 소년이 오고 있었다.

팍스는 브리스틀의 옆자리로 돌아가 몸을 뉘였다. 하지만 잠을 자지는 않았다.

거의 한 시간 동안 남쪽을 향해 걸으며 피터는 점점 더 확신을 갖게 되었다. 분명 팍스는 바로 이 길을 걸어갔을 것이다. 그러나 숲을 빠져 나오자마자, 피터는 걸음을 멈추었다.

광활한 초원이 거의 1.5킬로미터 정도 아래 비스듬히 이어졌다. 그리고 나서 넓은 초록색 땅이 또 몇 킬로미터 평평하게 이어졌다. 마치 거대한 괭이로 파헤친 것처럼 땅 바닥이 수백 미터나 들쭉날쭉하게 솟아났다. 그리고 그 너머로 계곡을 숨긴 숲속 고지대가 지평선을 향해 굽이치고 있었다.

걷기 시작한 이후로, 피터는 아홉 시간 동안 딴생각은 한 번도 하지 않았다. 하지만 이제 저 앞, 말을 잃게 만드는 어마어마한 거리를 보니 남아 있던 기운이 쏙 빠져나간 것 같았다.

피터는 배낭을 내려놓고 땅바닥에 털썩 주저앉았다.

아홉 시간 동안 목발을 쥐었더니 손이 짐승 발바닥처럼 딱딱하게 굳었다. 손을 겨우겨우 펴보았다. 손바닥이 쩍쩍 갈라졌다. 전날 잡혔던 물집이 터지고, 다시 새로운 물집이 잡혀 있었다. 열이 후끈 달아오른 손바닥 위로 보온병의 차가운 물을 붓고 타이어 고무 조각을 떼어내기 시작했다. 그러고 나서 남은 양말 한 켤레를 손 위에 덮어씌우고는 다시 저 멀리를 내다보았다.

계곡 아래로 가는 길 중간 즈음에 무언가가 눈에 들어왔다. 무언가가 나무 두 그루 사이로 총총 걸어갔다. 여우의 움직임이었다. 피터는 무릎에 힘을 주고 일어섰다.

"팍스!"

한 마리가 더 있었다. 하지만, 아니, 그게 무엇이든, 갈색이었다. 붉은색이 아니었다. 어쩌면 코요테일지도 모른다.

그 생각을 하니 아드레날린이 솟구쳤다. 갑자기 피터는 다시 움직이고 있었다. 배낭을 등에 쿵 하고 둘러메고 계곡 아래를 향해 목발을 계속 놀렸다. 30분이 지나고, 이윽고 훨씬 습한 곳으로 들어섰다. 진흙투성이에 몸은 더렵지만, 계속 움직였다.

그런데 문득 열 걸음 높이는 되는 수직 바위벽이 피터의 앞을 가로막았다. 계곡의 건너편에서 보았던 것보다 훨씬 더 컸다.

피터는 미처 생각해보기도 전에 배낭과 목발을 위로 들어 올렸다. 돌 능선에 덜커덕 부딪히는 소리가 났다. 피터는 손가락을 바위 갈라진 틈에 박고 몸을 들어 올렸다. 발에 두른 깁스가 거친 바위 표면을 따라 긁혔다. 하지만 팔은 볼라가 시킨 훈련 덕분에 튼튼했다. 피터는 움푹 파인 곳을 지렛대 삼아 몸을 움직였다. 거기에서 손을 뻗어 툭 튀어나온 나무를 잡았다. 그러고 나서 바위틈, 다음에는 커다란 바위 위로 몸을 들어 올렸다.

그렇게 그 돌벽을 올라가는 데 한 시간이 걸렸다. 목발과 배낭을 먼저 올린 후 맨 나중에 자신의 몸을 들어 올렸다. 꼭대기에 도착했을 때 헉헉 숨이 차올랐다. 온몸은 땀에 흠씬 젖었다. 피터는 커다란 소나무 아래쪽 땅으로 쿵 하고 주저앉았다. 보온병의 물을 한 번에 벌컥벌컥 마시고 마지막 남은 햄 샌드위치를 먹었다. 볼라가 준 두 번째 주머니를 열었다.

땅콩버터. 피터의 목이 메었다. 팍스가 처음 쓰레기통에서 빈 병을 찾았던 장면이 떠올랐다. 팍스는 주둥이를 아주 깊게 들이밀어 넣는 바람에 병 안에 주둥이가 끼었었다. 피터는 배가 아프도록 웃음을 터뜨렸다. 하루 전에 이걸 발견했다면, 쓰레기통을 뒤지는 개들에게 던져주었을 텐데…… 피터는 샌드위치를 다시 배낭 안에 쑤셔 넣은 뒤 자리에서 일어섰다. 거의 6시가 다 되었다. 여전히 갈 길이 멀었다.

길을 걷는데, 그 굶주린 동물들의 눈동자에 대한 기억이 피터를 따라오며, 비난하는 유령처럼 몰려들었다가 뒤로 물러났다. 피터는 그 굶주린 동물들한테 말해줄 수 있기를 바랐다. 자신이 사랑하고 자신을 돌보아주었던 사람이 갑자기 사라져버리는 것이 어떤 느낌인지 안다고. 그러고 나면 세상이 갑작스럽게 얼마나 위험해 보이는지 안다고…….

피터는 엄마를 잃었다. 피터는 궁금했다. 이번 주 얼마나 많은 아이들이 잠에서 깨어 세상이 완전히 바뀌었다는 것을, 부모님이 전쟁터로 가서 어쩌면 집으로 돌아오지 않을지도 모른다는 것을 알게 될까? 그건 물론 최악이었다. 하지만 이보다 덜한 상실은 어떨까? 얼마나 많은 아이들이 몇 달 동안 형과 누나들을 그리워해야 할까? 얼마나 많은 친구들이 작별인사를 해야 할까? 얼마나 많은 아이들이 배고픔에 시달릴까? 얼마나 많은 아이들이 떠나야 하는 걸까? 얼마나 많은 애완동물들이 뒤에 남아서 홀로 먹고살아야 하는 걸까?

그리고 왜 아무도 이런 것들을 중요하게 여기지 않았을까?

"사람들은 전쟁 때문에 치르는 대가에 대해 진실을 알아야 해."

볼라는 그렇게 말했다. 이런 것들도 전쟁 때문에 치르는 대가일까?

주위에 어느덧 어둠이 내려앉았다. 그 사실을 이제야 안 피터는 깜짝 놀랐다. 살짝 두려움이 밀려왔다. 밤을 보낼 마땅한 곳을 미리 찾았어야 했다. 피터는 휙 몸을 돌렸다. 왼쪽 목발이 헐거운 돌멩이에 걸렸다. 피터가 쿵 하고 넘어지는데 딱 소리가 났다. 혹시 갈빗대가 부러진 게 아닐까? 하지만 그건 나무가 부러지며 난 소리였다. 피터는 여전히 목발 윗부분을 쥔 채로 넘어졌다. 여섯 걸음 멀리 목발 아랫부분이 저만치 나뒹굴고 있었다.

"빌어먹을!"

자연스럽게 그 소리가 튀어나왔다. 왠지 그 말이 마음에 들었다. 피터는 다른 욕을 해보려고 했다. 그것들도 꽤 괜찮은 것 같았다. 하지만 어둠이 짙게 물든 숲이 아무런 반응 없이 피터의 고함을 빨아들이는 게 불편했다. 그래서 그만두었다. 어쨌거나 감정을 표출하며 한가로이 여유를 부릴 시간이 없었다. 목발을 고쳐야 했다. 해는 거의 기울었다.

사방에 나뭇가지들이 널려 있었다. 그래서 피터는 부러진 나뭇조각을 부목처럼 감을 수 있었다. 하지만 나무를 자를 도끼가 없었다. 테이프를 찾기 위해 배낭에서 방망이를 꺼내면서 그 해결책이 자기 손안에 있다는 걸 깨달았다.

피터는 목발 조각을 나란히 늘어놓고, 그 위에 야구 방망이를 올려놓고는 테이프를 칭칭 감기 시작했다. 다 마치고 나서 온 힘을 주어 목발을 시험해보았다. 튼튼하고 견고하게 피터의 몸무게를 버텼다. 볼라가 옳았다는 걸 말해줄 수 있으면 좋을 텐데. 피터는 이 여행길에 볼라의 방망이가 필요했다.

피터는 배낭 옆에서 다시 무릎을 구부렸다. 이 사고는 이미 충분한 경고였다. 피터는 그날 밤을 보낼 잠자리를 마련하는 데 필요한 물건을 꺼냈다. 그러고 나서 그릇으로 흙을 파내고 구덩이에 나뭇가지와 마른 풀을 채웠다. 성냥을 켜자 작은 불이 피식 하며 살아났다.

피터는 살균이 되도록 불꽃 위에 잭나이프를 올려두었다. 그러고는 이를 앙다물고 손바닥에 새로 잡힌 물집을 터뜨렸다. 아파서 숨이 턱 막혔다. 그렇지만 볼라가 챙겨준 연고를 바르고 숨을 깊이 들이쉬었다. 마침내 고통이 잦아들었다. 약초 냄새에 볼라의 부엌이 불현듯 떠올랐다. 볼라가 지금 부엌에 있을지 궁금했다. 어떻게 그렇게 무거운 다리를 어디에도 기대지 않고 버틸 수 있었을까?

칼을 집어넣다 말고 들어 올렸다. 한줄기 불빛이 칼날을 따라 춤을 추었다. 볼라의 칼을 처음 보았을 때가 떠올랐다. 볼라가 자기 다리에서 나무를 살짝 잘라냈을 때 얼마나 놀랐었는지…….

피터는 바지를 끌어올렸다. 종아리에 납작한 칼 옆면을 누르고는, 살덩어리를 떼어내는 상상을 해보려고 했다. 아프다는 이유로, 완벽한 다리가 아니라는 이유로…….

문득 코요테의 울음소리가 들렸다. 잠시 뒤, 멀리서 거기에 대답하는 소리가 들렸다. 피터의 몸이 부르르 떨렸다. 피터는 칼날을 비틀었다. 그러다 마침내 서늘한 칼끝이 살에 자국을 남겼다. 피터는 칼날을 들어 올렸다. 고작 1센티미터 살짝 넘게 살을 베였다. 하지만 무척 아팠다. 나무다리가 장점이 있다는 걸 피터는 알 수 있었다.

칼에 베인 상처에서 피가 방울방울 스며 나왔다. 시커먼 피가 뚝뚝 떨어지기 시작했다. 피터는 뛰어오르는 여우 모양의 그림을 그렸다. 손톱으로 뾰족한 코, 그리고 나서 귀 두 개를 쿡쿡 찔러 그렸다. 붓 대신 엄지손가락을 마구 뭉갰다.

팍스. 내일.
붉은 여우. 피의 맹세.

쥐 세 마리가 배에 빵빵하게 들어차 있고, 입에는 사향쥐 한 마리가 대롱대롱 매달려 있었다. 팍스의 첫 번째 커다란 수확이었다. 이만하면 브리스틀과 런트가 하루 종일 먹을 양이었다. 오랫동안 밤 사냥을 한 뒤라 팍스는 몹시 피곤했다. 하지만 여느 때처럼 혹시 있을지 모를 포식자를 혼동시키기 위해 구불구불 돌아서 보금자리를 향해 걸어갔다. 이들이 움직이며 흘린 런트의 핏자국은 여전히 쉽게 공격당할 수 있는 표시였다. 아침에 떠오른 첫 햇살이 풀밭을 비추었다. 무언가 움직이는 게 보였다. 브리스틀이었다. 펄쩍펄쩍 뛰고 있었는데, 여느 때처럼 런트를 보살피는 굴의 근처가 아니라 빈터였다. 팍스는 브리스틀이 장난처럼 껑충껑충 뛰다가 곧 풀밭으로 발을 차며 쓰러지는 것을 보았다. 이윽고 훨씬 더 놀라운 모습이 보였다. 런트의 자그마한 머리가 까딱 올라왔다.

런트가 밖에 있었다. 게다가 뛰어놀고 있었다.

팍스는 입에 물고 있던 사향쥐를 내려놓고, 브리스틀을 향해 울부짖었다.

그러자 런트가 고개를 돌렸다.

팍스는 시험 삼아 다시 소리쳐 불렀다.

런트가 대답했다. 런트는 소리를 들을 수 있었다.

팍스는 너무나 감격스러워서 잠깐 동안 꼼짝할 수가 없었다. 언젠가 한 소년만을 좋아했었던 마음이, 지금은 이 발끈대는 암컷 여우와 털이 덥수룩한 동생 여우에 대한 사랑으로 충만했다. 그리고 이 둘은 여전히 무사했다.

팍스는 빈터로 곧장 나아갔다. 브리스틀과 런트가 달려와 팍스를 에워싸며 맞아주었다. 팍스가 벌러덩 드러눕자 런트가 팍스 위로 쓰러졌다. 팍스는 부드럽게 런트와 데구루루 구르며 혹시라도 런트가 아파서 찡찡댈지 몰라 귀를 기울였다. 다행히 신이 나 가르랑거리는 소리만 들려왔다.

한 시간 동안 여우들은 뛰어놀았다. 런트는 종종 놀다가 쉬었다. 그리고 런트가 쉴 때마다 나머지 두 여우는 멈추어서 런트 옆을 지켜주었다. 이들 옆에 있는 미나리아재비처럼, 세 마리 여우도 그날 떠오르는 태양을 향해 고개를 들어 올렸다.

그러다 문득 브리스틀이 벌떡 일어나더니 콧구멍을 벌름거렸다.

팍스도 그 냄새를 알아차렸다. 이틀 동안 팍스를 걱정스럽게 했던 바로 그 공포의 냄새였다. 하지만 더 이상 공기 속에 묻어 나는 한줄기 희미한 냄새가 아니었다. 이 냄새는 퍽 강했는데, 점점 더 강해지고 있었다.

코요테야! 브리스틀이 굴을 향해 펄쩍 뛰며 빈터를 빙그르르 살폈다. 이윽고 런트에게 다시 뛰어갔다. 팍스는 브리스틀이 저 렇게나 공포에 사로잡힌 걸 본 적이 없었다.

그 순간, 여우 세 마리는 숲 속의 똑같은 지점을 향해 귀를 민첩하게 세웠다. 남몰래 움직일 필요가 없는 짐승이 함부로 움 직이며 나뭇가지를 툭툭 부딪치는 소리가 들렸다. 계곡에서 나 와 위로, 점점 북쪽으로 향하는 움직임. 빈터를 향해 오는 소리.

코요테는 런트의 흔적을 따라오고 있었다.

브리스틀은 동생을 코로 툭툭 치며 일으켜 세우고, 팍스에게 외쳤다.

"런트를 보호해줘!"

팍스는 런트를 굴로 다시 몰았다. 그러고 나서 입구로 걸어갔 다. 브리스틀의 머리가 그 부스럭거리는 소리를 향했다. 브리스 틀의 다리가 뻣뻣해지며 조심스러워지더니, 곧이어 발걸음도 멈 추었다. 브리스틀은 귀를 쫑긋 세우고 엉덩이를 추켜 올렸다.

문득 브리스틀 앞에, 다친 런트를 질질 끌어넣느라 짓눌린 향 나무가 있는 그곳에, 짙은 얼룩무늬 코요테 한 마리가 고개를 땅에 숙인 채 어슬렁거리며 걸어 나왔다.

브리스틀이 으르렁거렸다. 그러자 코요테가 고개를 번쩍 들어 올렸다. 브리스틀은 다시 으르렁거리며 빈터로 뛰어갔다.

코요테는 고개를 들고는 브리스틀을 향해 한걸음 움직였다. 그러더니 런트의 흔적에 다시 코를 가져다댔다.

내면 깊숙한 곳의 본능은 팍스에게 달아나라고 재촉했다. 코요테는 키가 큰 근육질의 수컷이었다. 여우 한 마리로는 이 크고 공격적인 동물의 적수가 될 수 없었다. 하지만 보다 깊은 곳의 본능이 팍스에게 무언가를 일깨웠다. 런트는 굴속에서 속수무책이라는 사실을.

브리스틀 역시 달아나야 한다는 본능을 무시했다. 오히려 코요테에게 돌진해 옆구리를 물어뜯었다.

코요테는 빙그르르 몸을 돌리면서 브리스틀의 뒷발을 물었다. 다리를 절면서 빈터로 나가는 브리스틀이 아픈 듯 낑낑거렸다. 코요테는 브리스틀을 자세히 살펴보고는 몸을 흔들었다. 이윽고 계략을 알아채고 그 체취를 향해 다시 고개를 숙였다.

브리스틀은 휙 돌아섰다. 코요테 앞으로 뛰어가 정면으로 서서 등을 둥글게 말았다. 브리스틀의 목구멍에서 팍스가 전에 한 번도 들어보지 못한 거친 소리가 흘러나왔다.

코요테는 자그마한 여우가 자신을 상대하려는 것에 놀랐는지 즉시 뒤로 물러났다. 그러더니 공격 자세를 취하며 어깨에 힘을 주고는 이빨을 드러냈다.

팍스의 몸이 뻣뻣해졌다. 목구멍에서 으르렁 소리가 새어나왔다. 런트는 굴속에서 낑낑거렸다.

코요테는 튀어올랐다가 브리스틀을 땅바닥에 쓰러뜨렸다. 한순간, 짐승 털과 풀이 뒤섞인 가운데 이빨만 빛났다. 깨갱거리며 으르렁거리는 소리만 들렸다. 그런데 그때 브리스틀이 코요테의 손아귀에서 빠져나와 다시 그 빈터 한가운데를 향해 뛰어들었다. 오로지 단 한 번의 도약으로.

팍스는 브리스틀이 코요테의 관심을 런트에게서 멀리 떨어지게 하려 한다는 걸 알아챘다. 브리스틀은 코요테가 미치지 않도록 일정한 거리를 유지하며 코요테를 유인해 마침내 빈터 한가운데 있는 스위트검 나무에 이르렀다.

이전에 팍스가 그랬던 것처럼, 브리스틀은 나무 몸통이 살짝 기울어진 쪽으로 뛰어올라갔다. 가장 낮은 나뭇가지에 조심스럽게 걸어 올라가면서도 자신을 따라오며 으르렁거리는 코요테에게서 눈을 떼지 않았다. 나뭇가지가 갈라진 곳에 이르자, 브리스틀은 코요테의 머리 위쪽에 무사히 자리를 잡았다. 브리스틀은 비웃음을 날렸다.

코요테가 껑충 뛰었다. 하지만 코요테는 나무껍질과 나뭇잎만 할퀴어댈 뿐이었다.

코요테는 나뭇가지 아래 움푹 파인 땅을 빙글빙글 돌며 땅바닥이 좀 더 높은 곳을 찾았다. 그러더니 다시 뛰어올랐다. 이번에는 앞발로 나뭇가지를 잡았지만, 이내 다시 땅으로 떨어졌다. 코요테는 힘을 모아 다시 뛰었다.

팍스는 브리스틀이 더 이상 나아갈 수 없이 빼도 박도 못하는 상황에 처한 것을 보았다. 코요테는 곧 그 나무에서 브리스틀을 끌어내릴 것이다. 아니면 브리스틀의 방해 전략을 더 이상 참지 못하고, 브리스틀이 자신의 관심을 딴 데로 돌리려 했던 바로 그 대상의 흔적을 쫓아 되돌아올 것이다. 그러면 브리스틀은 따라가서 싸울 것이다. 코요테가 자신을 갈기갈기 찢을 때까지.

"여기 잠자코 있어!"

팍스가 런트에게 명령을 내렸다. 그러고는 빈터를 가로질러 달려 나갔다.

30

피터는 물끄러미 바라보았다.

공장 위, 벽 옆으로 자작나무 한 그루가 있었다. 피터와 친구들은 그 나무를 '해적 나무'라고 불렀다. 가을이면 노란색 나뭇잎이 마치 금화로 뒤덮인 것처럼 보였으니까. 언젠가 피터는 팍스를 그 나무 몸통에 묶어두었다. 그때 이 새끼 여우는 전쟁놀이를 좋아하지 않았다. 해적 나무는 그대로 서 있었다. 하지만 지금은 그저 새까맣게 변한 덩어리가 나뭇가지에 너덜너덜 매달려 있을 뿐이었다. 공장 자체 말고 알아볼 수 있는 것은, 아무것도 없었다.

낮은 언덕에 있던 나무들은 전부 사라져버렸다. 뿌리가 뽑히고 나무토막이 되어 말라 죽었다. 주위 넓은 풀밭도 시커멓게 타 재로 변했다. 강둑은 까마귀가 쪼아 먹다 남은 물고기와 가재와 거북이와 개구리 사체가 여기저기 널려 있어 너저분했다.

강물을 바라보는 것이 가장 마음이 아팠다. 마지막으로 이곳에 왔을 때, 피터는 계곡 밑에 있는 웅덩이로 다이빙을 했었다. 물이 무척이나 반짝거리고 깨끗해서 갈대의 연녹색 줄기, 송어 몸에 달라붙은 무지갯빛 비늘도 다 볼 수 있었다. 심지어 고개를 들 때면, 수면 위로 통통 뛰어다니는 파란색 그물 같은 잠자리 날개도 또렷하게 볼 수 있었다. 피터는 액체 다이아몬드를 누비며 헤엄을 쳤었는지도 모른다.

지금은 진흙투성이 갓길이 강을 막아버렸다. 웅덩이는 탁한 갈색을 띤 둥그런 흔적만 남았다. 강의 넓적한 습지는 평상시의 반 정도밖에 되지 않았다. 강둑 근처의 진흙 습지는 바짝 말라가면서 죽음의 냄새를 풍겼다.

전쟁은 물을 차지하기 위한 것이었다. 볼라가 피터의 아빠는 어떤 쪽에서 싸우느냐고 물었던 게 기억났다.

피터는 그걸 묻는 이유가 너무 기가 막혀서 볼라에게 화를 내며 말했다.

"올바른 쪽이오."

"얘, 꼬마야."

볼라가 불렀다. 피터가 자신의 말에 귀를 기울이도록 한 번 더 불렀다.

"넌 이 세상 역사 속에서 틀린 쪽을 위해서 싸움을 시작한 사람이 있는 것 같니?"

바람이 불어와 언덕을 휩쓸고 지나가며 소용돌이를 일으켰다. 피터는 다시 여기에서 놀던 때를 떠올리려고 애써보았다. 여기에서 다시 뛰어놀려면 긴 시간이 흘러야 할 것이다.

피터의 위로 소리 없이 빙빙 도는 독수리들이 눈에 보이는 유일한 생명체였다. 이렇게 엄청나게 황폐해졌으니, 분명 독수리들은 포식했을 것이다. 독수리들을 지켜보는 피터의 온몸이 슬픔으로 마비되는 것 같았다. 가장 가까운 독수리 두 마리가 강둑 근처 솔송나무 가지를 빙글빙글 돌면서 다시 내려앉아 끼니를 챙겨도 괜찮은지 살펴보는 것 같았다.

어쩌면 그 끼니는……. 피터는 그 생각을 차마 떠올릴 수 없었다. 하지만 지워버릴 수도 없었다. 팍스가 여기 있었다면 지금쯤 죽었을 것이다. 그리고 그랬다면, 독수리들이 피터를 그 증거물로 이끌어줄 것이다.

독수리들은 느릿느릿 빈둥빈둥 정확히 세 곳 위를 날고 있었다. 한 곳은 피터 옆, 다른 두 곳은 강 건너편이었다. 서두를 이유는 없었다. 이들의 끼니가 어디 다른 곳으로 가지는 못할 테니까.

피터는 배낭을 내려놓았다. 가벼운 몸으로 솔송나무 가지까지 고작 몇 걸음에 내려갔다. 솔송나무 아래, 피터가 두려워하던 바로 그 흔적이 있었다. 여우 꼬리, 끝에 하얀색 털이 달린 걸 보니 틀림없었다. 피터는 그것을 들어 올렸다.

여우의 시체는 누군가 먹어 치웠지만, 가죽은 남아 있었다. 그런데 붉은색이 아니었다. 전혀 아니었다.

팍스가 아니었다.

피터는 숨을 거칠게 몰아쉬었다. 마음이 놓여 정신이 몽롱한 채, 목발을 짚고 강으로 내려가서 물속으로 걸어 들어갔다. 물이 허리에 닿을 즈음, 목발이 진흙투성이 돌멩이 위로 미끄러졌다. 그 바람에 목발이 멀리 강둑 위로 날아가버리고 피터는 물에 첨벙 빠져버렸다. 거의 2주 만에 처음으로 피터는 부러진 다리가 부담스럽게 느껴지지 않았다. 힘차게 헤엄을 쳤다.

피터는 강둑으로 몸을 들어 올렸다. 물에서 나오니 흠씬 젖은 깁스가 수십 킬로그램은 나가는 것 같았다. 질퍽거리는 회반죽은 이미 흐물흐물했다. 피터는 주머니에서 칼을 꺼내서 깁스를 잘라 발을 끄집어냈다. 창백한 발이 힘없이 매달려 있었다. 그래도 붓기가 빠지고 멍은 거의 사라졌다.

피터는 목발로 기어가 목발을 겨드랑이 아래에 꼈다. 바로 위, 더 많은 독수리 떼가 빙글빙글 도는 모습이 보였다. 사슴의 시체였다. 볼라의 밭에서 보았던 그 어미 사슴이 생각났다.

'거기 인간. 너희가 전부 다 망쳤어.'

이윽고 피터는 고개를 돌렸다.

언덕 20미터 정도 위쪽에 독수리 한 마리가 피터가 눈여겨보았던 세 번째 지점 위에서 날아다녔다. 피터는 풀밭이 타버린 길을 골라서 올라갔다. 그곳이 걸어가기가 좀 더 쉬웠다.

처음엔 까맣게 타버린 땅 말고는 아무것도 없는 것 같았다. 하지만 위에 거의 다다랐을 때, 피터는 보았다. 뒷다리. 살집도 없고 불에 그슬리긴 했지만 그래도 뒷다리였다. 하얀색 작은 발이 달린 검정색 털의 뒷다리. 위쪽 너덜너덜한 털은 흐릿한 황갈색이었다.

여우.

피터는 목발 위에서 휘청거렸다. 어쩌면 팍스의 것이 아닐지도 몰랐다. 팍스의 것치고는 너무 작은 거 아닐까? 피터는 알고 싶었다. 문득 그 생각을 뒤로 미루어두었다. 어쨌거나 문제가 될까? 여우는 여기에서 자기 삶을 시작했었다. 그리고 어떤 인간이 그 삶을 없애버렸다. 그건 분노할 만했다.

피터는 맨손으로 땅을 파서 그 시체를 묻어줄 것이다.

피터는 몸을 낮추었다. 돌멩이를 손으로 쓸어냈다. 손에 뭔가 닿았다. 그 순간, 피터의 가슴이 무너져 내렸다.

장난감 병정 하나. 딱딱한 초록색 뺨에 총신을 단단히 누르고 시선을 아래로 향한 채, 길에서 무슨 일이 일어날까 겨냥하는 모습이었다.

피터는 털썩 주저앉았다.

"팍스!"

팍스가 그 나무에 도착할 즈음, 코요테가 다시 뛰어올랐다. 이번에는 충분히 코요테의 무게를 감당할 수 있는 나뭇가지를 찾았다. 팍스는 코요테에게 달려가 얼룩무늬 털을 꽉 물고는 매달렸다.

코요테는 쓰러지면서 이빨을 팍스의 어깨에 단박에 처박았다. 팍스는 빠져나와서 이 코요테가 그 나무로부터, 굴로부터 그리고 자신이 사랑하는 여우들로부터 멀어지게 하려고 빈터의 남쪽 끝을 향해 뒷걸음쳤다.

하지만 코요테는 팍스를 따라오지 않았다. 코요테는 머리를 뒤로 젖히고 으르렁거렸다. 그러고 나서 몸을 돌려 다시 브리스틀을 바라보았다.

팍스는 몸을 낮추고 그 나무를 향해 다시 살금살금 기어갔다. 그러다가 문득 멈추었다. 야영지에서 나는 소리를 향해 고개를 휙 돌렸다.

소년의 목소리인가?

저 앞, 덩치 큰 코요테가 다시 으르렁거렸다. 그러자 이번에는 대답하는 소리가 들려왔다. 둥근 향나무 근처에서 세 쌍의 귀가 똑같이 솟아났다. 두 번째 코요테가 걸어 나왔다. 역시 수컷인데, 회색에 가까운 다부진 놈이었다. 녀석은 냄새를 살피더니 그 나무를 향해 갑작스레 뛰어들었다.

브리스틀은 자신을 위협하는 또 다른 울음소리를 듣고 털을 곤두세웠다. 팍스는 브리스틀의 눈동자가 공포로 흔들리는 걸 보았다.

두 번째 코요테가 나무 밑동에서 발을 굴렀다.

그런데 그때 팍스는 다시 들었다. 자신의 이름을 부르는 소년의 목소리였다.

팍스는 빈터에서 뛰쳐나가 숲을 지나 뛰었다. 공장 위 능선에서 팍스는 멈추었다.

군인 남자들이 벽에서 쏟아져 나오며, 막대기를 들고서 아래쪽 들판에 있는 한 사람을 향하고 있었다.

검은 머리카락의 어린 사람이 불타버린 땅에 몸을 웅크리고 있었다. 그 소년일까? 북쪽에서 불어오는 바람은 팍스에게 아무런 실마리도 알려주지 않았다.

군인들이 멈추었다. 군인들의 막대기는 여전히 위협적이었다. 소년이 자리에서 일어났다. 키가 컸다. 하지만 몸집이 피터처럼 보이지는 않았다. 소년의 어깨는 넓고, 한쪽 어깨 밑에 좁다란 막대기가 받쳐져 있었다. 더 이상하게도, 이 소년은 고개를 높이 들고 있었다. 아래쪽으로 숙이지 않았다. 소년은 그 남자들을 반항적으로 마주 보았다. 팍스는 피터가 저러는 모습을 한 번도 본 적이 없었다. 이 소년은 주먹을 들어 군인들에게 흔들었다.

군인 한 명이 들판으로 달려 나왔다. 그 군인이 움직이는 모습은 꼭 소년의 아빠 같았다. 군인이 소리쳤는데, 목소리가 귀에 익었다. 그런데 문득 그 군인이 소년에게 걸어가서 소년을 감싸 안았다. 팍스는 소년의 아빠가 저러는 모습을 한 번도 본 적이 없었다.

이들이 팍스와 함께 살았던 사람들일까? 팍스는 냄새를 맡으려고 했다. 하지만 휙 불어오는 바람은 고작 분노한 코요테의 체취만 실어올 뿐이었다. 팍스는 다시 빈터로 향했다.

피터는 아빠가 자신을 포옹하도록 그냥 내버려두었다. 사랑으로 자신을 포근히 감싸주기를 그 얼마나 바랐던가. 아빠가 몸을 떨며 흐느끼고 있다는 걸 알았다. 모든 게 다 괜찮다고 아빠를 위로해주고 싶었다. 하지만 괜찮지 않았다. 피터는 두 손을 꼭 움켜잡고 있었다. 한 손은 목발을, 한 손은 장난감 병정을 쥐고서.

피터는 몸을 뒤로 빼냈다.

"여기에서 뭐 하는 거예요? 아빠는 그냥 전선을 깐다고 말했잖아요?"

자신을 둘러싼 풍경에서 피터는 즉시 모든 걸 이해했다. 왜 남자들이 더 다가오지 않고 멈추어 섰는지. 왜 풀밭이 불에 타고 나무들이 뿌리 뽑히고 강이 바위와 더불어 바싹 말라버렸는지. 어떻게 다리 하나만 달랑 남고 여우는 사라졌는지도.

"아빠는 알았던 거죠."

피터는 장난감 병정을 주머니에 밀어 넣고 그 여우 다리를 들어 올렸다.

"아빠는 알았던 거예요! 그리고 아빠가 이렇게 했어요! 팍스!"

다시 팍스는 소년의 목소리를 들은 것 같았다. 팍스는 야영지를 향해 귀를 다시 쫑긋 세웠다.

바로 그때, 바람의 방향이 바뀌었다. 팍스는 군인들의 땀, 군인들의 화약, 군인들의 자동차 연료, 군인들의 불타버린 들판 냄새를 맡았다.

그리고 두 사람의 냄새도.

팍스는 능선으로 다시 달렸다.

소년이 땅에서 뭔가를 들어 올리는 게 보였다. 막대기, 아니, 막대기가 아니었다. 망가지고 털이 달린 무언가였다.

슬픔의 냄새가 언덕 위로 구불구불 피어올라왔다. 소년에게서는 낯설고 매서운 냄새가 흘러나왔다. 소년의 아버지에게서는 오래된 긴장의 냄새가 흘러나왔다. 그러니까 이 냄새는 피터 혼자만의 것이 아니었다. 인간들의 냄새였다.

소년은 머리 위로 그 망가진 물건을 들고 화가 나 뭐라고 소리쳤다. 그러고는 외쳤다.

"팍스!"

그리고 팍스는 짖었다.

34

피터는 머리 위로 여우의 남은 몸을 치켜들고는 그 이름을 다
시 소리쳐 불렀다.

"팍스!"

공장 위에서 대답하는 소리가 들려왔다. 피터의 목구멍에서
희망이 피어났다. 하지만 아니, 그냥 짖는 소리를 들었으면 하는
피터의 바람이었을지도 모른다.

어쨌거나 피터는 능선을 훑어보았다. 흘끗 보이는 붉은색. 끝
이 하얀 털. 여우는 활짝 열린 공간에 나타났다가 뒷다리로 섰
다. 뒷다리가 두 개잖아? 그러고는 곧장 피터를 보았다.

피터는 그 여우 다리를 아빠의 손안으로 밀어 넣었다.

"이거 물어주세요."

그러더니 다른 쪽 목발을 움켜잡고 언덕을 향해 몸을 돌렸다.

"잠깐, 피터! 날 이해해줘야 해. 이건 내 의무라고."

피터는 능선 위의 여우를 가리켰다. 피터는 가슴을 주먹으로 세게 쳤다. 가슴이 아팠다.

"나한텐 내 여우가 내 의무예요."

아빠가 피터에게 전선에 대해서 뭐라고 소리쳤다. 그러고는 멈추라고 소리쳤다. 피터는 전선을 보았지만 멈추지 않고 전선 위로 나아갔다. 오로지 언덕 마루에서 자신을 기다리고 있는 여우 생각뿐이었다. 피터와 여우 사이에는 거리가 좀 있었다. 계속 또 계속, 피터는 목발을 땅에 박고 몸을 흔들며 그 거리를 좁혀갔다.

거의 다 도착했을 때, 셔츠는 불어오는 바람에 말랐다가 이내 다시 땀에 흠뻑 젖었다. 피터는 멈춰서 외쳤다. 팍스는 고개를 돌렸다가 숲을 향해 달아났다.

다리가 네 개야! 피터는 확신했다. 팍스는 멀쩡했다.

피터는 여우를 따라갔다. 하지만 다시 팍스에게 가까이 다가가자, 팍스는 숲으로 달아났다.

피터는 다시 여우를 따라갔다. 팍스가 하는 이 시험놀이가 억울하다는 생각은 하지 않았다. 피터는 자기 동물의 신뢰를 깨뜨렸다. 팍스가 왜 변덕을 부리지 않겠는가? 피터가 진심인지 왜 직접 확인할 필요가 없겠는가? 피터는 팍스가 원하는 대로 따라줄 것이다. 그건 공정한 벌이었다. 숲을 지나 거의 100미터 그리고 또 100미터를 갔다.

문득 팍스와 피터는 빈터에 들어섰다. 팍스가 서서 소년을 기다렸다. 피터는 팍스에게 다가가 손을 내밀었다.

"미안해. 정말 미안해."

팍스는 피터의 눈을 뚫어져라 바라보았다. 그러더니 손목을 꽉 깨물었다. 이빨에 닿은 피터의 맥박이 뛰었다. 팍스는 피터가 화가 날 만큼 세게 물었다. 피터의 그 사나운 성질이 튀어나올 만큼 세게 물었다. 팍스와 피터는 둘이지만 둘이 아닌 사이였다.

팍스는 피터의 손목을 놓아주고는 빈터를 가로질러 굽은 나무로 달려갔다. 코요테 한 쌍이 그 나무를 둘러싸고 있었다. 팍스가 큰 녀석을 향해 돌진했다.

"안 돼, 팍스! 돌아와!"

나무는 너무 멀리 있었다. 적어도 50미터 정도는 됐다. 피터는 목발을 풀밭 속으로 처박으며 힘껏 나아갔다.

피터가 한 10미터 정도 다가가자, 코요테에게 몰린 사냥감이 보였다. 팍스가 아닌 다른 여우, 뾰족하고 가냘픈 얼굴에 밝은색 털의 암컷 여우였다. 여우의 엉덩이 상처에서 피가 흐르고 있었다. 그 암컷 여우는 풍성한 꼬리털이 아닌, 끝이 불에 탄 시커먼 꼬리를 획획 세차게 흔들었다.

그 암컷 여우는 위에서 코요테를 세게 내리치며 으르렁거렸다. 팍스는 코요테의 옆구리를 물어뜯었다. 피터는 이 두 마리 여우가 한 팀이라는 걸 알아차렸다.

하지만 두 여우는 코요테의 상대가 되지 않았다.

피터는 그 나무로 쏜살같이 달려가며 소리를 질렀지만 코요테들은 피터를 모른 체했다. 큰 놈이 몸을 빙그르 돌려 팍스의 목에 이빨을 박자 팍스는 크게 울부짖었다.

피터는 화가 나 고함을 질렀다. 목발 하나로 힘껏 버티고 서서, 하얀색 물푸레나무 방망이가 달린 묵직한 목발을 있는 힘껏 코요테 두 마리 사이로 내리쳤다.

코요테 두 마리가 갑자기 날아오는 일격에 몸을 휙 돌렸다. 방망이가 나무를 때리자, 나무가 쩌렁쩌렁 울렸다. 덩치 큰 시커먼 녀석 하나가 덤불 속으로 사라졌다. 다른 녀석은 10미터 정도 뛰어가더니 멈추어서 돌아보았다.

녀석은 피터를 노려보고는 송곳니를 드러냈다.

피터도 자기 이를 드러내 보였다. 팍스가 옆에서 으르렁거리며 목덜미 털을 곤두세우고 뛰어오를 태세를 했다. 피터는 방망이를 머리 위로 흔들고는 다시 고함을 질렀다. 팍스도 다시 으르렁거렸다. 잿빛 코요테는 놀라서 뒤로 물러나더니 몸을 돌려 빈터를 후다닥 빠져나갔다.

피터는 몸이 떨려와 나무를 움켜잡았는데도 땅바닥으로 스르르 쓰러지고 말았다.

팍스가 즉시 달려오더니 피터의 목덜미를 비비면서 얼굴을 핥고, 부러진 발에 코를 킁킁거리다가 다시 얼굴로 파고들었다. 피터는 팍스를 품에 안고 소나무 냄새가 나는 팍스의 털에 얼굴을 묻었다.

"괜찮아, 괜찮아, 이제 괜찮아!"

암컷 여우는 팍스와 피터 위를 지나 땅으로 풀쩍 뛰어내리더니, 빈터를 에워싸고 있는 향나무 숲 속으로 사라졌다. 팍스는 몸을 일으켜 세우고 피터의 무릎에서 그 암컷 여우를 향해 짖어댔다.

잠시 뒤, 피터는 덤불 속에서 검은색 주둥이가 튀어나오는 걸 보았다.

삐쩍 마른 여우가, 그러니까 팍스가 8개월쯤 되었을 때 크기의 여우 한 마리가 햇빛에 눈을 깜빡이며 나왔다. 여우는 다리세 개로 빈터 안에 비틀거리며 들어왔다. 그 암컷 여우가 다시나타났다. 암컷 여우는 보조를 맞추어 걸으며 그 자그마한 어린 여우에게 짖어대고 피터를 향해 경계의 눈초리를 보냈다.

팍스는 피터의 품에서 꿈틀거리며 다시 짖었다. 다리 세 개 달린 여우가 몇 걸음 더 바짝 다가왔다. 다리가 무척 기이했다. 피터는 어린 여우가 아주 최근에 다리를 잃어버렸다는 걸 알아챘다. 그리고 그때 번뜩 어떤 생각이 스쳐 지나갔다.

피터는 손을 내밀어 부드럽게 작은 여우를 불렀다. 여우는 머뭇거리며 피터와 팍스를 살펴보더니, 이윽고 다리를 절며 피터에게로 걸어왔다. 그리고는 팍스의 턱 아래에 얼굴을 파묻었다.

피터는 손을 내밀었다. 이 상처 입은 여우는 피터가 잠시 목을 어루만지도록 내버려두었다가 이윽고 안전한 그 암컷 여우

옆으로 후다닥 돌아갔다.

이 두 여우는 함께 팍스를 기대에 찬 눈빛으로 바라보았다. 그러더니 덤불 속으로 사라졌다.

문득, 피터는 이해했다. 자신의 여우는 저들과 함께했다. 그리고 저 여우들은 팍스와 함께했다. 그들은 떼려야 뗄 수 없는······.

피터는 이 모든 것을 깨달았다. 이 모든 것을.

피터는 무릎을 세워 일어서서 손을 팍스의 등에 얹고 뛰는 근육을 느껴보았다.

피터는 주위를 둘러보았다. 숲은 지금 코요테, 곰 그리고 곧 전쟁을 치를 인간들로 가득 차서 위험해 보였다. 피터는 자신의 새 가족을 따라가고 싶어 초조하게 서 있는 팍스를 내려다보았다.

"가, 괜찮아."

하지만 피터는 괜찮지 않았다. 고통이 온몸을 타고 흘렀다. 심장을 발로 채인 것처럼 숨을 쉴 수가 없었다. 팍스가 그 깊은 고통을 느낄까 봐, 그러면 떠나지 않을 것 같아서, 피터는 손을 뒤로 빼냈다.

"가!"

팍스는 덤불을 향해 후다닥 달려갔다가 이윽고 다시 몸을 돌려 소년을 보았다.

피터는 얼굴을 타고 흐르는 눈물을 느꼈지만 닦아내지 않았다.

팍스가 다시 뛰어 돌아와 낑낑거리며 피터의 눈물을 핥았다.

피터는 팍스를 밀어내고는 목발을 찾아서 몸을 일으켜 세웠다.

"아니, 난 네가 여기 있길 바라지 않아. 현관문은 언제나 열어 둘게. 하지만 넌 가야 해."

팍스는 덤불을 바라보았다가 다시 소년의 얼굴을 바라보았다.

피터는 주머니를 뒤져서 그 장난감 병정을 꺼내 들어 올렸다.

팍스는 고개를 들고 피터의 손을 집중해서 바라보았다.

피터는 그 장난감 병정을 덤불 너머 숲으로 던질 수 있는 한 가장 멀리, 있는 힘껏 던졌다.

이따금 사과는 나무에서

아주 멀리 굴러 떨어지기도 한다.